追忆那些年的
绝代名士

黄紫彤◎著

北京航空航天大学出版社
BEIHANG UNIVERSITY PRESS

图书在版编目（CIP）数据

追忆那些年的绝代名士 / 黄紫彤著 . —北京：北京航空航天大学出版社，2019.3

ISBN 978-7-5124-2634-4

Ⅰ. ①追… Ⅱ. ①黄… Ⅲ. ①随笔—作品集—中国—当代 Ⅳ. ① I267.1

中国版本图书馆 CIP 数据核字（2018）第 293376 号

追忆那些年的绝代名士

出版统筹：邓永标
责任编辑：曲建文 舒 心
责任印制：刘 斌
出版发行：北京航空航天大学出版社
地 址：北京市海淀区学院路 37 号（100191）
电 话：010-82317023（编辑部） 010-82317024（发行部） 010-82316936（邮购部）
网 址：http://www.buaapress.com.cn
读者信箱：bhxszx@163.com
印 刷：天津旭丰源印刷有限公司
开 本：880mm × 1230mm 1/32
印 张：11
字 数：257 千字
版 次：2019 年 3 月第 1 版
印 次：2019 年 3 月第 1 次印刷
定 价：48.00 元

前　言
Preface

“先生可能是我们时代唯一一位完整衔接古典汉语传统与五四传统的写作者。”陈丹青由衷地抛出了这一语惊人，木心落落大方地从自甘寂寞的纽约步入了中国读者的眼帘。

木心乡音无改，读者却相见不识，只是懵懵然一种亲切而似曾相识的感觉——像极了一个久居海外而今归的远房亲戚。

“远房亲戚”，诚因他身上散发未灭的那一身名士范儿，他笔下涓流未涸的那一笔传统意识。

这在大陆几近绝迹而徒留在旧照和印象里的扁平形象，如今竟能生动丰满地走出相框、跳出印象，而活生生地站在眼前。

这是时间不曾卷走的慰藉，是在如此快节奏的生活中久违的从前慢：像是时隔多年在早已忘却之时，意外而惊喜地收到了少年时代寄出的那封辗转多年的亲笔信。

我们都常陷于一种“只可意会”的境地，如此玄微，却无能为力。

事情总该有它的方法，万物总该有它的名字。在绝大部分的事件和绝大部分的人物那里，这种“只可意会”的境界往往只是出于一知半解，尚未了解。

或许，你熟悉“那一身名士范儿”，但是否描述得出口？或许，你谂知“古典汉语传统与五四传统”，但能否直言无讳?

在风云变幻的那个年代，一群“遗老不够老，遗少不够遗”的有识之士，该持怎样的气魄，才敢于搦管操觚，雄文横扫，博得一场“九州风气恃风雷”的豪迈!

五四鸿沟，文化断层，应试教育，语体课文……太多的因素，把那一个时代演变成了传说，贴上标签而笼统成了一个个的概念。——概念最易造成误解，而知名度却也恰来自误解。

对于他们，陈丹青是极为推崇的，甚至带着些“不慕今人慕古人”的抱怨。他如此地尊崇，实在是因为他们有被推崇的资本:

那是一个开天辟地的时代，是一个文艺蓬勃的时代，是一个名家迭出的时代，是一个引人遐想的时代，是一个道之不尽的时代，是一个谜一样的时代。

名士大家不胜枚举，然而文章篇幅却是“一览无余”，只能尽量“以有涯随无涯”，争取更具表现力:

文章选取的十一位——辜鸿铭、谭嗣同、章太炎、梁启超、王国维、鲁迅、陈寅恪、胡适、刘半农、徐志摩、钱钟书，皆为如雷贯耳之名士，发生在他们身上的一些近乎传奇的故事也为人所耳熟能详。

而本书所表现的，则更加侧重于这些耳熟能详的面与面之间的连结，即那些鲜为人知却不容错过的细节；读此细节，不说有拍案叫绝之动容，也有柳暗花明之释然。区区万言传记，或可直言“具体而微”。

在此“具体而微”中，短短十几二十分钟内，印象中的如雷贯耳之名士，从画像之上的扁平形象，逐渐丰满、生动，竟而走出画框，与书前的你促膝。从他身上，你会亲见“那一身名士范儿”；从他话里，你不再陌生“古典汉语传统与五四传统”。

目　录

Contents

辜鸿铭　天朝最后一条辫子

如同一个传奇，作为一位东方文明的代言人，精通9国语言，荣获13个博士学位，第一个将“四书”中的三书——《论语》《中庸》《大学》翻译成英德语，介绍到西方。概括他一生最常用的一句话便是：“生在南洋，学在西洋，婚在东洋，仕在北洋”。

陈寅恪　独立之精神，自由之思想

一生经历了20世纪中国数不清的风浪，可他从不为形势所左右，始终坚持“独立之精神，自由之思想”，并以此映照了他一生的治学原则。

胡 适 我的朋友胡适之

天下无人不识君，时人以胡适为友者遍天下。作为20世纪中国最具影响力的文化历史人物对于毁谤抨击，皆能淡然处之，足见其包容性。所谓“文如其人”，有良好的人品才修炼得出至高的文品。

徐志摩 侧帽风前花满路

他的浪漫自由主义，渗透了太多的不屈不挠的个人主义，乍愁乍喜的感情用事，胡天胡地的崇美精神。幸得他有一颗孩童般晶莹剔透的心，才把这一切错综复杂变成了一种于自己大心痛，于他人无大害的单纯。诗人的浪漫，是用纷繁的语言织就着绚烂的梦幻。倘若抽丝剥茧，除却一切坠饰，当只剩下事实，那诗人的生活只能定义为“一场不人道不光明的行为”，又怎会“得到社会一般人的欢迹”？水中观月，雾里看花，有些美，只能留待云里雾里。

刘半农 教我如何不想她

他的双手，有如上帝之手，灵巧地从“他”身上取下了一根肋骨，创造出了一个“她”，从而结束了“他”在伊甸园中的孤独与专制。他为“她”量身打造诗歌一阕——《教我如何不想她》，竟而风靡海内外。除“她”之外，他又创造了一个“它”，以管束包括那条狡诈的蛇在内的所有其他非人。他的功就最为人熟知的便在“她”，但他的功就却绝不仅仅止于“她”。

钱钟书 旷世文才并情缘

《圣经》有言:“有的时候，人和人的缘分，一面就足够了。因为，他就是你前世的人。”这就是文坛伉俪钱钟书和杨绛的爱情写照。1932 年早春，在清华大学古月堂门口，两人初次偶遇，杨绛觉得他眉宇间“蔚然而深秀”，钱钟

梁启超

一语纵横亘九州

1894年，中日甲午战争，中国败于日本，被迫于1895年签订丧权辱国的《马关条约》。消息传到北京，18省一千二百多名在京应试的举人群情激愤，联名上书光绪帝，反对签订《马关条约》，提出“拒和、迁都、练兵、变法”四项主张。

这便是“公车上书”事件。

上书虽然被清政府拒绝，但它犹如沉闷天空中的一声惊雷，震醒了冬眠许久的大地。蠢动了一个冬天的资产阶级维新变法思潮有如雨后春笋般窜出，一夜之间发展成为爱国救亡的政治活动。

他们以“变法图强”为号召，不断发行报纸，宣传维新思想，终于得到光绪帝的认可和启用，合力进行了一场惊世骇俗的戊戌变法（百日维新）。

但是，由于遭到以慈禧太后为首的守旧派的强烈抵制，这一场惊世骇俗的改革最终变成了一场可歌可泣的悲剧，从中涌现出一个个“仰之弥高”的伟大人物。

他虽不似“我自横刀向天笑，去留肝胆两昆仑”的戊戌六君子般悲情，却也有“献身甘作万矢的，著论求为百世师”的以不死殉道精神。

以死殉道，总归是一了百了的安宁；而以不死殉道，却是跋山涉水的苦行。

不过他到底做到了。

启蒙思想家、政治活动家、资产阶级宣传家、教育家、文学家、学术大师、“中国近代百科全书式的天才学人”——我常想，这得是多么有力的脊梁，才承受得住这么多的头衔？

他就是梁启超。

梁家出了神童

珠江三角洲，广东新会县，凤山山脚下，两江入海口，有村名茶坑。

村前西江、潭江两江交汇，融入南海，静坐河畔，闲看潮起潮落。

村后凤山峭壁奇峰，四季青葱。明代凌云塔屹立山尖，恍若如椽巨笔，直指云霄。绕塔眺望，珠江三角洲尽收眼底，眼观红日朝升夕落，耳听南海涛声依旧。

这便是少年梁启超最佳的去处。

广东梁姓始于宋朝的梁绍，进士出身，为官广东。

后来家道中落，竟不再与仕途生缘，从此安心隐居在这座小岛，过上了自给自足的生活。

到了祖父梁维清这一代，决心奋发图强，争取一个功名，改变梁家十世为农的现状。无奈时运不齐，梁维清苦读一生竟也只考得一个秀才，挂名一个不入流的八品官。

不过，无论如何也算是茶坑村大大小小的一个人物了，又娶得广东提督黎第光的女儿为妻，过上了“半为农者半为儒”的乡绅生活。

父亲梁宝瑛可以说是出自书香门第，却又与仕途无缘，劳碌半生无所得，后来心灰意冷地退居故里，自立私塾，成了一个很不错的教书先生。

母亲赵氏也是出身于书香门第，幼读诗书，才情并茂。

1873年，赵氏生下了梁启超。

“这孩子必有大出息！”乡人不知是出于直觉还是出于迎合，纷纷做出这个判断。

连续两代人的文化沉淀，他们都已等得太久了，急切盼望着在第三代人的身上开出花。

“汝自视乃如常儿乎？”梁启超两岁过后，父亲梁宝瑛便天天在儿子面前训诫此话。

别家两岁的孩子还多试着学走路，可两岁的梁启超已经在母亲的膝下开始学认字了。

祖父更是把孙儿看作天下奇才，在4岁时便教授他《诗经》，白天学，晚上背，累了就给他讲各种千奇百怪的故事，困了就与他同榻而眠。

此外，祖父还教他练字，临摹的是柳公权的字帖。他语重心长地告诫孙儿：“汝日后书法应如柳公权的刚健婀娜，进士及第，皇上朱批，先见字而后见文，汝当记取。”

梁启超学得十分认真，不仅写得一手好文，而且练得一手好字。

6岁后，梁启超便进了父亲的私塾念书，开始写诗作八股。

他出众的天赋，加上长辈三代的辛勤栽培，一时之间，“神童”的名号传遍了茶坑村，渐而传遍了新会县。

8岁时，吟诗作对八股文，于梁启超而言已是信手拈来。

一天，父亲的一个朋友——同为教书先生来访，见到了梁启超，便想一试究竟。

“来，对我一联。”他冷不防道，“东篱客赏陶潜菊”。

梁启超兴奋地脱口而出：“听我下联——南国人思召伯堂。”

那朋友拊掌称快：“小子可造！”

梁宝瑛笑眯眯地嗔怪道：“还不谢先生！以后不得无礼。”

每逢这样的场合，梁启超便能争取到出去玩一会儿的机会。

他最大的乐趣就是结伴或独自登上凤山，箕踞而遨，放眼江海，任风拂面。继而绕塔嬉闹或漫步，抬头仰望百看不厌的凌云塔。

梁启超有同龄孩子一样爱玩的天性，却也有超于同龄孩子的一份孤独的深沉。

他仰着脑袋站立塔下，心中为着这雄伟的建筑折服，却总感觉折服得不够完满——他觉得这塔缺少一种承认，一种文人独有的承认。

在祖父每晚的故事里，他认识到但凡名山大川、亭台楼榭都少不了文人墨客的挥毫，这是一种相互成就、互相增彩的行为。

凌云塔的孤独，又有谁懂？

“为何不能是我？”他失意转而自信，决心为这塔添一副对子，一副能与凌云塔共存、留跨青史的对子。

为此他费尽心思苦想几天，但总觉不理想。

“曹植七步成诗，我何不绕塔七圈？”他这样想着，便绕塔走起来。七圈之后，得联：

凌云塔下凌云想，海阔天空，迢迢路长；

天竺国里天竺望，云蒸霞蔚，须臾妙相。

他兴奋地飞跑下山，提笔写下。

祖父、父亲看后喜形于色，破天荒地赏钱一吊。

但梁启超推却了赏钱，向祖父要了那套被视为珍宝的《古文观止》。

家长是孩子最好的老师，而梁启超的长辈确实实现了这一点。他们不仅教他读书写字，更教他习礼做人。

梁启超在《我为童子时》文中，回忆儿时，写道："我家之教，凡有罪过，皆可饶恕。唯说谎话，斯断不饶恕。"

一次，六岁的梁启超"不记因何事，忽说谎一句"。晚饭后，被母亲传至房间，"严加盘诘"。他从未见过母亲盛怒的模样，"几不复认识为吾母矣"。

盛怒中的母亲告诉儿子："汝若再说谎，汝将来便成窃盗，便成乞丐！"

这一夜，梁启超辗转难眠地反省着，想着祖父与父亲"仁义礼智信"的教诲，又想着母亲"说谎成窃盗乞丐"的教训，终得到"以欺人为得计与盗贼何异？为男子汉，无信无誉岂非乞丐"的结论。

一个人，想明白了，想透了，才能向完善发展。

"三岁定八十,七岁看终身。"小梁启超身上的品学兼优，似乎透露着栋梁之才的光芒。

前程不可量也

9岁时，祖父梁维清便要求梁启超前往广州去考秀才。

家庭的厚望，乡人的厚望，都化作无形的重担压在梁启超稚嫩的肩膀上，他无法隐藏自己的怯意。祖父则意气风发地劝慰他："梁氏后生，岂是他人可比？"

他只得从命。祖父看出了他的忧虑，换种语气劝慰道："考不上也无妨，梅花香自苦寒来，可再读再考。"

这次，梁启超名落孙山。

虽然有些失落，但考场上一同赶考的学子、来回逡巡的考官，对梁启超投去的惊奇又敬佩的目光，使梁启超的信心有增无减。

1884年，12岁的梁启超再次应考，中了秀才。

他深得主考官、广东省学政使叶大焯的赏识。谈话期间，梁启超乘机向他为祖父求了七十大寿的贺寿书文。

童子秀才、三品大员的贺寿书文，寿宴那天，全村像过节一样热闹。村人一个劲地感叹："梁家要发达了！"

1885 年，梁启超以秀才的资格进入名噪一时的广州学海堂深造。

学海堂是专为秀才设立的读书场所，学成之后再考举人，一旦中举，便可以参加会试。对于幸运者来说，金榜题名、进士及第几乎意味着唾手可及。

五年苦读后，17 岁的梁启超于 1889 年参加广东乡试，以第八名的成绩中举。

主考官李端棻看过梁启超的卷子后，油然而生一股赏心悦目之感，按捺不住地说出一句“其前程之远大，乃未可量也”，欣然决定将妹妹李蕙仙许配给梁启超。一对新人于两年后在北京完婚。

与此同时，另一个人却因上书不成，应试不中，悻悻地回到了广东。

一个偶然，将这两个人牵连到了一起，引起此后数十年的难解难分。

这一天，同为学海堂高材生的陈千秋前来拜访。畅谈之间，陈千秋以一种神往的口气向梁启超提到了一个人——上书请求变法的“南海康先生”，并兴奋地表示“吾与子今得师矣”。

梁启超听闻，“且惊且喜，且怨且艾，且疑且惧”，迫切地想要会一会这何方神圣，一试深浅。

1890 年，梁启超赴京会试（中举后次年可参加会试），不中。返回时，他在上海逗留了几天，接触到了《瀛寰志略》和几本上海机器局翻译的西书，眼界大开。这时他又想起了陈千秋口中见多识广的“南海康先生”，便决定拜访一番。

在陈千秋的引荐下，他见到了传说中的康有为。

此时的梁启超刚满 18 岁，已经是举人、少年“老爷”了；

而眼前的康有为已逾33岁，却还只是个秀才，一个老“监生”。

康有为在“学历”上比梁启超低了一格，按照当时的科举习惯，梁启超中举在先，康有为是该称他为“前辈”的。

梁启超以举人身份主动请见当时还是秀才身份的康有为，可见他没摆这个谱，但是他的心里难免有点沾沾自喜。

落座之后，康有为凭借他丰富的阅历、融汇中西的知识、“日日以救世为心，刻刻以救世为事”的忧愤，讲出了一番“以大海潮音，作狮子吼”般惊心动魄的言论。

梁启超如“冷水浇背，当头一棒”，一时之间，不知所措。他惭愧地意识到之前所学不过是应付科举的敲门砖，根本称不上学问。

一番权衡，梁启超当即决定“修弟子礼，事南海先生”。

梁启超以举人身份拜当时还是秀才身份的康有为为师，这举动本身就是不同凡响的。

从中可以看出梁启超是把真才实学当作人生追求的，这样的求学情怀伴随他终身。

这一点，在他后来力荐陈寅恪的事例中也得以彰显。

在陈寅恪成为与王国维、梁启超、赵元任并列的清华国学院的四大导师之前，他还是个“既非博士，又无著作”的青年海归。

梁启超向当时的清华大学校长曹云祥推荐他时，曹校长很是为难，“既不是博士，也没有著作，这就难了”！

梁启超颇有些气恼，回道：“论文凭，我也没有博士学位。论著作，我倒算是著作等身了。不过，我梁某虽是著作等身，但是我的著作加到一起，还不如陈先生寥寥三百字有价值。”

此话既出，曹校长放心地聘任了当时不见经传的陈寅恪为国学导师。

后来的事实证明，梁启超的眼光是独到的，陈寅恪不但完全胜任了这个国学导师的工作，而且成了中国学术界的一代宗师。

注重真才实学，而不是片面追求文凭与功名，人们往往津津乐道于这样的学术风气。什么时候这样的学术风气能重回中华大地，什么时候中华大地学术思想就会腊尽春回——也就是在人们不再津津乐道于这样的故事，而把它看作习以为常的时候。

梁启超师从康有为后，求学于万木草堂。

课堂上，一群学子不再是摇头晃脑地背书，而是师生同堂，共议国事，探求国家命运。因为康有为的影响，这一批学子无不以康圣人门下高足自居，以“为天地立心，为生民立命，为往圣继绝学，为万世开太平”为义不容辞的责任——“舍康门中人而其谁?”

弟子们恭维康有为是像孔子那样的“素王”(无冕之王)，康有为倒也不谦虚，自号“长素”(长于素王)，压孔子一肩。

他给五个得意门生取了逾越孔门“十哲”的名号：陈千秋号“超回”(超越颜回)；梁启超号“轶赐”(“轶”即超车，子贡只能让道)；麦孟华号“驾孟”(凌驾于孟子之上)；曹泰号“越伋”(超越子思)；韩文举号“乘参”(把曾子当马骑)。

四年里，梁启超在康有为的耳提面命之下，促膝长谈之中，逐渐接受了维新变法思想，自称“生平知有学自兹始”，“启超之学，实无一字不出于南海”。

在康有为的引导下，梁启超成为了他的左膀右臂，同时梁启超也是做出牺牲的。拜了这个老师之后，他之前所学的那些都抛弃了，这是世界观的颠覆，并不是轻易能接受的。

在校勘的《新学伪经考》中，康有为把古文经直指为“新学伪经”，使其神圣的光环剥落。梁启超是熟读古文经学的，眼见处处对传统的“古文”经学的猛烈攻击，岂能不惊心动魄?出于对老师的尊重，他还是主动适应并接受了康有为的观点，并加以传播。虽被指为“康党”，他“亦居之不疑”。

事实上，这个时候的师徒二人已经在思想上有了分歧，只是这分歧被轻描淡写地忽略了，但日后恩怨的种子已经埋进了土壤。

公车上书

1895年，又赶上了三年一度的会试之期，在万木草堂一起发奋用功了四年的师生再次聚集在北京。

而北京用来迎接各省举子们的却是行装甫卸，厨尘未洗，甲午战败，北洋水师全军覆没，慈禧一个庆寿用去国家半年的收入……

举子们慷慨激昂，议论纷纷，气色愤然，步履匆匆，但因考期临近，所以首先讨论的还是考与不考。结果多数人认为：考了再说！

风声鹤唳，这在慈禧手下那帮守旧派身上尤为明显。他们里外不得安心：外忧日本兵攻占辽东，内怕康有为榜上有名。

主考官徐桐着了难，神经高度紧张，与几位副考官说定：凡是文笔肆意、思路悖谬、风格像康有为的卷子一律舍弃，宁可错杀一百，不可放过一人。

但是在放榜那天，康有为却以第八名的成绩中了进士，而梁启超则落榜。

一群守旧派瞠目结舌。

其中副考官李文田虽同为守旧之辈，却大有爱才之心。他满目惋惜地拿起那份自己批示的卷子，看了名字：梁启超。

这一份卷子，情含真挚，语富才情，字迹亦娟秀，李文田认为无出其右。

而徐桐阅后，认定不是康有为便是其门生，丢在一边。

李文田据理力争："如此判法，还能判出状元吗？"

徐桐不以为意："出不出状元无所谓，只要不出康有为便好。"

李文田只得"抑而不录"，无奈地在其卷末批上了"还君明珠双泪垂，恨不相逢未嫁时"一句。

开心的人还没来得及开心，伤心的人也没来得及伤心，皇榜之上牵绊的焦点立刻被另一种更为巨大的疼痛吸引。

1895 年 4 月，《马关条约》签订的消息传到了北京，在京应试的举人义愤填膺。

康有为敏锐地觉察到"士气可用"，立即找梁启超商议，决定联络各省公车（举人）上书拒和，由梁启超起草万言书。

两天之后，"上清帝万言书"写成。

康、梁联合 18 省举人于松筠庵集会，与会者一千二百多人签名，通过了梁启超起草的万言书。

4 月 8 日各省举人"连日并递都察院，衣冠塞途"，人群汹涌，群情激奋。

但是，万言书遭到都察院拒收，理由是皇帝已盖上印鉴，无法挽回。

都察院门前一里多路浩浩荡荡的公车队伍渐渐散去，举子们陆续离京。台湾举子离京时更是泪洒长街：来时台湾为中国的宝岛，去时却已赔割给了日本。

离别之后，梁启超枯坐于新会会馆，感到一种前所未有的孤独，一种比起与恩师、与挚友离别还大得多的孤独。

“虎豹狰狞守九关，帝阍沈沈叫不得。”

如何事业有成？有朋友，有对手！有出类拔萃的朋友，有势均力敌的对手！

对手是不需要找的，自己会跳出来；朋友却是要万水千山地寻觅：朋友以神交，可靠莫过于志同道合之士。

梁启超与康有为合计，决定先办一份报纸，再设学会，进而合群会议。

灿烂的前景使康、梁二人喜不自禁。

他们着手办报，取名《万国公报》，名字袭用英、美传教士所办之报，因为他们的《万国公报》在政府官僚中行销多年，便于推广。报刊主笔由梁启超担任，内容则依托对西方社会政治、历史、风情的介绍，发挥“公车上书”的主旨，宣传维新变法思想。

1895 年 8 月，《万国公报》正式发刊，逢双日出版，委托送《京报》者代递，“遍送士夫党人”，使之“渐知新法之益”。

11 月，强学会成立。朝廷要员文廷式、陈炽等应允入会，李鸿藻、翁同龢等也在背后予以支持。这是一个改革派和帝党相结合的政治团体。甚至连“伴食宰相”李鸿章也表示愿意捐银 2000 元，不过被“帝党”要员陈炽拒绝。

强学会成立后，报刊内容转变为“先以报事为主”，《万国公报》改名《中外纪闻》，成为强学会的机关报，梁启超、汪大燮担任主笔。

康有为南下南京，游说两江总督张之洞，筹办上海强学会，于11月成立。

《中外纪闻》收效甚佳，一期便发出3000份。报刊分发给官室富户，初衷是想影响这些在京城握有权柄的人，哪知后来却成了谣言谋反、结党营私的把柄。

《中外纪闻》发刊一个月零五天，便遭到了封禁。

北京强学会遭封禁，上海强学会也随之解散。

这时有一个人站了出来，他叫黄遵宪。

黄遵宪诗名卓著，又精通外文，长期任职驻日、美、英、新外交官。此时的黄遵宪刚从新加坡任满归国。

对于强学会的被封禁，黄遵宪“愤学会之停散，谋再振之，欲以报馆为倡始”。后来张之洞的幕僚汪康年前来商讨办报时宜，黄遵宪提出主笔一职非梁启超不可。

此前，黄遵宪并没有见过梁启超，但在“公车上书”中，黄遵宪便相中了梁启超，称“此子乃栋梁之才”。

1896年4月，梁启超在黄遵宪的邀请下到达上海，统领《时务报》笔政，先后在《时务报》上发表《变法通议》《西学书目表》《论中国积弱由于防弊》等60篇大作。

数月之间，《时务报》行销万余份，“为中国有报以来所未有”。一时之间，四海之内无人不说《时务报》，无人不晓梁启超——时评“舆论之骄子，天纵之文豪”。

24岁的梁启超，已如明星般闪耀。

张之洞饬行湖北全省，“官销《时务报》”，并亲自写信给梁启超，“甚盼卓老中秋前后来鄂一游，有要事摹商”(梁启超，字卓如，张之洞称其“卓老”，尊崇揽才之心跃然纸上)。

1897年初，梁启超前往武昌拜见张之洞。

张之洞大为兴奋，破例打开中门相迎，并问下属：“可否鸣炮?”(按成例，只有在迎见钦差大臣时才开中门、放礼炮。)

后因下属以西太后（慈禧）附耳提醒，张之洞才放弃了鸣炮的念头。

张之洞邀请梁启超是为了请他担任“两湖时务院”的院长，并在总督署办事，提供月薪“千二百金”。

梁启超左右为难，最终还是放不下《时务报》，再三“固辞”回到了上海。

梁启超虽然拒绝了张之洞的邀请，但立马写了一份诚挚的书信以期维护关系。他以为有张之洞的支持，《时务报》会办得更顺利。

不过，他到底是单纯的。他也一直都是单纯的。他不知道：文人之于官僚，从来都是被利用的关系。

不久，张之洞便因《时务报》上一激进康学“改制”说，授意总经理汪康年引导方向。

一边是主笔对恩师康有为的推崇，一边是总经理对改良派领导康有为的畏惧，双方互不让步之下，汪康年管理起了主笔，将梁启超的稿件任意修改，多人的文章被“腰斩”。

而此时的梁启超却远在岳麓山下、橘子洲头，力不从心地“遥领笔政”。

原来，1897 年 11 月，梁启超应谭嗣同、黄遵宪之邀到长沙，当时汪梁之争如火如荼，梁启超对长沙时务学堂的中文总教习一职是有一番谋划的。

长沙时务学堂，实质是准备维新变法的政治学堂。在这里，他认识了他的学生，后来的云南都督、护国战争的组织者和领导者蔡锷。

1898 年 3 月 3 日，面对汪康年越来越肆意的举动，梁启超忍无可忍，书信一份遥寄上海，愤而辞职。《时务报》自第 55 期后再无梁文。

几天之后，他便收到康有为的书信，命他“即刻赴京”。

《时务报》馆小楼上的洋蜡熄灭了，维新的万丈光芒却冉冉升起了。

惊心动魄的逃亡

1897年11月，山东发生曹州教案（巨野教案），两名德国传教士被当地大刀会成员劫杀。德国以此为借口，出兵强占胶州湾，全国人心激愤。

与此同时，俄国进占旅顺大连，法国进占广州湾，英国进占山东威海，并要求拓展九龙新界……列强蠢蠢欲动，急欲瓜分刚败于日本的中国。

12月，康有为第五次上书，陈述形势迫在眉睫。

1898年1月，康有为上了他的第六书，即著名的《应诏统筹全局折》。从此维新主张有了纲领性的指导思想。

3月，又是三年一度的会试之期，各省举子齐聚北京，3年之前的“公车上书”犹历历在目，眼前列强的张牙舞爪又激得人心大怒。

4月17日，康、梁等二百多人集会于粤东会馆，正式成立“保国会”。

设会宗旨是“保国、保种、保教”，即保国家政权、领土不丧失，保民族种类能自立，保圣教不失。

保国会的成立，使顽固派与维新派的斗争更加激化。

顽固派荣禄、杨崇伊等大骂康有为“僭越妄为，非杀头不可”，攻击保国会“保中国不保大清”，“名为保国，势必乱国”。

但顽固派的言论遭到光绪帝的斥责：“会能保国，岂不大善？尔等有何保国之策，朕未曾闻之！”所以保国会虽然连遭劾奏，但未被查禁。

6月8日，徐致靖上书《请明定国是疏》(康有为代拟）请求光绪帝正式改变旧法，实施新政。

6月11日，光绪帝颁布《明定国是诏》，表明变更体制的决心，正式拉开了“百日维新”的大幕。

五天后，光绪帝正式接见康有为，赏给六品衔，任“总理衙门章京上行走”，同时给他以专折奏事的权力。

7月3日，光绪帝召见梁启超，赏给六品衔，命他办理京师大学堂译书局事务。

以康梁为首的维新派，代表着民族资产阶级上层和开明绅士的政治要求走上了历史舞台，主张在不动摇封建阶级统治的前提下，实行君主立宪制，发展资本主义，以挽救民族危机，使国家臻于富强。

但因触及自身利益，顽固派不能容忍维新运动的发展，矛盾和斗争日益激烈。

有人上书慈禧太后，要求杀了康梁；奕劻、李莲英跪请太后“垂帘听政”；御史杨崇伊多次到天津与荣禄密谋；甚至宫廷内外传言将废除光绪，另立皇帝。

9月，光绪帝几次密诏维新派商议对策，但维新派手无实权，束手无策，只得向光绪帝建议重用袁世凯，以对付荣禄。

16、17 日，光绪帝接连两次召见袁世凯，授予侍郎衔，又明确表态："尔与荣禄，互掣肘。"

18 日夜，谭嗣同密访袁世凯，说袁勤王，杀荣禄，除旧党。但事后被袁世凯出卖。

9 月 21 日，以慈禧太后为首的顽固派发动"戊戌政变"，慈禧再次临朝"训政"，随即捕杀维新志士。

光绪帝被幽禁于中南海瀛台；徐致靖被处以永远监禁；张荫桓被遣戍新疆；谭嗣同等六位维新志士惨遭杀害（这六位志士分别为谭嗣同、康广仁、林旭、杨深秀、杨锐、刘光第，史称"戊戌六君子"）。

从 6 月 11 日到 9 月 21 日，进行了 103 天的维新变法，以戊戌政变宣告失败。

康有为、梁启超逃亡日本。

实际上，这场惊心动魄的逃亡远不止一句话这么简单，他们能逃亡，还得归功于孙中山。孙中山敬重康、梁，早在万木草堂时便上门拜访了康有为，但遭到了康的轻视，合作失败。不过，孙中山还是时刻关注他们，在戊戌变法之后派日本友人宫崎寅藏千辛万苦地将他们先后接往日本。

维新变法期间，梁启超基本上还是在康有为的思想框架中活动，没有形成自己的独立思想。而逃亡日本后，随着对西方资产阶级著作的大量阅读，他开始自我建树，逐渐接受资产阶级的自由思想，有了独立的思想品格，"思想言论与前者若出两人"。

这段时间，他与孙中山、陈少白等革命党人来往甚密，有时甚至三更半夜还拥被长谈。

结果是有了合作组党的计划，"拟推中山为会长，而梁副之”。

梁启超甚至召集其他同学，联名致函康有为，劝其退休，“息影林泉，自娱晚景”。

康有为得知梁启超倾向革命的思想之后，非常生气，立即严令其离开日本到檀香山办理保皇会事宜，并斥责其倡导革命的错误。

梁启超不敢违抗师命，不得不于1898年12月31日前往檀香山。

而在1898年12月23日，梁启超却已经在日本创办了第一份报纸《清议报》。此后他遥领该报，以“主持清议，开发民智”为宗旨，内容为抨击清廷的腐朽，引进西方的“天赋人权”。但抨击的对象还是慈禧、荣禄及袁世凯，对于光绪帝，他仍在歌颂圣德。

《清议报》出满100期后，在一场大火中停了刊。

1902年春节，《新民丛报》问世。

在创刊号上，梁启超即开宗明义：“本报取名《大学》‘新民’之义，以为欲维新吾国，当先维新吾民。”

梁启超站上了一个更高的境界，这个境界一言以蔽之曰：新！

这“新”其实在《清议报》的《少年中国说》一文中已初露头角：“少年智则国智，少年富则国富，少年强则国强，少年独立则国独立，少年自由则国自由，少年进步则国进步，少年胜于欧洲，则国胜于欧洲，少年雄于地球，则国雄于地球。”

而在《新民丛报》中，一篇更有力度的《新民说》诞生了。

“新民为今日中国急务”，梁启超大力鼓吹人们摆脱封建奴性，树立独立、自由和爱国家、爱民族的思想，激励人们“自尊”“进步”“利群”以及“进取冒险”。这篇文章可以说是《新民丛报》的指导思想。

梁启超以新民强国为己任，为《新民丛报》撰文可谓是不遗余力，先后发表《论新民为今日中国第一急务》《释新民主义》《论公德》《论进取冒险》《论自由》《论进步》等数十篇文章，其中《进化论革命者颉德之学说》首次向国人介绍了“麦喀士”(马克思) 和“社会主义”。

一个接一个的西方名人，一种接一种的新进思想，源源不断地介绍给读者，对中国知识精英思想的震撼，是无与伦比的。

清廷上下一片惊呼:“梁启超又回来了!”

不过，梁启超终究没有完全摆脱康有为思想的残留，以及长期以来对恩师康有为的言听计从，他与孙中山之间，一个只反慈禧，不反光绪；一个要倾覆清廷，创建民国，矛盾日益激烈，最终在 1903 年宣布断交，成了政敌，此后多年未有交集。

《新民丛报》自中期（1903—1905 年）始，逐渐加紧了立宪保皇的宣传，暴露出敌视革命的顽固立场。到了后期（1906—1907 年)，甚至与革命派的刊物《民报》进行激烈论战，成为保皇派的喉舌。

知我者，谓我心忧

1911 年 10 月 10 日，武昌起义爆发。

为了共同反对革命派的暴乱，使革命派与清政府妥协，梁启超一度宣扬“虚君共和”，不得不放弃“倒袁”，提出“和袁慰革，逼满服汉”八字方针，实行“联袁”政策。

1912 年元旦，孙中山由沪赴京，就任“中华民国”临时大总统。梁启超的“虚君共和”之想彻底化为泡影。

2 月 12 日，清廷退位。

15 日，袁世凯从孙中山手里接过民国临时大总统之职。

梁启超致以贺电，随后斟词酌句地写了一封长信，不失尊严地表示愿意归国合作。

这是在绝境之中被逼无奈地游刃有余。

11 月，梁启超启程回国，正式结束了长达 14 年的流亡生涯。

16 日，船抵天津。三天之内，登门拜访者达 200 人，“各省欢迎电报亦络绎不绝”。

离津赴京后，梁启超下榻贤良寺。

贤良寺，乃当年曾国藩、李鸿章做封疆大吏入京时住的地方。此项安排，北洋政要大费周章，最后交由袁世凯定夺。袁世凯一边捻着胡须，一边不无赞叹地说：“任公够格，住贤良寺！”

总统府专门为梁启超举行欢迎会；商会、团体，包括佛教协会、八旗生计会上门请客；就连“向不请人”的山西钱庄也愿意花钱请客。此外，由同盟会改组的国民党旧友日日来邀；北大闹学潮的学生也请愿由他担任校长。

“都人士之欢迎，几于举国若狂，每日所赴集会，平均三处，来访之客，平均每日百人。”他自觉“一身实为北京之中心，各人皆环绕吾旁，如众星之拱北辰”。

在北京逗留12天后，他返回天津。沸腾之后是该平静了。

这年除夕夜，梁启超伏案疾书《宪法之三大精神》，决策：通过大总统袁世凯，在共和的名义下，使用专制的手段，把中国引上宪政的轨道，然后再限制袁世凯。

辛亥革命后到第一届国会选举前，当时的中国形成了四党争雄的局面。不过在梁启超的作用下，阵线很快明朗，形成两大阵营对垒：民主党与共和党、统一党合并，改建为进步党，与国民党争夺政治权力。

1913年“中华民国”国会大选中，国民党大获全胜，宋教仁在组阁之际，于3月20日在上海火车站遇刺身亡。

矛头直指袁世凯。黄兴甚至在挽联上毫不避讳地写道：

前年杀吴禄贞，去年杀张振武，今年又杀宋教仁，

你说是应桂馨，他说是洪述祖，我说就是袁世凯。

但终究苦于没有证据。

宋教仁案尚未平息，4月26日，又爆出“善后大借款”：袁世凯以出卖主权为代价，向五国银行团借款2500万英镑，用于

发动内战消灭南方的革命力量，即后来的镇压“二次革命”。

梁启超深以为耻，但反对无效，只能“隐忍不言”。

1913年7月，进步党“第一流人才内阁”成立，因袁世凯坚绝不出让财政总长一职，梁启超勉为其难地就任司法总长。

10月6日，国会进行总统选举，威逼之下，袁世凯蛮横地“刀选”为正式大总统。

整个一场选举，作为司法总长的梁启超未发一言。选举一结束，梁启超的步子迈得比谁都快，他不仅羞于见议员同道，也羞于见不相干的路人。

这次总统选举，梁启超和进步党人都做了一回十分不光彩的角色，但他仍天真地以为袁世凯做了正式大总统之后，国事能走上轨道，国会可以一心制订宪法，约束袁世凯，走上宪政之路。

袁世凯是怎么回答他的呢?

10月10日，“中华民国”首任大总统就职典礼。按惯例，袁世凯应在国会宣誓就职，但他却执意在太和殿举行。

太和殿，是紫禁城中最高的殿堂，间数为横九纵五，取“九五之尊”意，只有在新皇帝登极或皇帝生日等重大节庆日才使用到。

太和殿一幕，实乃司马昭之心。

梁启超愤然辞职。而袁世凯则进入紧锣密鼓的帝制酝酿阶段。

1915年5月，袁世凯为了取得日本政府对自己复辟的支持，毅然与其签订卖国的“二十一条”。

紧接着，他让自己的政治顾问——美国人古德诺发表《共和与君主论》，鼓吹“中国如用君主制转共和制为宜”。

古德诺之后，袁世凯又让另一顾问——日本人有贺长雄抛出《共和宪政持久论》，宣扬中国应效法日本实行君主立宪，集权于袁世凯。

梁启超读罢拍案：“此乃真无耻也！”

与此同时，袁世凯授意杨度等人（“筹安会六君子”）成立“筹安会”，以学术团体的名义，秉着“研究君主、民主国体二者以何适于中国”的宗旨，大言不惭地得出结论：“君主实较民主为优，而中国则尤不能不用君主国体。”

8月，梁启超“实不能坐视此辈鬼蜮出没”，随即数篇批驳谬论的文章，猛烈谴责袁世凯意欲复辟帝制的行径，其中便有惊世鸿文《异哉所谓国体问题者》：

自国体问题发生以来，所谓讨论者，皆袁世凯氏自讨自论；所谓赞成者，皆袁氏自赞自成；所谓请愿者，皆袁氏自请自愿；所谓表决者，皆袁氏自表自决；所谓推戴者，皆袁氏自推自戴；举凡国内国外明眼人，其谁不知者……

当时杨度还在做着争取梁启超的最大努力，因为“筹安会六君子”的六根笔杆子对付谁都可以游刃有余，唯独在梁启超面前显得力不从心。

不过这也是他最后的努力了，因为这次从梁启超这里带去的是一封绝交信和这篇笔迹未干的《异哉所谓国体问题者》。

杨度匆匆阅信，惊呼“大事不妙”，而文章尚未看完，脊背已经发凉。

他匆忙赶往中南海，面呈袁世凯。

袁世凯读毕，神情黯然，良久不语，最后只轻声说了一句：“我待梁启超不薄。”

这篇文章万万不可发，缓过神来的袁世凯决定以给梁太公祝寿为名，派人送去20万大洋寿仪，被梁启超以“家父寿辰已过”为由婉拒，退回了20万大洋和一份新抄录的《异哉所谓国体问题者》，以示磊落。

9月3日，文章在《京报》上刊登。当日，《京报》被抢售一空，“凡茶馆、旅馆因无可买得只可向人辗转抄读，又有多人接踵至该报馆请求再版”。一时之间，洛阳纸贵，报价涨到“每份三角”，而求购者仍以“不能普及为憾”。

次日，《国民公报》转载，但限于篇幅，不能一次登完。因而4、5号两天北京公共场所的问候多是：“君有3号之《京报》否？今天或昨天之《国民公报》亦可。”

《国民公报》销售量大增，“为向来北京报纸所未有”。

直到9月6日，求购者仍络绎不绝，报社只好在7号将梁启超的大作印成单行本发行。

这篇文章在各阶层、各派政治力量间引起强烈的震动。这是一个民心共振的时刻，在这个民众几乎已经到了麻木不仁的时代，一切关心国家命运的人觉醒而聚合到梁启超的大旗之下，语气中含急迫感，眼神闪烁希望的光，有人呼号，有人落泪，“天不亡我中华也”！

诚如蔡锷所说：“先生所言，全国人人所欲言，全国人人所不敢言，抑非先生言之，因不足以动天下也。”

梁启超不仅在舆论上声讨袁世凯，还在武力上做好了与袁世凯决战的准备。他与学生——时任云南都督的蔡锷密谋，策划武力反袁。

与此同时，袁世凯正忙着为称帝做最后的准备；与梁启超、蔡锷彻底撕破了脸，下令追杀，一旦抓到，“就地枪决”。

筹安会停止笔下的鼓吹，开始带头组织“公民请愿团”，向参议院请愿“变更国体”，紧接着是乞丐请愿团、商旅请愿团、学界请愿团，最后发展为“全国请愿会”。

到了10月，在袁世凯统一指挥下，各省“选出国民代表”，举行国体投票，结果一致赞成“君主立宪”。

各省纷纷上表劝进，“谨以国民公意，恭戴今‘中华民国’大总统袁世凯为中华帝国皇帝，承王建极，传之万世”。然后，委托参议院为“国民大会总代表”，向袁世凯呈上“推戴书”。

袁世凯三番推让之后，终于承认“民之所欲，天必从之”，于12月12日接受了推戴。

13日，袁世凯发布命令，承认帝位，自称皇帝，改国号为中华帝国，建元洪宪（1916年为中华帝国洪宪元年），史称“洪宪帝制”。

23日，蔡锷、李烈钧、唐继尧等宣布云南独立，“以一隅抗天下”，组成近两万人的护国军，誓师讨袁——轰轰烈烈的护国运动开始了。

1916年元旦，护国军兵分三路，向四川、贵州、广西和广东进军，蔡锷、李烈钧、唐继尧分别任第一、二、三军司令。

“护国军神”蔡锷率领护国主力，按照与梁启超商定的部署，开赴四川前线。于21日攻克川南重镇叙府，蜀中震骇；27日，贵州宣布独立；31日，川军刘存厚倒戈反袁，配合攻打泸州。

西南战局的失利，袁世凯始料未及，怒不可遏之后，他冷静下来转变战略。经过一番冥思苦想，他决定以绝对优势的兵力在泸州与蔡锷决战，一战而捷，大局可定。

在泸州一带，蔡锷护国军与曹锟北洋军的战斗极为激烈艰难。袁世凯源源不断地输出援兵和军饷，从实力到后勤，北洋军各方面都处于绝对优势。

蔡锷急发电报给梁启超，请求策反广西独立以为后援。

梁启超致函广西都督陆荣廷，掷地有声地劝其共同护国。

此时的袁世凯也在拉拢陆荣廷，拨钱发枪，力请出兵。

但陆荣廷看完梁启超的信件后，毅然决定，“民国之大都督岂能为袁皇帝之马前卒”？即刻发兵助蔡锷。

不久，广东、江西、浙江、陕西各省纷起响应，先后宣布独立。

北洋军队军心涣散，节节败退；嫡系将领各有打算，不愿卖命；帝国主义见他众叛亲离，也不再予以支持。

1916 年 3 月 22 日，仅做了 83 天皇帝的袁世凯感叹一声“大势已去”，宣布取消帝制。

不再做皇帝的他，仍然赖在总统的宝座上。

梁启超紧接着实行他的护国运动的第二步计划：成立护国军军务院。

之后，护国战争达到了一个新的高潮。军务院连续发布了一系列梁启超起草的宣言，矛头直指袁世凯，否认他的总统地位。

梁启超一度成为军务院的核心，在他的直接领导下，在军事对抗取得初步胜利后，适时地化军事对抗为根基于《约法》的政治较量，使那些拥护进步反对倒退的力量有了可依托的舞台。

与此同时，孙中山发表《第二次讨袁宣言》，号召继续斗争。

5 月下旬，袁世凯的心腹四川督军和湖南督军宣告独立。

6 月 6 日，众叛亲离的袁世凯在举国声讨中忧惧地死去。

7 日，黎元洪代理大总统，梁启超当即致电黎元洪，要求恢复约法、召开国会。中国重新走向了共和之路。

8 月 1 日，国会在北京重新开会，段祺瑞为新内阁的国务总理，梁启超开始拥段。

段祺瑞一上台，便通过了对德绝交宣战方案，送请黎元洪盖印，却遭到拒绝。段祺瑞以辞职相胁迫，黎元洪担心事变，无奈妥协。

但国会三百多人极力反对该方案。

段祺瑞学袁世凯，派大军包围国会，要求立即通过对德宣战方案，否则，“一个议员也别想出去”。

这一次，梁启超站在段祺瑞一边。

因为从战局看来，德国是必败的了，对德宣战，有利于提高中国在国际上的地位。

但是，段祺瑞的真实想法却不像梁启超所想。

他是以亲日为前提，企图以宣战的名义向日本大举借款，然后更新装备扩充兵员，扩大皖系军阀实力，为武力统一夺取中国最高权力做准备。

面对威胁，国会官员相继辞职，国会做出“缓议”的决定，并通过了改组内阁的决议。

段祺瑞乘机解散国会，黎元洪忍无可忍，罢免了段祺瑞国务总理和陆军总长的职位。

段祺瑞通电煽动军方反对黎元洪，一时北京政府瘫痪。

无计可施之下，黎元洪电召张勋，“进京调停国事”。

这一招正中张勋下怀。

张勋率领四千“辫子军”浩浩荡荡地杀向北京，为的不是调停，而是拥护溥仪复辟。出发之前，他电邀康有为。

1917 年 7 月 1 日，在张勋、康有为及清室遗老的合力下，溥仪重登皇位，宣布恢复大清国。

一夜之间，紫禁城头，龙旗飘扬。

短暂的震惊之后，各地人民义无反顾地选择了反对复辟。

反对张勋复辟，梁启超再一次成为举足轻重的人物。

梁启超将矛头直指恩师康有为，“此次首造逆谋之人，非贪黩无厌之武夫，即大言不惭之书生，于政局甘苦毫无所知”。

师生情谊，至此达到冰点。

7 月 12 日，段祺瑞部队三路攻入北京，复辟势力瞬时土崩瓦解。

康有为在潜逃路上，将这一切都怪罪在梁启超身上，咒骂他“梁贼启超”，并作诗斥责：

鸱枭食母獍食父，刑天舞戚虎守关；

逢蒙弯弓专射羿，坐看日落泪潸潸。

说到底，梁启超对康有为还是不忘师恩的，即使日后与友人的交谈中，也小心规避师尊。针锋相对，实在是逼于无奈——“师弟自师弟，政治主张则不妨各异，吾不能与吾师共为国家罪人也。”

张勋复辟失败，黎元洪引狼入室被迫下台，副总统冯国璋就任代理大总统。

段祺瑞重任国务总理，梁启超拥段有功，受到重用，出任向往已久的财政总长。

他以为终于可以做出一番“改革币制，整顿金融”的成绩了，但是债台高筑的烂摊子局面，加上段祺瑞军阀挥霍无度的军费报销，这一切逼迫得他不得不承认“我已经无事可做了”。

总想着做出一番事业，却无论如何也做不成任何事情，这是那时政坛绕不开的怪圈，梁启超也陷进去了：不仅改革财政举步维艰，而且政治处境日益恶化。

“中华民国”建立，国会成为一个进步意义的象征。但是，段祺瑞却拒绝恢复碍手碍脚的国会，其军阀本色暴露无遗。

而此时的梁启超却再次站到段祺瑞一边，一时成为众矢之的，身处进退维谷之间。

信函纷飞如雪，有口水，有慰藉，也有劝退。

梁启超长夜枯坐，对月无眠，痛定思痛，轻化一声悲叹。他执笔写辞呈："此次入阁，竭智殚诚，以谋整理，不幸事与愿违"，唯有"负疚引退"。

但终于拗不过冯国璋的再三挽留，只得继续僵持着。

而此时的国内政局，随着北洋直、皖两系的冲突公开化，已更见其艰难。

9月，孙中山举起"护法"的旗帜，召开"非常国会"，组织军政府，出任大元帅，宣判段祺瑞为民国叛逆，"为戡定叛乱，恢复《临时约法》"而举兵北伐。

段祺瑞自恃北洋军能征善战，决心发动第二次南北战争，企图以武力统一南方。

护法运动蜂起，南北再成敌对，又是金戈铁马，民众生息几何?

梁启超桌上的信件又突然多了起来，"任公兄，拥段之后几时讨段"?"离那些军阀政客远远的，写文章为好。"……

知我者，谓我心忧；不知我者，谓我何求。

等到真正骑上了战马，段祺瑞才终于感觉到了力不从心，他已经没有能力收拾这个局面了。

11月，在冯国璋的逼迫下，段祺瑞无奈辞职。梁启超"连带引辞"。

这一届内阁不过维持了四个月，梁启超却觉得蹉跎了四十年，跋涉得太久，他已是筋疲力尽。无望于军阀的混沌，他从此退出了政坛。

只专学术，不谈政治

梁启超离开政界后，于年底去往欧洲。在那里，他亲身体会到了西方社会的诸多弊病。同时，马克思主义在中国的传播和工农运动的兴起，也使其深感不安。

他旋即回国，投入学术和教育事业，宣扬西方文明的破产，光大传统文化，用东方的“固有文明”来“拯救世界”。

他组织共学社、讲学社，不遗余力地从事讲学和著述，着重研究先秦诸子、清代学术、史学和佛学，写下了《先秦政治思想史》《清代学术概论》《中国近三百年学术史》《中国历史研究法》《中国文化史》等一系列具有高学术价值的重要著作。

他一生的宏富著述，合编为《饮冰室合集》，计148卷，一千四百余万字。

1922年，梁启超开始在清华兼课。

1925年，他受聘主持清华国学研究院，与王国维、赵元任、陈寅恪合称“清华四导师”，指导范围为诸子、中国佛学史、宋元明学术史、清代学术史、中国文学、中国哲学史、中国史、史学研究法、儒家哲学、东西交流史。

此外，梁启超对图书馆学有独到见识，认为应建设“中国的图书馆学”，用西方的图书馆学理论优化中国传统目录学，即目录学的科学化。

1922 年，他发起建立“松坡图书馆”，出任馆长。

1925 年，中华图书馆协会成立，任董事部部长，并发表《中华图书馆协会成立会演说辞》，提出对中国图书馆事业发展方向的见解。

后来，他又担任京师图书馆馆长、北京图书馆馆长。

1927 年，恩师康有为去世，爱徒范静生去世，挚友王国维投湖……一件件大悲之事沉重地打击在梁启超的病体上，手无提笔之力，心无安定之神，他离开了清华研究院，停止了讲学，结束了创作。

1929 年 1 月 19 日 14 时 15 分，北京协和医院的一张病床上，一颗充满激情的叱咤文政风云数十年的伟大心脏停止了跳动。

他，是真的累了。

这样一个人，在他三十多年的政治生涯中，几乎将自己的名字与中国近代史上的每一件大事都挂上了钩，与中国近代史上的每一种思潮、政派都有过密切的接触。

梁启超是善变的。

赞扬梁启超的人说，他的善变是与时俱进；批评梁启超的人说，他的善变是政治投机。维护梁启超的人说，他善变的背后，有“内在的一致性”；抨击梁启超的人说，他的善变是自相矛盾、无所依靠的彷徨。

梁启超是善变的，但善变绝非政治投机。他的善变是因为他学贯中西沉淀下的一种内在一致性，与动荡时局的新旧思想摩擦，总能被认同，却总不能被认全。

他不是一个单门独进的专家，但是一个不事体系的大家。

对于当时大多数知识分子来说，很多人都只是盲人摸象，管窥蠡测，而梁启超几乎在各个领域都触及东西方文化的本质。

问题在于，他虽然对东西方文化的本质了解深入，却不能或不愿将其协调起来。

他大笔一挥，便得到万人景仰，而一旦步入政坛，身居要职，却往往虎头蛇尾。——这是因为他的理论，不足以成体系。就像他的《饮冰室文集》，洋洋一千四百多万字，却始终没有鲜明的主张，谁都可以尽取所需。——倘若蒙田在，蒙田该会多爱他！

另一方面，梁启超是单纯的。有人一看书就卖弄，多读几遍吧，多读几遍就不卖弄了。所谓“圣人不死，大盗不止”，从另一个角度看，庄子骂的其实不是真正的圣人，而是浅俗地读过一点圣贤书而自以为是的读书人。

读了太多书的人会在心里形成一方净土，那里只有大智慧，所以这样的人，往往是玩不过那些读过几本书、有点小聪明的人的。

即使口诛笔伐，笔下的较量也是不成大害的，但步入政坛，这个勾心斗角的场所，他总是会吃亏的。抱着“学贯中西”的思想，他想象着一个灿烂的前程，并为着这个前程献身，与那些抱着所谓的“新思想”的人周旋。

政客啃着他的肉，他却还称赞着政客的好。回过头来，发现自己吃了大亏，也不计较，只恨心里的蓝图成了空。

章太炎

“民国祢衡”章疯子

太史公曰：“《诗》有之：‘高山仰止，景行行止。’虽不能至，然心向往之。余读孔氏书，想见其为人。适鲁，观仲尼庙堂车服礼器，诸生以时习礼其家，余祗回留之不能去云。”

寥寥数语，尽显司马迁对孔子的崇尚之情：读其书，想见其为人，而游其故乡，观瞻其遗物遗风，以至流连忘返。

名人大家总有一种历久弥新的磁性，吸引着后人在耳濡目染中渐成那一份铁了心的神往：读其书，见其人，游其乡，观其风。太史公尚且如此，太史公之后又有几人能无动于衷？

时值年末，赋闲在家，天寒畏冷，连日静读章太炎。

忽有一天萌生出去散散心的念头，工作太迟，年节尚远，读书昏沉。挑几套衣物，便告辞出了门。

家离余杭不远，余杭成为此行目的地。晒晒暖阳，吹吹冷风，瞻仰章太炎先生故居。

第一进房曾是培昌南货店，属章氏义庄，是章太炎祖父为赈济乡族而设；第二进为正厅，破旧却依然高昂轩敞，现为先生事迹陈列室；第三进为“扶雅堂”，两层三开间，为先生当年书房卧室；第四进为章太炎长兄章椿柏居所。

置身大宅院，古旧空旷而寂寥，细雨成滴从天井的檐上坠下，清脆滴答声的回响中轻轻荡漾开这座老宅当年的热闹景象……

明亡于清，反不如亡于李闯

章太炎曾祖为余杭巨富，建造了这栋在当时首屈一指的大宅子。

后来在太平天国运动中，家道逐渐衰落，到祖父章鉴这一代，上辈留下的积蓄便只剩下这一栋宅子和章鉴的那一肚子墨水。章鉴科举不成，便改走另一条路发扬奉献精神，做了一名救死扶伤的乡村医生。

章鉴十分注重子女的文化教育，儿子章浚在父亲的指导下，学习优异，科举得中，官至河南按察使，娶海盐的汉学大家朱有虔的女儿为妻，后长期任杭州诂经精舍监院。

1869 年，章太炎出生，他是章浚的第三个孩子。

在这样一个书香世家，章太炎幼承家学，从小跟随祖父、外祖父及父兄学习经书和文字音韵，打下了汉学基础。

6 岁那年夏天的一个中午，父亲章浚邀请了十几位文友在家饮酒赋诗，不亦乐乎。

此时在书房念书的章太炎，偷偷地跑到帘子后面看热闹，恰巧被席间一位与章浚同宗的章老先生瞧见。章老先生酒兴上涌，情趣盎然，走过去抱起章太炎，吓唬他念书不专心就没得玩耍，除非他能应景做一首诗。

章太炎望望窗外，低吟片刻，念出了一首：

天上雷阵阵，地下雨倾盆。

笼中鸡闭户，室外犬管门。

语惊四座。章老先生忙把他放在自己的座位上，令人拿来纸笔，挥毫记下了这首《六龄童诗》。

章太炎虽然自小便接受了良好的传统教育，但是，传统教育并未使他成长为一名忠于清朝的“顺民”。

12岁时，外祖父领着他读《东华录》《扬州十日记》等。

当读到《东华录》中曾静案时，外祖父说：“夷夏大防，同于君臣之义。”

章太炎问：“前人有谈此语否？”

外祖父答道：“王船山、顾亭林已言之，尤以王氏之言为甚，谓历代亡国，无足轻重，惟南宋之亡，则衣冠文物，亦与之俱亡。”

章太炎愤然：“明亡于清，反不如亡于李闯！”

外祖父急忙说：“今不必作此论耳。”

排满思想已经在少年章太炎的心中潜伏。

1883年，16岁的章太炎参加县试，突然癫痫病发作，没有考成。从此他竟放弃了科举，广泛涉猎经史子集。

1890年，父亲章浚去世，23岁的章太炎遵父遗训，进入杭州诂经精舍，师从俞樾、谭献，研习经史，初步确立了对“今古文师说”界线的认识。在这里章太炎度过了八年寒窗苦读的求学生涯，写成了《膏兰室札记》《独居记》《春秋左传读》等著作。

当1895年第一次从老师俞樾那儿听到康有为“公车上书”的事迹后，章太炎便对康有为充满了敬佩。恰逢此时强学会正到处征募有志之士，章太炎毫不犹豫地寄出了16元银洋，申请入会，开始与康、梁有书信来往。

1896年，《时务报》创刊后，章太炎更是一期不漏地阅读。

1897年春天，在经学研究方面小有成就的章太炎受《时务报》经理汪康年的邀请，来到上海，担任《时务报》编辑，参与维新变法大业。这年他30岁。

在上海，章太炎认识了诸如谭嗣同、唐才常等许多维新界人士，并有幸结识了康门首席大弟子，也就是后来与他闹得不可开交的梁启超。

在《时务报》馆上任后，章太炎不负众望，很快就写出了《论亚洲宜自为唇齿》《论学会有益于黄人亟宜保护》等文章。

其中，《论亚洲宜自为唇齿》主张亲日，共同抗俄，批评了李鸿章联俄反日的做法。章太炎的这种思想是“黄种白种，誓不两立”的种族观念，正是他少年潜伏的“夷夏之防”思想的合理蔓延。

章太炎的学问才华一时使人大为叹服，谭嗣同甚至将其与梁启超相提并论，“大致卓公如贾谊，章似司马相如”。

但也有人指出，他的文章文辞古奥，典雅有余而通俗不足，一般读者难以接受。对此，黄遵宪直言：“此文集之文，非报馆之文。”

之后，章太炎越写越大胆，“排满”思想越来越膨胀，接连写了数篇反满清的文章。梁启超秉承师意，拒不发表，章太炎为此大为不悦。

与此同时，章太炎虽然对维新思想深表认同，但并不代表他会爱屋及乌地认同康有为所有的思想。

相反，对于康有为的治学态度和治学目的，章太炎绝不苟同。早在诂经精舍的时候，他就写了驳议数十条，批判康有为的《新学伪经考》；而对于《孔子改制考》，章太炎也认为是牵强附会，偏离治学本道。

在《时务报》馆期间，章太炎更是鄙夷康有为“倡言礼教”、自称“教主”及康门弟子尊奉其为“圣人”的做法，将他们看作“一群屎壳郎在推滚粪球”。

4 月的一天，报馆里刚刚结束一天的工作，麦孟华等康门弟子又吹捧起康圣人来。章太炎忍无可忍，高声插了一句：“所谓长素奈何以衣冠拜索虏！”

此话一出，立即激怒了康门弟子。他们拥到章太炎的办公桌前，大声诘问。麦孟华更是抢到章太炎面前，照脸就是一拳。章太炎也不甘示弱，立即回敬一拳。双方自然而然地扭打在一起。

康门弟子一哄而上，有的加入围殴，有的帮忙劝架。混乱中，梁启超也被章太炎掴了一掌。

经此事件，章太炎愤然离开《时务报》。

离开报馆后不久，德国出兵强占了胶州湾。眼见清朝政府的无能为力，章太炎上书李鸿章，建议：割威海卫给日本，借此联日，遏止瓜分逆流；雇用日本人为客卿，在税务、制造局等方面取代英、法等国。可是信寄出后杳无音讯。

1898 年，经《时务报》报馆朋友夏曾佑推荐，章太炎被张之洞招入帐下。章太炎满以为可以实现“依靠汉族督抚改变现状的念头”，所以高高兴兴地做起了《正学报》的编辑，撰文批驳康有为的今文经学理论。

但事实上，张之洞只是利用他与康有为的分歧，打压维新派。当真正明白了张之洞的“中体西用”只是为了在清朝体制下实行稳健变法的时候，章太炎失望地离开。

从与李鸿章、张之洞等洋务派的短暂交往可见，章太炎是一个理想主义色彩非常浓厚的人。他在与政客交往的过程中，总是以己度人地首先假设双方拥有共同理想。一旦发现双方理想不合，便义无反顾地离开，绝不希求委曲求全。

革命流血起，流血从我起

1898年，戊戌变法在政变中宣告破灭。

章太炎因曾与梁启超等康门弟子有过交往被通缉，逃往日本占领下的“台湾”。

梁启超逃往日本，“主办《清议报》于横滨，与孙总理过从颇密，渐醉心民族真理”。

在日期间，梁启超主动与章太炎通信，冰释前嫌，并邀请赴日，“谓将介见孙某同计议国是”。

章太炎得信大喜，即刻应邀于1899年6月东渡扶桑。

章太炎住在《清议报》馆，在梁启超的介绍下与孙中山有了接触，并被孙中山“当今中国不流血就不能推翻满清王朝”的议论深深打动，称其“卓识”。

此时的梁启超也一度萌发革命思想，但很快便在老师康有为的威吓下，回到了“保皇”“立宪”的老路上。

在这两个月里，章太炎深感维新派的思想僵化而落后于时代，逐渐偏向于革命，深信没有武力，救国只是一句空话。

虽然章太炎的思想有了转变，但还没有形成一个独立的体系，无法与康有为的“今文经学”和“托古改制”思想体系相抗衡，甚至在某种程度上还没有摆脱康有为思想的影响。这在他的1900年出版的《訄书》初刻本中有清晰的体现。

《訄书》以《尊荀》始，以《独圣》终。虽然抬出荀子来与今文经学家的尊孔相抗衡，但并不反孔。

为缓和维新与排满之间的矛盾，章太炎还设计了“客帝”与“分镇”两个方案。

在《客帝论》中，主张虚尊孔子为“共主”，满洲皇帝则退居为“客帝”，掌握实权，推行变法；《分镇》主张在中央权力得到根本改善之前，加强各地方自治自卫能力，与列强抗争。

但事实很快就让章太炎的这种理想变成了泡影。

1900年，八国联军侵华，义和团起义。东南各督抚——广州李鸿章、武汉张之洞、济南袁世凯……皆拒绝接受朝廷的“乱命”，而与列强实行“东南互保”。

八国联军进京后，慈禧带着光绪匆忙奔逃西安。清政府的无能，使章太炎不得不承认，“客帝”纯属纸上谈兵。

《辛丑条约》签订后，清廷仍旧存续，各督抚无意与之决裂，使章太炎认识到“分镇”的荒唐。

7月26日，唐才常在保皇会的资助下，祭起“勤王”大旗，以“保国保种”相号召，八十多位上海名流聚集上海豫园召开了“中国议会”成立大会。章太炎也在其中。

面对“中国议会”宗旨的自相矛盾，章太炎毫不留情地予以揭露：“一面排满，一面勤王，既不承认清朝政府，又称拥护光绪皇帝，实属大相矛盾，决无成事之理。”

为了显示投身革命的决心，章太炎毅然剪去长辫，脱去

“戎狄之服”，换上“欧罗巴衣笠”，直言脱社，扬长而去。

1901 年，章太炎前往苏州东吴大学任教，宣扬民族民主革命，引起江苏巡抚恩铭的警戒。

这一年，俞樾住于苏州曲园，章太炎前往拜见恩师。

俞樾因不满于章太炎从事反清革命活动，骂其“不孝不忠，非人类也，小子鸣鼓而攻之，可也”，并表示“曲园（俞樾，自号曲园居士）无是弟子，逐之门墙之外，永绝师生关系”。

章太炎退出曲园后，写《谢本师》一文，以示从此断绝师生情谊。

虽然与本师闹翻，但章太炎内心仍对俞樾十分推崇。

俞樾 86 岁去世，章太炎悲恸万分，于 1908 年写成《俞先生传》，对其做了评价：“浙江朴学晚出”，“昌自先生”。

某次游杭，一到杭州，章太炎便穿起马褂，同时要求学生也如此穿戴，来到俞曲园故居凭吊老师。到春在堂时，点起三支香火，行三跪九叩之礼。

这都是后话了，推崇归推崇，“吾爱吾师，吾更爱真理”。

这年，针对梁启超的《积弱溯源论》，章太炎发表了《正仇满论》。这是“对资产阶级改良派政治主张批驳的第一篇文章，可视为中国近代史上革命与改良论争最早的一篇历史文献”。

文章一经发表，举国哗然。

章太炎立即遭到恩铭的通缉，无奈再次东渡，暂居横滨《新民丛报》社。

1902 年 3 月，逢明朝崇祯皇帝殉国忌日，在日国人发起了“支那亡国二百四十二年纪念会”，孙中山、梁启超均签名支持。

但因清廷的干预，孙中山及留学生数百人未能按时参加，后来改在横滨补办仪式。

席间，孙中山提议与会者各敬章太炎一杯酒，总共敬了七十多杯。

章太炎回国后，于1903年3月任教上海爱国学社，结识了邹容、章士钊等人士。

5月，邹容写成《革命军》，章太炎称为“义师先声”，并为之撰序，发表于《苏报》。

同这篇序文一起发表的，是《驳康有为论革命书》。在文中，他毫无忌惮地写道：“载湉小丑，不辨菽麦。”

直呼当今圣上名讳，且斥其无能，这在当时不啻石破天惊之论，按照刑律，当属杀头之罪。

时人评论：“尤以太炎《与康有为书》中‘载湉小丑，不辨菽麦’两语为奇警，论者谓不啻向五千年帝王历史中，猛投以爆弹也。”

清政府勾结帝国主义，连夜捉拿章太炎等“反天逆子”“反清匪人”。众人仓皇，唯有章太炎执意不逃，说：“革命流血起，流血从我起。”他坐镇爱国学社，面不改色地被抓捕。

在狱中，章太炎给在逃的邹容写了一封信，大义凛然：“吾已被清廷查拿七次，今第八次矣，志在流血，焉用逃为？”

读罢信，邹容动容，他不愿让章太炎一人担此责任，毅然主动入狱。

结果，章太炎被判三年，邹容被判二年。

在狱中，两人受尽狱卒的百般折磨。为了鼓舞年轻的邹容，章太炎特地送他一首诗：

邹容吾小弟，被发下瀛洲。

快剪刀除辫，干牛肉作糇。

英雄一入狱，天地亦悲秋。

临命须掺手，乾坤只两头。

邹容阅后，回赠一首，以示感激。

但是一年以后，体弱的邹容瘐死狱中。

章太炎悲恸万分，特地在宅壁高处悬挂一幅邹容遗像，下面摆上横板，上设香炉，每逢初一、十五沐手敬香。

这一年，《訄书》重印本托友人在日本出版。其全新的内容和观点让人耳目一新，问世不久便因脱销而再版。

这本书标志着章太炎经学史学化的古文经学思想的确立。至此，章太炎思想终于摆脱了康有为的影响，举起了经学史学化的大旗。

1906 年 6 月，章太炎出狱后，孙中山派人迎接其去往日本。

到日本后，眼见日本人对中国人如此鄙夷，很是愤慨，但是因密谋革命，不能不尽力忍耐。但是一有机会，他就变着法子出口恶气。

一天，日本警察调查户口，让他填表。章太炎大笔一挥：

职业：圣人

出身：私生子（讽刺私生子以日本为最多）

年龄：万寿无疆

日警看后，怒从中来，却又奈何不得。

由于面对刑狱坚贞不屈的表现，章太炎在士林中之声望日隆，众人对其敬仰备至，大有“平生不识章太炎，访尽名流亦枉然”的架势。

7 月 15 日，在东京的留学生欢迎会上，章太炎发表演讲。两千多人慕名而来，一时间会场内外人头攒动，甚至有人爬上屋檐，以一睹这位传奇人物的风采。

章太炎认为，当前最紧要的，“第一，是用宗教发起信心，增进国民的道德；第二，是用国粹激动种姓，增进爱国的热肠”。

在演讲中，就所谓的“疯癫”，章太炎也谈了自己的看法：

“大凡非常可怪的议论，不是神经病人，断不能想，就能想也不敢说，说了以后，遇着艰难困苦的时候，不是神经病人，断不能百折不回，孤行己意。所以古来有大学问，成大事业的，必得有神经病才能做到。……为这缘故，兄弟承认自己有神经病；也愿诸位同志，人人个个，都有一两分的神经病。”

最后，章太炎大声疾呼：“我要把我的神经病质，传染诸君，传染与四万万人！”

可见，对于“章疯子”这个外号，章太炎非但没有丝毫不满，反而处处显得自鸣得意。一个“有学问的革命家”形象也由此呈现。难怪他的好友宋恕曾半开玩笑地说：“像章君这样手无缚鸡之力的儒生，竟欲颠覆满洲三百年的帝国基业，为啥会如此的不自量力呢？莫非是明末遗老们的魂魄附体了不成？”

不久，章太炎加入中国同盟会，担任《民报》社长，继续鼓吹革命，与梁启超所在的鼓吹立宪、反对暴力革命的《新民丛报》大打笔仗。

这场笔仗，显现了袁世凯一生最敬畏的两大笔杆子：“这两支笔，笔力千钧，抵得上几个师的军队！”

这一阶段，《民报》名气陡增，孙中山的“三民主义”亦得以远播海内外。

章太炎与《民报》相互成全。至《民报》终刊，他亲手主编十六期，发表文章八十三篇。可以说，《民报》所到之处，也就是章太炎的文章和思想影响所及之处。

比起《时务报》时期的章太炎，这一时期的他，政论文更加老辣稳重，条分缕析，笔锋披靡，正如鲁迅所说：“我爱看这

《民报》，但并非为了先生的文笔古奥，索解为难……是为了他和主张保皇的梁启超斗争，和 ×× 的 ××× 斗争。……真是所向披靡，令人神往！”

在日本的中国留学生，仰慕章太炎大名，因而请求追随他学习国学。

应广大留学生的要求，章氏决定创办国学讲习所，免费向留学生讲授国学。学员中以黄侃、钱玄同、朱希祖、马裕藻、鲁迅、周作人、沈兼士、沈尹默等最为著名。

章氏讲学的目的，不仅是为了弘扬国学，更是为了民族复兴。

章太炎革命热情高涨，生活却是极其困顿。流亡日本期间，吃的常是盐笃饭，甚至有时连饭都吃不上。(盐笃饭，即饭桌上无菜，只放一小盆盐，用筷子蘸着盐下饭。)

随着时间的沉淀，章太炎在学界和思想界的影响越来越大。

在此期间，发生了两件令章太炎与孙中山、黄兴交恶的事件。

其一，清政府派遣唐绍仪出使日本，要求日本政府查封《民报》，驱逐孙中山。孙中山擅自答应了日本条件，并拿了日本方面的补偿金 17000 元。

但是，孙中山只给《民报》留了很少一部分钱，其余大部分被他带去了南洋，这引发了同盟会的不满。再加上孙中山不断的桃色新闻，章太炎、陶成章等人斥其挥霍革命经费，同盟会分裂。章太炎重组光复会。

其二，孙中山通过日本黑龙会宫崎寅藏购买了一批几近报废的枪械，章太炎向香港方面声明不要购买，由此导致双方相互怨恨。

辛亥革命后，章太炎回到上海，主编《大共和日报》，并任孙中山总统府枢密顾问。

但是，从下船开始，章太炎便质疑孙中山上海临时政府的合法性，并且在上海国民自治会发表演说，认为“宜先认武昌为中央政府”。

而当黄兴就扩大同盟会问题相询时，章太炎在《诛政党》中提出了“革命军兴，革命党消”的口号，公然主张取缔同盟会，与孙中山成见加深。

后来，他自己组建了共和党，和张謇等一帮立宪党人联手掺和政治。

就在孙中山等人与袁世凯因定都一事产生分歧时，章太炎公开发表《驳黄兴主张南都电》，赞成定都北京的主张，等于在政治上为袁世凯抬了一把轿子。

而后，章太炎又撰写了《致袁世凯论治术书》，针对民国初年军政势力三足鼎立的现状——北京袁世凯的北洋集团、南京的黄兴革命军和副总统黎元洪坐镇的武汉革命党，向袁世凯献策。

章太炎的政治言论使窃国之初、人心未稳的袁世凯喜出望外，虽然他的策略没有被袁世凯全盘采纳，但回信却称之“至理名言，亲切有味”。此外，袁世凯更是大方地送出一顶“东三省筹边使”的政治高帽，意欲收买章太炎。

以章太炎的智慧，原本应能看穿袁世凯的真实意图，无奈袁世凯糊弄世人的本领太高，而章太炎自身政治情结过于浓厚，遮蔽了他的政治智慧。

章太炎信以为真地接受了，踌躇满志地到任东北后，却发现尾大不掉，手下的人一个个都目中无人，不仅吃了多顿闭门羹，还被委婉地遣送回来。

此时的章太炎仍旧执迷不悟，以为袁世凯待己不薄，始终看不穿他“虚邀彼心”的手段，只叹地方强梁，不服中央调度。

离开东北，章太炎无枝可栖，只得折回革命阵营，接受孙中山之托，前往湖北会见黎元洪，以图联合之举。

一到湖北，章太炎便受到黎元洪场面铺张的盛大欢迎，这让刚刚在东北喝西北风的章太炎大为感动。这天壤之别的待遇，使得章太炎对黎元洪格外垂青，逢人便说：“民国总统一席，非公莫属！”以致举国上下无人不知。

不久，这话传到了袁世凯的党羽王揖唐的耳中，便向袁世凯献计：“章疯子的言论和他手中的那支笔还是有号召力的，不能不加以笼络。”

袁世凯心领神会，马上赏给章太炎一个二等勋章，并礼聘他来北京任事。

祢衡怎能比我？

当袁世凯如愿以偿地当上正式大总统，不再需要国会这个选举机器的时候，便把国会晾在一边。

此时的章太炎如梦方醒，及至宋教仁遇刺，他更是追悔莫及，对袁世凯恨得直欲寝皮食肉，在报纸上大量发表反袁宣言。

1913 年，孙中山决心发动“二次革命”，章太炎自告奋勇，亲自起草了反袁檄文。

其言辞之激烈，让袁世凯大为恼恨。

这时，有人向袁世凯献计，邀章太炎“来京议事”，趁机加以控制。袁世凯依计而行。

1913 年 8 月，章太炎新婚不久，他不顾亲友劝说，毅然决定北上向袁世凯摊牌，以“挽此危局”：“我决定要去面质包藏祸心的袁世凯，明知是虎穴，可是不入虎穴，焉得虎子？”

对于外人，他可以尽显决绝，而对于新婚不久的妻子汤国梨，他则一吐衷心，尽表无奈：“当年无奈，出走日本，今天光复了，再避居国外，岂不为外人讪笑，我当入京面数袁世凯祸国之心！”

袁世凯正是利用了章太炎的名士风度，以及章太炎自恃名高而以为袁世凯投鼠忌器，奈何他不得。

临行前，章太炎留诗一首：

时危挺剑入长安，流血先争五步看。

谁道江南徐骑省，不容卧榻有人鼾。

此诗内含两个典故。前两句源自《战国策》，唐雎受安陵君所托，孤身赴秦，不辱使命地迫使秦王放弃侵犯野心；后两句出自《类说》，赵匡胤兵临城下，后主李煜派徐铉求和。赵匡胤拔剑厉声：“卧榻之侧，岂容他人酣睡！”举兵进攻，南唐遂亡。

章太炎意欲仿效唐雎，挺剑入京，决心以“伏尸二人，流血五步”的行动来警醒世人，践履自己民主共和的理想。

进京不久，章太炎便遭到当时以抓捕和处决革命党人而闻名的军政执法处长陆建章的监视。

但陆建章对章太炎却是礼让三分，对手下叮嘱：“太炎先生不可得罪，用处甚大，他日太炎一篇文章，可少用数师兵马也。”

起初章太炎还感觉良好，每次乘马车外出，总有宪兵登车夹侍，好不威风。

但是，渐渐地发现这些宪兵终日寸步不离，章太炎终于意识到自己是在被监视。

恍悟后的章太炎二话不说，执杖劈头盖脸就是一阵乱打，打得宪兵们抱头鼠窜。章太炎心情大好，乐道：“袁狗被我赶走了！”

宪兵们有了这次教训，此后都改换了便服来监视。

1914 年 1 月 3 日，章太炎好不容易摆脱了监视，计划当天秘密乘火车离京赴津，从此逃离袁世凯的控制。

临行前，共和党本部干事张伯烈、张大昕、吴宗慈等人前来送行。谁料这一干人等早已被袁世凯收买，设宴佯为饯行。

席间斗酒抡拳，以“骂袁”为酒令。章太炎喝得高兴，骂得尽兴，但到车站时已赶不上火车了。

章太炎这才觉悟，那班共和党人早已被收买，所谓的饯行实则拖延时间。章太炎大为生气。四天后，他来到总统府门前。

这是寒风凛冽的一天，章太炎发如飞蓬，身穿油光可鉴的破棉袍，手上却拿着折扇，扇柄上坠着袁世凯颁发的那枚二等勋章，不衫不履、不伦不类地走到总统府，掏出一张一尺五寸长的名片，口口声声要找大总统，请卫兵转达。

卫兵阻拦，忽而说大总统在议事，忽而说大总统在待客，如此三番，从清晨至傍晚，也没让章太炎进去。章太炎赖在招待室里不肯走，执意等袁世凯。

而此时，次长向瑞琨却接到通知准备进府面见袁世凯。章太炎终于怒不可遏：“向瑞琨一个小孩子，可以见袁世凯，难道我见不得吗？”

他大吵大闹，将总统府上上下下骂了个狗血淋头，边骂边砸，抡起手杖将招待室内的器物砸了个稀里哗啦。

袁世凯目睹了章太炎的“胡闹”，却是敢怒不敢言，任其发泄。

等他闹够了，袁世凯即令陆建章出马，谎称总统在居仁堂，把他骗出总统府，带到军队营房处，软禁了起来。不久送到北京南城陶然亭附近的龙泉寺。为搪塞外界的猜疑，还编了一个“疯子病发违禁”的说法。

从此，章太炎开始了一段长达近三年的幽囚岁月。

虽是软禁，但这一时期却是章太炎一生最阔绰的年月。

袁世凯定了关于囚章的八条规则，规定起居饮食用款不限，而且毁物骂人，听其自便。章太炎在被囚期间，每月的费用是五百元。而当时一个警察每月薪水只有四元左右，就连大学里最风光体面的教授，每月也不过四百元。

虽然阔绰，但终究是软禁，甚至还直接导致其大女儿的自杀。

软禁中的章太炎愤恨交加，疯劲十足，狂书章氏风格的“七杀七疯”对联：

杀、杀、杀、杀、杀、杀、杀

疯、疯、疯、疯、疯、疯、疯

此外，章太炎常与友人狂饮，酩酊之后便破口怒骂，在书桌窗纸墙壁等处遍写“袁贼”二字，以杖痛击，称之“鞭尸”；或扒下树皮，写上“袁贼”字样，丢入火堆焚烧，大呼：“袁贼已烧死矣！”又将某日袁世凯次子袁克文亲送的锦缎被褥用香烟烧出累累黑洞，掷之窗外，高喊：“拿去！”在被软禁的日子里，章太炎的名士派头越做越足。对器物疯够了，章太炎把目标对准了那些由警察密探装扮的仆役们，与他们约法三章：仆役对他须称呼“大人”，对来宾则称呼“老爷”，不得以“先生”相称；每逢初一、十五，要向他磕头，以贺朔望。

如有违例，即请开路。为了使规定落实到位，他强迫他们照条约签字画押。

弟子钱玄同觉得好奇，便问老师缘何立此家规。章太炎答道：

“无他，只因‘大人’与‘老爷’乃前清之称谓，而‘先生’，则是吾辈革命党人拼死挣来的替代品。放眼今日，北京仍是帝制余孽盘踞之所，岂配‘先生’之称谓？既然此处仍是‘大人'‘老爷’的世界，让彼等磕头，岂非合情合理?”

但袁世凯听之任之，就是不放他出走。数月之后，章太炎不得不换个玩法，公开宣布绝食，还将一袭旧衣寄给夫人汤国梨以示诀别。

章太炎绝食，身体一天比一天羸弱。这不仅使袁世凯大伤脑筋，也令章太炎的在京旧友及弟子如马叙伦、钱玄同、吴承仕等心焦不已，纷纷前去劝慰老师，希望他为国珍重。

关于旧友弟子苦劝章太炎重新进食的记载，历来有两个版本。

一是吴承仕版。弟子们从早到晚地劝着章太炎进食，而章太炎只是躺在床上，两眼翻白，一味摇头。弟子们束手无策。某日，吴承仕忽然想到一个激将法，便问:“先生比三国祢衡如何?”

章太炎两眼一瞪，道:“祢衡怎能比我?”

吴承仕接着说:“当年刘表想杀祢衡，自己不愿戴杀士之名，而借黄祖之手杀之。而今，袁世凯比刘表高明多了，他不用劳驾黄祖这样的角色，叫先生自己杀自己!”

“什么话!”章太炎闻此，翻身下床，端起弟子们为他准备的荷包蛋大嚼起来。

另一个是马叙伦版。马叙伦探望章太炎，好友相见，相谈甚欢。二人天马行空，谈国事，谈孔孟，谈老庄，谈佛法，谈理学……谈得章太炎的精神为之振奋。自午及暮，意犹未尽。

马叙伦看看天色，起身告辞:“我得走了，中午出来太急，没有吃饭，现已饥肠辘辘。”

章太炎谈兴未尽，不想他走，说:“这事好办，我让厨子给你准备饭菜。”

马叙伦连连摇头：“这万万不可，你正在绝食期间，我怎可在你面前据案大嚼？”

章太炎一心挽留，终于答应与他一同进食。

吴承仕版中的章太炎自认比三国之祢衡更为清狂，在弟子的激将法下显得颇为可爱；马叙伦版中的章太炎畅谈学术而不忍断，竟而放弃绝食，其衷心于学术的精神十分可敬。

两个版本，实际上恰恰反映出章太炎身上两种最为可贵的品质：胸怀苍生，心系学术。

袁世凯定年号“洪宪”后，欲物色德高望重者为其撰写元旦草诏，有人推荐章太炎。

袁世凯叹道：“何必为人所难呢？你们难道忘记了他绝食之举？如果以此事逼迫他，是加速其死之志啊！我不愿意让太炎为祢衡，我岂能成为变相之黄祖？要是他真的死了，最起码也是方孝孺，我可不能成全其美名。”

1916年6月，袁世凯死后不久，章太炎终于挣脱枷锁恢复了自由之身。

回顾这一段刺刀威逼下的生活，章太炎几度与死神擦肩而过，却依然故我，不屈不挠。难怪鲁迅由衷地赞叹：

“考其生平，以大勋章做扇坠，临总统府之门，大诟袁世凯的包藏祸心者，并世无第二人；七被追捕，三入牢狱。而革命之志，终不屈挠者，并世亦无第二人；这才是先哲的精神，后生的楷范。”

经此一难，章太炎的声望大涨，成了反袁的英雄，同时，在一定程度上也修正了他对孙中山、黄兴等革命党人的看法。

在随后孙中山领导的护法运动中，章太炎甘愿听命于孙中山，担任护法军政府秘书长，负责撰写文稿。

在章太炎写了几篇痛骂段祺瑞的檄文后，他那自视甚高的“国士病”竟卷土重来，顿觉壮志难酬，大有杀鸡焉用牛刀之慨，认为孙中山“能用而不能贤，能贤而尚未尽”。于是他主动请缨前往昆明争取云南军阀唐继尧的支持。

唐继尧老奸巨猾，对章太炎虚词应付，磨蹭不出兵。而当天下形势日趋明朗之时，唐继尧才终于打算出手了。

对此章太炎不明就里，以为是自己的功劳。所以行军之时，他特地定制了一面大旗，上书“大元帅府秘书长”七个大字，一望之下，竟然比主帅唐继尧的帅旗还要大。

1920 年，章太炎与张继讨论提出联省自治，企图改变军阀混战状态。章太炎的联省自治，主要依靠四川的熊克武、湖南的赵恒惕、广东的陈炯明、北方的吴佩孚。但是联省自治在北洋军阀和孙中山革命军的南北夹击下宣告失败。

因为此时，屡败屡战的孙中山逐渐倒向苏联。

章太炎反对孙中山与苏俄联合，反对北伐，反对赤化，认为中共是苏俄的代理。章太炎与孙中山再次分道扬镳。

南京国民政府成立后，章太炎自称“中华民国遗民”(“中华民国”一词属章太炎首创)，反对青天白日旗，认为“袁世凯是一个人当皇帝，现在是国民党一个党当皇帝，从中华帝国变成了中华党国”。

于是，章太炎脱离孙中山改组的国民党，淡出了政坛。

他在苏州设立章氏国学讲习会，以讲学为业。1935 年在苏州主持章氏国学讲习所，主编《制言》杂志。

晚年愤怒于日本侵略中国，并依据“春秋”大义，强调“非我族类，其心必异”，力主对日强硬。

学以亲民，勿以干禄

对革命的单纯与理想化，并不能掩盖章太炎学术思想的深邃。

作为学问家的章太炎，无论是在思想史、学术史，还是文学史上，都是学界的一代宗师。

章太炎的国学成就大致可分为小学、经学、史学、文学、诸子学等方面。

小学（音韵，文字）是章太炎学术的立身之本。章太炎创造了 58 个注音符号，成为中国第一套汉字注音方案。

文学主要体现在他的《国故论衡》(中卷)。其中“文学复古”思想，为之后新文学浪潮的到来提供了多方面的理论源泉。

诸子学主要反映在《国故论衡》(下卷)。其中直斥儒家所倡导的中庸之道为矫言伪行的“国愿”的观点，是新文化运动之前批判儒家最为犀利的文字，直接开启了新文化运动“打孔家店”的闸门。

章太炎一生不仅勤奋著述，还积极讲学，传播国学。

其生平比较集中的讲学有三个时期：第一个时期是1908年流亡日本；第二个时期是1913年被袁世凯禁锢于北京期间；第三个时期是晚年在上海、无锡、苏州三地讲学。

他的每一次讲学都群贤毕至，少长咸集，造就了不少文字、音韵、训诂等方面的人才。其中成就最为集中的是东京授业的那班弟子，后来皆成为中国新旧文化的翘楚。

这批弟子自民国初年从日本回国后，大都受聘进了北京大学，进而转变了北大文科乃至民初学术之风，在确立中国现代学科领域和学术规范方面具有开创性贡献。

此时的章太炎虽然已从政坛隐退，但他依然十分关注政局民生。

1925年3月，孙中山病逝。在中山陵举行奉安大典时，章太炎专程来到南京吊唁。

章太炎作为革命元勋，达官显贵们自然要设宴为他接风洗尘。席间，有人附庸风雅，请他题字留念。他想起沿途所见所闻，深憾诸多革命党人的腐化变质，心中气愤，挥毫写下对联一副：

诸君鼠窃狗跳，斯君痛哭。

此地龙盘虎踞，古之虚言。

众人见后，面面相觑。

1935年，国民政府代表何应钦同日本梅津美治郎签订丧权辱国的《何梅协定》，章太炎十分愤慨，当即作诗寄予友人，加以讽刺：

淮上无坚守，江心尚苟安。

怜君未穷巧，更试出蓝看。

此诗妙在借古讽今。国民政府在淮河一带不设防，将中原轻易丢弃而无动于衷。这就好比南宋朝廷无耻大臣汪伯彦、黄潜善等，大敌当前，仍游于江心寺觥筹交错。可惜南宋佞臣卖国伎俩不高明，而今南京诸位官老爷，真是青出于蓝。

1936 年 6 月 14 日，章太炎病逝，享年 69 岁。

弥留之际，这位“有学问的革命家”仍旧不忘国难时艰，断断续续吐出两句遗言：

“设有异族入主中夏，世世子孙毋食其官禄。”

得知章太炎病逝的消息，“全国朝野表示惊悼”，国民政府拨专款三千元作为治丧费，并颁发“国葬令”。

在北京，章门弟子马裕藻、许寿裳、朱希祖、钱玄同、吴承仕、周作人、刘文典、沈兼士、马宗芗、黄子通等又单独举行了追悼会，发布《通启》：“先师章太炎发生不幸于本年六月十四日卒于江苏吴县，先生为革命元勋，国学泰斗，一旦辞世，薄海同悲。”

但因抗战爆发，国葬只好暂且搁置，只得先草草葬于苏州章家后花园。

1937 年 11 月，苏州沦陷后，一支日军闯入章家后花园，看见这座没有墓碑的新墓，以为埋有财宝，便决定挖墓。章家留下守门的老家人苦苦劝阻，连遭毒打。

这时一位军佐入园，得知是章太炎的墓，制止了部下。几天后，这位军佐特来拜祭，并在墓旁立起木柱，上书“章太炎之墓”。此后，这里总算多了一分宁静。

1955 年 4 月 3 日，在周恩来总理的直接关怀下，浙江省人民政府正式为章太炎举行了安葬仪式。按照章太炎生前的遗愿，灵柩迁葬于杭州西湖边南屏山麓荔枝峰下，紧邻抗清英雄张苍水墓。

清末民初，集舆论、政治、学问三者于一身而能登峰造极者，任公之外，唯有太炎。南章北梁，泰山北斗。巨星陨落，天地动容。所幸留给后人的还有那永恒的字里行间的慰藉，以及这座悠远老宅。

走出宅门，天色自黑，河水自流，打起伞儿我自顾自地走。

王国维

最是人间留不住

“古今之成大事业、大学问者，必经过三种之境界。‘昨夜西风凋碧树，独上高楼，望尽天涯路。’此第一境也。‘衣带渐宽终不悔，为伊消得人憔悴。’此第二境也。‘众里寻他千百度，回头蓦见，那人正在灯火阑珊处。’此第三境也。此等语皆非大词人不能道。然遽以此意解释诸词，恐为晏、欧诸公所不许也。”

提起“王国维”，虽不至妇孺皆知，但也没有几个人会陌生到要在脑海里搜索半天——更多的是条件反射，开门见山：一听闻此名便在心里拔地而起一座仰望却不见顶的高山。

王国维最为人所知的莫过于“读书三境界”，之所以为人所知是因为被推演成人生、爱情、仕途、财运等的“三重境界”：攀高望远，找到属于自己的目标，而追求之；追求的过程充满羁绊，废寝忘食而无怨，即便把自己累坏了也绝不放弃；一段曲径通幽的艰难岁月，挺过来了，便豁然开朗，柳暗花明。——而所有的失败往往是败在第二个环节。

事实上，王国维的成就绝不止于此。他是中国古典文学的开风气者，是中国史学史上将历史学与考古学相结合的开创者——“新史学的开山”（郭沫若语），是“中国近三百年来学术的结束人，最近八十年来学术的开创者”。

作为一名“不独为中国所有而为全世界所有之学人”（梁启超语），王国维的研究领域涵盖了教育、哲学、文学、美学、戏曲、史学、古文字学、考古学……且每一项皆有难以望其项背的造诣和创新，实属当之无愧的“学术巨子”“国学大师”等称号。

一生须惜少年时

在浙江海宁盐官双仁巷，有一户备受当地百姓敬仰的王氏人家，因其远祖乃是抗金名将王禀。

这王家的祖籍本是宋朝国都——河南开封，远祖王禀是宋靖康元年（1126年）的河东路马步军副都总管。“靖康之难”时，王禀受命坚守太原，牵制金兵主力长达8个月，为宋都南渡赢得了时间。

敌军破城之后，王禀率领残兵负隅顽抗，展开了激烈的巷战，但终因敌众我寡，未能力挽狂澜。大厦将倾之际，王禀父子怀抱宋太宗画像，杀出重围。后被围困于汾河之畔，王禀父子义不就辱，双双投河殉国。

南渡临安（今浙江杭州）的宋高宗赵构，感念王禀父子的壮举，追封王禀为安化郡王，赐谥号“忠壮”，一并追封诸子。

宋建炎四年（1130年），宋高宗特召陪同南渡的王禀长孙王沆，恩准其承袭安化王爵，赐第海昌城（盐官）——海宁王氏家族在此落地生根。

到王国维的父亲王乃誉这一代，已有八百余年的历史。海宁百姓从没有忘记王氏前贤，王氏后裔更是对此念念不忘，王乃誉常自称“宋安化郡王三十二世裔孙”。

虽然王家世代传下了众人敬仰的荣耀，却没能传下一笔可观的家产。尤其在太平天国运动期间，这个自南宋灭亡以来“世为农商”的“中产之家”很快就陷入绝境。父祖相继而殁，不久便只剩下孤苦无依、一贫如洗的少年王乃誉。

学业至此中断，不得不在“丐于亲故”以安葬父祖后背井离乡，辗转上海充当学徒以谋生计。

王乃誉没进过几年私塾学堂，但不可否认他突出的自学能力和勤勉之功。在上海习贾经商期间，王乃誉每有闲暇，便攻研书画篆刻、诗词文辞，博涉多才。这使他在众学徒之中鹤立鸡群，深得老板偏爱。

王乃誉很有坚韧之志，刻苦自学的精神贯穿终身，治学精进，尤其是书法、画理。其一生写下了诸如《游目录》《画衍》《古钱考》《题画诗》《画粕》《娱庐诗集》等不少流传于世的作品。

后来，王乃誉应一位时任江苏溧阳县令的亲戚之邀，出任幕僚，人生总算拨云见日，逐步走上了家境殷实的小康之路。

1877 年 12 月 3 日，而立之年的王乃誉在有了长女王蕴玉之后，又有了长子王国维。

父亲每每自称的“宋安化郡王三十二世裔孙”，也成为王国维深感自豪的历史。自小便接受远祖“勋绩忠烈”的沐浴，奠定了王国维人生秉性的第一块基石。

王国维 4 岁之时，母亲凌氏病逝。因父亲长期工作在外，他和姐姐被委托给叔祖母照顾。自小丧失“母之恃”，奠定了王国维人生“性忧郁”的悲剧情怀。

1883年，7岁的王国维被叔祖母送进当地一所私塾，跟着私塾先生——儒学庠生（秀才）潘紫贵学习《三字经》《千字文》等幼童启蒙读物。

虽然背诵这些读物在一般学童看来是一件苦差事，但对于性情忧郁、沉默寡言的王国维而言，却是一件再欢喜不过的事情。

启蒙读物朗朗成诵之后，王国维便开始了对“四书五经”等经典典籍的攻读。放学回家，他也不像别的孩子一般玩耍，而是一头扎进父亲那“五六箧书”里——多是些金石、考据、绘画、书法等书。正是这些书，成为王国维后来从事学问研究的指路人。

父亲王乃誉经过二十年的辛苦奋斗，终于在四十不惑之际乔迁新居——一幢建在周家兜的大宅院（现为王国维故居所在地），真正实现了他的小康之梦。王乃誉走上了事业的巅峰，步入人生的黄金时期。

当此之时，王乃誉的兼祧（宗法制度下一男子兼做两家的继承人）父亲不幸病故，给了这场“久旱逢甘露”的欢快蒙上了一层厚重的阴影。

料理完丧办的那天午后，王乃誉独立空荡的院中。无力的阳光终扳不过屋檐的阴影，冰冷地留不下一点温情，西风拂面，叶散满地，徒留下突兀的树枝丫杈，尽显支离破碎。王乃誉陷入身不由己的追忆与展望之中……

当脑海浮现出身怀六甲的夫人凌氏、年已二十仍待嫁闺阁的长女王蕴玉和生来羸弱忧郁的长子王国维时，他不得不承认自己劳碌半生的无望，不得不重新考虑这个家庭的何去何从。

何处合称愁，忧人心上秋。愁眉难展的王乃誉几经深思，终于决定趁“丁忧”（遇父母丧事，官员居丧二十七个月）之机辞去县衙幕僚之职，居家“以课子自娱”。

从某种意义上说，王乃誉已经对自己失去了期望，但他并没有失去对人生、对功名的期望，而是把这期望寄托给了青春如朝阳的儿子王国维。

因为所抱的希望太大——望子成龙之外，更有望己成龙的鞭策，所以王乃誉对于儿子王国维的要求是近乎苛刻的。翻检王乃誉此时的日记，遍见“饬静儿”之语。

但不可否认，王乃誉那种出类拔萃的自学能力和勤勉有加的学习态度，对少年王国维产生了重大的影响，给王国维后来走上独学之路并大获成功指明了方向。

王乃誉虽然勤勉能学，但毕竟有鞭长莫及的一面。为了全面培养儿子王国维，“课子”之后不久，王乃誉便为王国维挑选了当地的一位名师——陈寿田。

陈寿田是当地的新型知识分子，曾于京师同文馆师从近代著名科学家李善兰——这位大科学家李善兰，恰也是浙江海宁籍人氏，且深为王乃誉所敬佩。

虽然父亲这明智行为的目的是要儿子迎接科举，但不料，西学种子却阴差阳错地植进王国维的心里。

可怜心事太峥嵘

1891 年，16 岁的王国维迎来人生中的第一道关卡——县试和州试。他以第 60 名的成绩通过了州试，入州学就学，成为名义上的秀才。

1892 年 3 月，王国维参加府试前的一次预考——岁试，考中第 21 名。从此，这名 16 岁的“童生”在乡里声名鹊起，与陈守谦、叶宜春、褚嘉猷被誉为“海宁四才子”，并被推为其首。

4 月，王国维踌躇满志赶往杭州参加府试，不第。王国维深受打击，表现出“弃甲曳兵之象”，父亲也颇为不满，责其“实愚而好自用”。

经过一年多针对“时文绳墨”八股文的训练，1893 年 7 月，王国维再次踏上了赴杭府试之路。

而这一次，王国维竟“不终场而归”。究其原因，盖陈守谦所言：王国维“学不沾沾于章句，尤不屑就时文绳墨”，早已“无意科名”。

对于王国维“不终场而归”的顽劣态度，父亲竟没有多加责备，而是妥协为他挑了一条捷径：入杭州崇文书院就读。——清朝科举制度有一变通的方法，府试未中者如考进官设书院，便可免除府试和院试而直接参加乡试。

王国维遵从父愿考进杭州崇文书院，但很快就对无味的八股传习失去了兴趣。兴趣一失，各种不能忍受之弊随之涌现，如费用昂贵、开支巨大、教授单板……不久，他便肄业回了家。

1894 年，又是三年一度的乡试之期。此时的王国维因有了崇文书院生员的晋身之阶，所以父亲王乃誉依然不肯放弃渺茫的希望，催劝他前往乡试。但乡试最终因甲午战争而未能顺利进行。而这一年，有一个人却成为光绪帝在金銮殿的钦点状元，他便是张謇。

甲午之后，国内掀起了一阵留学热潮。王国维一心向往出国留学，却因“家贫不能以资供游学”而未能如愿，“居恒怏怏”。

留洋不成，只有万般无奈地发挥他天才般的自学才能，到处搜求新学报刊以自修，尤其是梁启超主笔的《时务报》，几乎每期必读。

父亲本就对儿子热衷新学、无意科考感到伤神，如今这“居恒怏怏”的心境更让父亲担忧。

为了缓解儿子的苦闷心态，父亲决定为他选一门亲事。于是，王乃誉出售田产，换得千余元，为儿子择了当地一商户之女莫氏。他们于 1896 年 11 月举行了婚礼。

婚后，王国维一边担任着私塾先生，一边遵照父亲意愿准备来年科考，实则更多的时间用在自习新学上。

1897 年，王国维再一次动身往杭州参加乡试，不第。从此，王国维彻底断绝了科举念头，开始了他辉煌而艰难的独学之路。

科考不畅，又有举家之重任在肩，王国维辗转各家私塾，深觉生活之艰辛。

而此时，恰有《时务报》馆一同乡许家惺因事离职，遂请王国维代职。王国维欣然同意。

如此一来，王国维不仅获得了一份谋生的工作，而且这份工作还在他极为仰慕的宣传新学的《时务报》馆，不得不说是一件一石二鸟的好事。

王国维到《时务报》馆，却逢章太炎、梁启超等相继离开。由于报馆内素来存在着的“浙派”与“粤派”之间的芥蒂，以及章太炎与康门弟子的那次大打出手，“粤派”逐渐退出了《时务报》，由“浙派”汪康年、汪诒年兄弟主掌。

王国维与梁启超等学者失之交臂，又在《时务报》的低谷时期走进了它，却没能得到汪康年的赏识。

在《时务报》这些年，王国维一直做着简单的校对工作，更为汪氏兄弟所欺压。不过“老实像条火腿”（鲁迅语）般的他，没有据理力争，反而处处忍让。

不过值得庆幸的是，王国维在这段时间里结识了一生最重要的一个朋友——“他生活的扶助者、事业的提携者和学术研究的引路人”——罗振玉。

元宵节那天，罗振玉前往《时务报》拜年，“进门以后，阒然无人”，走上楼后，才见有一人在房里“摊着一本书在自斟自酌”。他好奇地走进房去，见桌上一包花生，斟的是绍兴酒，读的是《文选·两都赋》，“益觉得奇怪，就进而问讯”。王国维忙起身让座，于是两人坐下攀谈。

罗振玉“觉其人才华学养都不平凡”，就劝王国维去他创办的东文学社学习日文，并让他通过给《农学报》写点稿子来支付学费。

王国维因家境不济难以出洋留学，如今却有机会就近学习日语，自然欣然前往，成了东文学社的一名学生。

西域纵横尽百城，张陈远略逊甘英。

千秋壮观君知否？黑海东头望大秦。

一天，罗振玉偶然之间看到王国维写于同学扇面上的这首咏史诗，对其中“千秋壮观君知否？黑海东头望大秦”两句极为欣赏，把玩扇面良久仍不忍放下。

随后，罗振玉特意找来王国维详谈，当了解到他家境之艰难时，当即免除了王国维在东文学社的一切费用，并让其参与东文学社管理事务，以提供一份薪水。

王国维苦涩的生活总算多了一点甘甜，但这份甘甜并没有维持多久，很快，接二连三的事变——感染顽疾“鹤膝风”、《时务报》争报风波、幼女夭殇、戊戌变法失败，使王国维陷入更深的苦涩。

1898 年 7 月，因营养不良外加劳累过度，王国维腿病“鹤膝风”发作，不得不回家治疗休养。

鹤膝风，即一种脚气病，多见于江南，病发时两小腿肌肉萎缩而膝盖处肿大，形似仙鹤腿，故有此名。此病重则有性命之忧，胡适之父胡传便是丧于此病。

疗养中的王国维并没有养性修身之心，严重的腿病已使他“颇为焦虑”，而《时务报》的变故更使他忧心烦闷。

戊戌变法期间，康有为奏请光绪帝，将《时务报》改为官办，由梁启超担任总经理。上谕既下，“浙派”汪氏兄弟不得不遵旨，将《时务报》归于官府，实则归于“粤派”。

不过，有张之洞在背后支持的汪氏兄弟，并没有老实地拱手让出《时务报》，而是依据上谕中“据实昌言”的旨意，偷梁换柱地把《时务报》变成了《昌言报》，同时将他们自行创办的《时务日报》改名为《中外日报》，给“粤派”留下了《时务报》的空壳。

争报风波的烦闷尚未退尽，8 月，王国维又遭遇仅两个月大的长女的夭折之痛。

深陷种种痛楚之中的王国维，于 9 月得知戊戌变法失败的消息，忿忿难平，“颇有扼腕、捶胸、搔首问天之慨”。

人生如此祸不单行，但是，既生于天地之间，除悲愤感慨之外，最终还得继续生活下去。

人生只似风前絮

1901年2月，在罗振玉的资助及东文学社日籍老师藤田剑峰的帮助下，王国维终于登上了驶向日本的客轮，进入东京物理学校学习物理学。

6月26日，王国维腿病“鹤膝风”复发，不得不提前归国。

此时的罗振玉正应湖广总督张之洞邀请主持武昌农务学堂，而同时，他又在上海创办了中国第一份教育专业杂志——《教育世界》。

正是这份《教育世界》，不仅使王国维新进的教育思想如鱼得水，更是使他跻身教育界的名流，气势直抵当年因主笔《时务报》而蜚声海内的梁启超，从而奠定了他作为中国近代教育改革先行者的历史地位。

王国维病愈后，罗振玉即邀其担任武昌农务学堂的“译授”（协助外籍教员讲授课程），实则只挂“译授”之名而行编译《教育世界》之实。因为，他们对事务简单、人际复杂的农务学堂并不抱多大希望，反而把心思留在了《农学报》和刚刚创办的

《教育世界》上。

在此期间，王国维按罗振玉的提议首先从中小学堂教材的编撰开始，发表了一系列关于教育改革的文章，并翻译了大量日本学者的外文书刊。在这一过程中，王国维的外语水平迅速提升。

因发表大量关于教育改革的文章，王国维引起了上海南洋公学的注意，并收到了任教邀请。但此时的王国维想把精力放在《教育世界》上，况且春节将至，便婉拒了盛邀。

春节过后，随着罗振玉就任南洋公学东文学堂监督，王国维也来到了南洋公学。

两个月日本考察回来后，王国维深入了解到日本近年来西书翻译状况对其政治经济的重大影响，强烈觉察到西学之必要性，开始了大量西方教育和哲学名著的翻译。

从这时起，王国维畅游于西方哲学的海洋，饕餮着西方哲学珍馐，“自是以后，遂为独学之时代矣”。

罗振玉辞职后便前往兴办江苏师范学堂，王国维也辞职回了家。但对于西方哲学和教育学的研读和翻译，王国维一直没有放弃，大量从海外邮购哲学原著，“躲进小楼成一统”地刻苦钻研。

阅读原著的过程曲折而漫长，尤其在阅读康德之时，王国维只能感叹“苦其不可解”，退而曲线探求——从其学生叔本华处寻求解读的“钥匙”。在拿到“钥匙”的同时，王国维又收获了另一种契合：在阅读叔本华的过程中，其“天才论”和“悲剧说”不偏不倚地契合上了王国维自幼成型的天才情结和悲剧情怀，从此叔本华的影子深深的烙印进了王国维的眼界。

对于王国维的这种专注，父亲王乃誉似乎也开始理解了：

"静之不往，为高乎？抑不惜此区区功名耶？"

在这段时间里，王国维诸多关于哲学和教育学的译著，如《哲学丛书》《心理学》等陆续刊登在声名鹊起的《教育世界》上，得到了教育界人士的普遍关注。京师大学堂和通州（今江苏南通）师范学堂也纷纷递出邀请函。

王国维在一番抉择后，决定就任通州师范学堂，任教"国文"和"伦理学"。

通州师范学堂，是钦点状元、辞官创实业的张謇所创办的中国第一所私立师范学校。

能进这所学堂的都是国文基础深厚的"贡监禀增附五项生员"(即贡生、监生、禀生、增生和附生)。王国维以一介秀才身份来教授他们国文课，显然没那么容易被接受。

况且，当时的王国维只有26岁，几乎比所有的学生都年轻，而他的讲义，多是直接从日文翻译过来，用他那浓重的地方话来讲授，这让读惯了古文、又听不懂他地方话的学生不堪其苦。"因而他在举贡生监出身的学生们眼中，也没有得到尊重。"

为期一年的教学生涯不尽如人意，但与此同时，他在《教育世界》方面可谓是好好地弥补了一番他的心灵创伤。

1903年7月，针对张之洞《陈学务折》奏章中所说的——哲学等为无益有害之学，宜大学堂中删除此学科，王国维激扬文字，一气呵成《哲学辨惑》一文，对张之洞的观点进行了系统辩驳，不禁使人回想起他18岁之时"条驳"大学者俞樾《群经平义》的挥斥方遒。

此文一石激起千层浪，被认为具有"不可忽视的历史文献价值"。不久之后，王国维又发表一篇《论教育之宗旨》，进一步完善其观点。

《教育世界》从第 68 期开始正式由王国维主持编务。开始接受此职，王国维便进行了改革。如他发表的杂志创办宗旨所言：“一、因诸家精理微言，以供研究；二、载各国良法宏规，以资则效；三、录名人嘉言懿行，以示激动。”

经此改革，《教育世界》在教育和社会各界好评如潮，王国维也锋芒毕露出作为教育改革先行者的卓越见解和“哲学专论者”的非凡哲思。

1904 年，王国维应罗振玉之邀前往苏州就任江苏师范学堂教员，讲授修身、中国历史和中国文学。

前车之鉴，后事之师。王国维很巧妙地捕获了学生们的心，深受其欢迎。因成绩突出，很快便成为了中文总教习。

光阴如白驹过隙，美好更在一刹那间。不久之后，罗振玉因学堂招生没给地方乡绅开后门，遭到地方驱赶，驱赶范围波及所有外籍教员。紧接着，作为江苏教育会会长的张謇撰文，直斥罗振玉占用学校土地建造私宅。罗振玉恨撰《答辩书》，愤然辞职，“丁忧”不出。

随着罗振玉的离开，由他一手聘请的日籍教员纷纷离去，王国维也旋即辞职退居海宁，开始了《红楼梦评论》和《静安文集》的撰写出版。

时值灰暗的江南梅雨季节，心情潮湿到了极点的王国维被一种挥之不去的悲楚缠绕着——造成这种悲楚的直接原因便是出洋留学之梦的再一次破碎，百无聊赖之中他又捧起了《红楼梦》。

当他这次以带着叔本华“悲剧说”色彩的眼光来阅读这部经典时，他终于认识到了《红楼梦》乃一“彻头彻尾之悲剧”。

“人生者，为钟表之摆”，在“苦痛”与“倦厌”之间往复，而这悲剧的根源，“欲而已矣”。更为重要的是他还指出了《红楼梦》所指明的摆脱悲剧的途径——否认生活之“欲”。“解脱之道存于出世而不存于自杀”，因此他认为只有贾宝玉、惜春、紫鹃三人才得到了真正的解脱。

王国维将这一思考所得发表在了《教育世界》上，取名《红楼梦评论》。

所谓《红楼梦评论》，实非严格意义上的文学评论，更多属于个人之感悟。但即便是个人之感悟，也在诸多领域留下了不可磨灭的开拓性贡献。

自乾嘉以来，还没有一个人从纯文学或哲学的角度对《红楼梦》加以解析，因此王国维对其“悲剧中之悲剧”的定位，在当时的“红学”界乃至整个文化界无疑是一个惊世骇俗的定论。也由此奠定了中国乃至世界“红学”研究的基调——将《红楼梦》毫不犹豫地纳入悲剧之列。

另外，“在中国美学史上，首次引入西方‘悲剧’这一概念”；“在中国文学批评史上实在乃是一部开山创始之作”；采用章节分段的评论方式，创造了一种崭新的文学评论文体。

人生者，为钟表之摆

1906 年 2 月，“丁忧”在家的罗振玉受学部尚书荣庆之邀北上出任学部参事并在总务司行走，特邀王国维一同前往，思量着为其谋取职位。

王国维到达北京后，由于其秀才的低微学历和两年的短暂教龄，一直没能得到学部安置。王国维只有长期寄居罗家，闲来无事将过去当教员期间的填词汇编成《人间词甲稿》，陆续发表于《教育世界》，竟由此奠定他在中国词学史上的卓越地位。

这年秋天，父亲王乃誉病逝，王国维匆匆告别罗家南下。走进家门的一刻，恍如若隔世之感，区区半年，竟如此之物是人非。停放堂屋中央的黑色棺椁，令其扎根心底的悲剧夺眶而成号啕。

“人生者，为钟表之摆。”“丁忧”之后，王国维又匆匆辞别一家老小离乡北上。

这次回京，王国维总算得到了朝廷的任命，成了一个小小的办事人员。

随着罗振玉的升职，王国维转任图书编译局编译，其后又被委任为“编定名词馆”协修。此时编定名词馆的总纂正是赫赫有名的严复。

刚进编译局不久，家里又传来了妻子病危的消息。王国维又匆匆南下，在妻子弥留的最后十天守护在病床旁。接连的打击，啼血写下一句句断肠的话。

冉冉蘅皋春又暮。千里生还，一诀成千古。自是精魂失魄去，凄凉病榻无多语。

往事悠悠容细数。见说来生，只恐来生误。纵使兹盟终不负，那时能记今生否！

料理完丧事后，王国维又匆匆北上，将三个子女委托给了继母。

自小丧失“母之恃”，父亲匆匆来去常年不在身边，诚如王国维的少年时代，他的子女们走上了少年王国维的那一条路。“人生者，为钟表之摆”，处处是无可奈何的悲剧。

在凄清九月的一个夜凉如水的夜里，王国维反刍着三十年来的一路走过，下笔而成《三十自序》。这《三十自序》更多的是对十数年独学之路的感悟。对于感情，他没必要做一个结论，生活原本就是一件永久的事。

《三十自序》后不久，又传来了继母病故的噩耗。王国维再一次匆匆返家，于正月初二赶到海宁。推开门，一股死一般的沉寂迎面袭来。一副黑色的巨大棺椁，三个未涉人事的懵懂孩童……

在岳母的主持下，倍感“生事之累”的王国维迎娶了继室——莫氏的表外甥女潘氏。

婚后，王国维携家北上，“人生者，为钟表之摆”。

在京城相对安稳的这几年里，王国维有更多的精力从事学术研究。这一期间，他发表了《人间词乙稿》和震古烁今的词学经典《人间词话》。

《人间词话》是王国维运用中国传统词话方式所写的一部文学批评著作，内容大致分三部分：阐释“境界说”；如何创造境界；“境界说”之延伸。

在其间，王国维依然运用西方哲思解剖中国古典诗词，引用的叔本华少而精，与中国诗学水乳交融，以至“分不清是叔本华潜入了王国维的血脉，还是王国维走进了叔本华的脑门”。实在“既有浓郁的民族诗趣，又有晶莹的西方哲思”。

曾被王国维“条驳”的大学者俞樾，他的曾孙——那个“文学造诣精深但极少推崇同行”的学术大师——俞平伯，在《人间词话》的序言中写道：

“作文艺批评，一在能体会，二在能超脱。……此书论诗人之素养，以为‘入乎其内，故能写之；出乎其外，故能观之’。……其实书中所暗示的端绪，如引而申之，正可成一庞然巨帙，特其耐人寻味之力或顿减耳……”

正如王国维从“专门中之专门”的学问——哲学突然之间转向文学一样，这次，正当在文学方面一鸣惊人之时，他又急流勇退地转向了戏曲研究，写出了诸如《戏曲考原》《曲录》《唐宋大曲考》《古剧脚色考》等一系列出色的作品。

其中，尤以流寓日本期间完成的“成一家之书”的《宋元戏曲考》为最，被誉为“戏曲史研究上一部带有总结性的巨著”。郭沫若赞曰：“王国维的《宋元戏曲史》和鲁迅的《中国小说史略》，毫无疑问，是中国文艺研究上的双璧。不仅是拓荒的工作，前无古人，而且是权威的成就，一直领导着百万的后学。”

正如梁启超所预见的——“曲学将来能成为专门之学，则静安当为不祧之祖矣”，随着王国维一系列戏曲著作的问世，借着大轴作品《宋元戏曲史》的一锤定音，戏曲成为了专门之学——“曲学”，并且成为了当时一门影响广泛的显学，吸引着众多中外学者投身其间。千百年来的“下里巴人”，一夜之间跻身诗经、楚辞、汉赋、唐诗、宋词之列，披上了“元曲”的标志性外衣。

1911 年，辛亥革命爆发，清王朝土崩瓦解。身为朝廷四品大员的罗振玉因担心成为革命的对象，同王国维一起东渡扶桑、暂避风头，携带着大量珍贵藏品及图书。其中，仅图书一项就多达五十余万册。这堆藏品里，有一样后来成就“罗王之学”的文物——数万片甲骨。

到达日本后，罗振玉潜心研究甲骨文，而王国维则感叹着“国已不国，国学何存”，再一次“善自命题”，将学术研究方向转向了国学。

何谓“国学”，概括地说就是研究中国的传统文化。具体言之，则如国学大师章太炎所言，国学分为两部分：第一部分，国学的本体，分为经史、经典和历史；第二部分，治国学的方法，分为辨书籍之真伪、通小学、明地理、知古今人情之变迁、辨文学应用等。

回归国学后，王国维沿着国学的主脉触类旁通地撰写了《颐和园词》、《简牍检署考》、《流沙坠简》、《明堂寝庙通考》、《释币》、《胡服考》、《宋代金文著录表》、《国朝金文著录表》、《鬼方昆夷猃狁考》和《生霸死霸考》等一系列振聋发聩的著作。

王国维这一时期的“成书之多，为一生冠”，而如上所列，仅为冰山一角。而在这座冰山上，关于甲骨文方面的辉煌成就不得不提——即与罗振玉开创的“罗王之学”。

罗振玉在钻研甲骨文之后，呕心沥血四十余天完成了《殷虚书契考释》这在甲骨文研究史上具有极其重要贡献和地位的伟大著述。初稿完成时，他邀请王国维与他共同修订。两人精心修订后，由王国维誊抄一遍交付刊印。

虽然王国维只是帮助修订，但在修订的过程中两人发挥各自所长，同时也采用了王国维的一些研究成果。如罗振玉在序言中所列的“考史”“正名”“卜法”三个目标，他自己只做了“正名”的基础，“卜法”的研究一直到科学发掘以后才开始，而“考史”一目则是王国维的贡献——联系正名与考史，以纸上史料与卜辞相印证。

然而，因为第一批刊印本是王国维的笔迹，导致后人一度认为《殷虚书契考释》虽由罗振玉署名实则为王国维所著，由此竟引发了十数年的著作权归属问题的争议。直到陈梦家在二十多年后发现了罗振玉《殷虚书契考释》的手稿本，才使这桩历史疑案得以水落石出。

在学术与政治之间

1916 年 2 月 4 日，离国四年有余的王国维登上了回国的客轮。

这四年，是王国维一生“生活最为简单，而学问则变化滋甚”的四年。之所以结束这样的生活，却是因为生计所迫。流寓日本后，王国维便断了经济来源，一直倚靠罗振玉的资助，他实在不愿再以全家生活有累罗振玉了。

而恰在有心离开之时，他接到了同乡邹安的邀请，到上海为英国人哈同编撰《学术丛编》杂志。

对于王国维的离开，罗振玉甚感离愁，短短五天竟就寄出了三封信。

王国维到达上海后，在“哈园”就任《学术丛编》编辑主任，同时兼仓圣明智大学教授。

在此期间，王国维仍未间断对于甲骨文的研究，且横空出世了震惊世界的“两考一论”——《殷卜辞中所见先公先王考》、《殷卜辞中所见先公先王续考》和《殷周制度论》。而其中的《殷周制度论》堪称当时条件下甲骨文研究的封顶之作。

在这部著述中，王国维将甲骨文研究由原先考释文字、识别人名和梳理世系等上升到了考证殷周历史和制度的层次，分辨出了从殷商过渡到周朝的制度演变过程，以及商周两朝制度中的人文精髓。

正如赵万里所赞：“此篇虽寥寥不过十数页，实为近世经史二学第一篇大文字。”

又有唐兰所言：“卜辞研究，自雪堂导夫先路，观堂继以考史，彦堂区其时代，鼎堂发其辞例，固已极一时之盛。”——这其中的甲骨“四堂”，分别指罗振玉（字雪堂）、王国维（字观堂）、董作宾（字彦堂）和郭沫若（字鼎堂）。

在完成《殷周制度论》之后，王国维几天之后便又一次“善自命题”，转身投入到了古音韵学的研究之中。

虽然新的学术之路一直在开辟，但回归现实，王国维却一直过着捉襟见肘、奔波劳碌的生活，每月 200 元的薪资，远远不够供养全家生活及子女上学所需。无奈之下，节流之外，王国维更是四处开源。

在主持《学术丛编》之余，王国维还帮助罗振玉在国内鉴别、收购古书画，参与《浙江通志》的编撰，为《东方杂志》撰稿，为“密韵楼”编撰书目……

1917 年 1 月 4 日，蔡元培出任北京大学校长，立即对积弊丛生的北大进行了一番大刀阔斧的整顿，其效果可谓立竿见影。而他提出的“思想自由”“兼容并包”的办学方针，也使旧学硕儒和新学名士济济一堂，北大校园一时之间百花齐放。

蔡元培走马上任半年之后，便向名扬四海的学术大师王国维发出了邀请。不过，这次邀请却被王国维婉拒了。

其后，蔡元培又陆续三次向王国维发出邀请，但皆被拒。

蔡元培为何如此之执著？而王国维却又为何如此之偏执？

蔡元培之执著，除王国维乃学术大师外，出于：一、蔡元培“囊括大典，网罗百家”的方针；二、胡适的力荐——“现今中国学术界真是凋敝零落了”。旧式学者只剩王国维、罗振玉、叶德辉、章炳麟四人；其次则半新半旧的过渡学者，也只有梁启超和我们几个。内中章炳麟是在学术上已半僵了，罗与叶没有条理系统，只有王国维最有希望。

而王国维之偏执，实出于“北京”这个敏感词。他曾于前朝学部为官，理所当然地被同僚认作遗老，他们催其就任，以借此机会在北京联络其他遗老，共同运动复辟之事。而事实上，王国维并不认为自己是遗老，他始终将自己的身份定位为学者。所以再三犹豫后，他还是拒不赴任。

1920 年底，蔡元培在北大国学研究所成立之后，第五次向王国维发出了邀请，并改北上进京教授为坐镇上海实施书信方式的远程指导。精诚所至，王国维深为动容，但却对此不予表态。

直到 1922 年 3 月，在罗振玉也被聘请为国学研究所导师之后，王国维才终于接受了北京大学的聘请。不过，他却拒收酬金，这在当时成一美谈。

1923 年 4 月，逊帝溥仪在紫禁城里降下谕旨：“杨钟羲、景方昶、温肃、王国维，均著在南书房行走。”

南书房，原是清朝皇帝读书之所；行走，是清朝的一种官阶职称，相当于文学侍从，其职责为帮助皇帝处理文字事务，也可解为“帝师”。

能充任“南书房行走”一职的，出身起码得是进士、翰林。

而谕旨中的四人，除王国维一小小“诸生”外，其余三人皆为进士出身。对此，王国维自然倍感荣幸，欢欣应诏。

对于这种心理，实属人之常情。就连“胡适这样高举反封建大旗的新人，在电话里听到废帝溥仪要他进宫召见的消息后，也有莫名的情感，赶紧坐车前往不敢懈怠”。

此非遗老情结或“一只脚踏学术文化，一只脚踏政治的投机文人”，而是“作为一个学者，对清朝统治者的一种情结，一种思想文化上的情结”。一次匆忙的辛亥革命，显然不可能埋葬数千年的文化传统，因而在那个年代，“人们很容易把溥仪的皇宫看成是中华传统文化的象征，或者说是封建文化的象征”。

王国维的激动是无可厚非的，但他的激动却是冷静的：他在溥仪降下谕旨 40 天后才从上海起程，完全违背了“朝奉诏夕至死矣”的严酷律例。而在这段时间里，有一个人却是比王国维更加激动，“一日三电”地催促其北上——他就是罗振玉。此间的云雾缭绕，唯待拨云见日的那天。

6 月，王国维正式就任“南书房行走”，一周一课，极为空闲，而俸禄优厚，生活不愁，因此王国维有更多的时间钻研自己的学术。此时他的学术研究方向转向了金石学和西北历史地理等领域。

7 月，溥仪降旨王国维，“著加恩赏给五品衔并赏食五品俸”。

1924 年 1 月，溥仪再降谕旨：“杨钟羲、景方昶、王国维等均在紫禁城内骑马。”对于这“特之又特”的高级待遇，王国维尤其看重。——此因康熙年间因博学鸿词而被征为翰林院检讨的朱彝尊，有“恩赐禁中骑马”一事，而这朱彝尊乃王国维同乡，又都是由布衣而得此“恩赐”。

就在王国维风光无限之时，他与此时已结为亲家的罗振玉之间的关系却出现了罅隙，显露出了“罗王之裂”的端倪。

当王国维准备将自己的那部后来被郭沫若称为“在几千年来的旧学的城垒上”筑起的“一座崔巍的楼阁”式的文集——《观堂集林》进呈给溥仪时，罗振玉希望他一并代呈自己关于甲骨文方面的几部著述。

这让王国维十分为难，囿于罗振玉与朝廷内的遗老之间的矛盾，为了避免自己卷入纷争，王国维不得不婉言推脱，告知“数月以后”再行办理。对此托辞，罗振玉十分不满。

而后，罗振玉又有一次让王国维代奏“上疏”，而王国维以同样的缘由予以婉拒。此时罗王之间的裂缝已到了难以调和的地步。

1924 年 10 月 23 日，冯玉祥发动“北京政变”，溥仪小朝廷被驱逐出了紫禁城。王国维跟随铁杆遗老，护驾出了宫。

此后不久，因胡适的推荐，清华学校校长曹云祥亲自前往王国维的寓所聘请其为国学研究院导师，但被婉拒。

无奈曹云祥再找胡适出面。对于胡适的出面邀请，王国维没有当面拒绝，但推脱需要“一星期考虑”。在这一星期时间里，胡适居然请得溥仪的一道“圣旨”，王国维这才同意就职。

1925 年 2 月 23 日，国学研究所主任吴宓持校长聘书谒见王国维，并“在厅堂向上行三鞠躬礼”。

而后，清华国学院又先后聘用梁启超、赵元任和陈寅恪，始成清华“四大导师”；又与特别讲师李济合称“五星聚奎”。

30 年前，梁启超是王国维仰慕的偶像；30 年后，梁启超却对王国维甘拜下风，举荐其为研究所的首席导师——“教授方面，以王静安先生为最难得，其专精之学，在今日几为绝学；而其所谦称为研究者亦且高我十倍，我于学问未尝不可有一精深之研究……王先生则不然。”

国学院任教期间，王国维担任经学、小学、上古史、金石学、中国文学等学科的指导，精力旺盛，学业成熟，著作彪炳。

在给学生讲课时，王国维突破旧史学方法，提出了以“二重证据法”和“阙疑法”为主要特点的新史学方法——即所有历史文本不再具有绝对的权威性，它必须接受来自“地下新材料”的挑战，“以实证史”而又“以史证实”，开创了以科学方法研究史学之新河。

所有这些为了向学生讲授而重新总结的新成果，皆收录在“先生平生最著名之研究”《古史新证》中。它是王国维多年学术研究的一个总结，收录了代表当时某些学术领域的最高成就。

后来，郭沫若在《革命春秋》中谈到他研究甲骨文的经过时说：“在当初，我第一次接触甲骨文字，那一样一片墨黑的东西，但一找到门径，差不多只有一两天的工夫，便完全解决了它的秘密。这倒也并不是我一个人有什么了不起的本领，而我是应该向一位替我们把门径开辟出来的大师，表示虔诚的谢意的。这位大师是谁呢？就是1927年当北伐军进展到河南的时候，在北平跳水死了的那位王国维了。”

郭沫若所说的“门径”，便是王国维在清华国学院所传授的古史“二重证据法”。此“二重证据法”，也深深地影响了陈寅恪，成了他接到牛津大学聘书后急切想要出国的一个重要原因。

1929年9月26日，王国维最为钟爱的长子王潜明在上海病逝，这成为“罗王之裂”的导火索。

此时的王潜明已是罗振玉的女婿，得知王潜明病危的消息，王国维与罗振玉分别从北京和天津赶来上海，而在王潜明入殓之后，罗振玉带着女儿不辞而别，先行回了天津。

罗振玉的这一举动，使正处在老年丧子之大悲中的王国维极为不满，怒道：“难道我连媳妇都养不起？”随即将王潜明病时的医药费全部汇去罗家。罗家把钱退回来，王国维又寄过去，如此往复两回。最后，王国维气得不言语，从书房抱出一大沓和罗振玉往来的信件，撕毁并付之一炬。

随后，在关于海关发放抚恤金的归属问题上，两人又展开了你来我往的书信辩论。在辩论中，双方的言辞逐渐激烈并上升到知识分子最为看重的人格尊严上，从而最终导致近三十年的深厚友情和学术情谊彻底决裂。此后，两人再无交流。

直到半年后，发生了“静安自沉”事件，罗振玉愧疚万分道：“静安以一死报知己，我负静安，静安不负我。”

举身清流为哪般

1927年6月1日，这是国学院研究生毕业的日子，王国维一大早便来到学校的工字厅，参加毕业宴会。

毕业宴席共设有四桌，师生欢聚一堂，沉浸在一种喜庆的气氛之中。唯独王国维就座的那一桌寂然无声，当然他们早已习惯了他的寡言，所以也没有人特别在意。

散席后，王国维与老师们一一作别，然后与“平生风义兼师友”的陈寅恪一同散步回家。

当晚，学生谢国桢和刘节来王国维家拜访，谈话内容从包括阴阳五行的起源到日本学者研究干支的得失，后来又转向了社会时局。一谈及这个话题，王国维顿时神色黯然：“闻冯玉祥将入京，张作霖欲率兵总退却，保山海关以东地，北京日内有大变。”

送走学生后，王国维为他们题写了扇面，共题四首诗，且“许多诗句似有不祥之语”。在此摘录其中两首：

其一：

万古离怀增物色，几生愁绪溺风光。

废城沃土肥春草，野渡空舡荡夕阳。

倚道向人多脉脉，为情困酒易怅怅。

宦途弃掷须甘分，回避红尘是所长。

其二：

流水前溪去不留，余香骀荡碧池头。

燕衔鱼唼能相厚，泥污苔遮各有由。

委蜕大难求净土，伤心最是近高楼。

庇根枝叶由来重，长夏阴成且少休。

睡前，王国维还挑灯批改了学生的作业。

第二天早晨起床后，王国维的夫人照常为他梳理发辫，并进早餐。餐后至书房小坐。

上午 8 点，王国维像往常一样准时到达办公室。准备给毕业研究生评定成绩时，王国维发现昨晚批改好的学生作业未带来，即命研究院的听差从家中取来。

随后，王国维和研究院办公处的侯厚培商谈下学期招生相关事宜，相谈甚久。处理完这些后，王国维向侯厚培借两块银元，侯厚培因没有零钱就给了一张五元纸币。因为大家都知道王国维没有带钱的习惯，所以没有谁对此感到奇怪。

王国维走出校门后，叫了一辆人力车，径直前往颐和园。

10 点左右，到达颐和园。王国维下车后让车夫等候在园外，自己购票入内，往昆明湖而去。

在长廊步行半个小时后，王国维走进了鱼藻轩。燃起一支香烟，枯坐沉思着抽完，掐灭了烟头，兀然站起，猛然扎进了湖中。

此时，距鱼藻轩不远处的清道夫闻声赶来，跳入水中将王国维拖上岸。

虽然这整个过程不足两分钟，甚至王国维的内衣也未湿透，但由于昆明湖底淤泥堆积，而王国维又是头部向下，所以口鼻之中都有淤泥阻塞，以致窒息。清道夫将人救上了岸，却不懂救急之术。

斯人之逝，天地同悲！

后来在他的口袋里，检察官发现了一份遗书和四元四角钱。

这封遗书开头那两句话——“五十之年，只欠一死。经此世变，义无再辱”，却引发了后世对其死因的诸多揣测：“殉清说”“逼债说”“惊惧说”“谏阻说”“文化殉节说”。

其中以“殉清说”流传最为广泛，究其原因，则是来自逊帝溥仪的一道“谕旨”。

闻知王国维投湖自尽的噩耗，罗振玉悲痛万分。他连夜拟了一份王国维的“遗折”，令其子摹仿王国维笔迹誊抄过后，急速呈递逊帝溥仪。

溥仪见此“遗折”，震惊而感动，下了一道嘉奖“谕旨”，赐谥号“忠悫”，由罗振玉到北京“宣诏”。

“遗折”“谕旨”以及王国维之前的“南书房行走”之职和脑后那根具有象征意义的小辫子，使王国维之死顺理成章地有了“殉清”一说。

后来，溥仪在自传《我的前半生》中，对此进行了解密：“王国维死后，社会上曾有一种关于国学大师殉清的传说，这其实是罗振玉做出的文章，而我在不知不觉中，成了这篇文章的合作者。”

面对论者的嚼舌，陈寅恪和吴宓实在看不过去，挺身而出：王国维脑后的那条辫子，只是传统文化人的个性使然，绝非什么外人流传的不忘前清小朝廷的标记。他们两位一致认为，王国维的死是自殉于传统文化。正如陈寅恪为其撰写的碑铭所言：

海宁王先生自沉后二年，清华研究院以普告天下后世。其词曰：士之读书治学，盖将以脱心志于俗谛之桎梏，真理因得以发扬。思想而不自由，毋宁死耳。斯古今仁圣所同殉之精义，夫岂庸鄙之敢望！先生以一死见其独立自由之意志，非所论于一人之恩怨，一姓之兴亡。呜呼！树兹石于讲舍，系哀思而不忘。表哲人之奇节，诉真宰之茫茫。来世不可知者也，先生之著述，或有时而不章；先生之学说，或有时而可商，惟此独立之精神，自由之思想，历千万祀，与天壤而同火，共三光而永光！

谭嗣同

唯将侠气流天地

戊戌变法领导者，其中有两个人最值得尊崇。

一位是梁启超，终生致力于传播先进理念，不遗余力地与腐朽势力做斗争，鲜有如此执中国近代思想界之牛耳长达数十年的人物。

另一位是谭嗣同，以毕生之精力，推动沉重的历史车轮向前滚进，并在蒺藜遍野、车怠马乏之际，从容涅槃，血荐轩辕，创造了千百年来“修齐治平”理想主义的新高峰。

“弯过了几道弯”，一曲浏阳河。唯楚有才兮，其导夫先路。脚步轻叩名河之踪，万缕情思随波涌动。

浏阳河畔，谭嗣同祠。进门悬横匾，梁启超手书：“民国先觉。”望之肃然。正厅挽联，康有为挥毫：“复生不复生矣，有为安有为哉？”中为谭君巨幅画像：外罩月白长衫，内着玄色武装，左手叉腰，右手持剑，崿崿其骨，棱棱其威；“面稜稜有秋肃之气”，浓眉峻目，闪闪似电，一派立山岳、傲死神的凛然正气。

浏阳郊区，谭嗣同墓。群山环抱，石栏周护，面临溪谷，背倚翠岭，半球茔冢，卵石密布。墓后正立三块湘白玉碑，主碑镌刻“清故中宪大夫谭公复生之墓”，左右辅碑分别写着“光绪二十七年辛丑夏”“兼祧子谭炜立”。墓前对立石虎、石马，一对华表镌联：“亘古不磨，片石苍茫立天地；一峦挺秀，群山奔赴若波涛。”

墓地孤寂，然而松柏苍翠，芳草萋萋。草木可有本心，安抚烈士清凄？

剑胆琴心抵先贤

1865年3月10日，谭嗣同出生在北京宣武门外阑眠胡同寓所，为谭家第七子。

谭嗣同生长于一个父慈母严的家庭，父母皆湖南浏阳人。

父亲谭继洵自幼失怙，家境惨然，体弱多病，幸得长兄体恤周至。入学之后，谭继洵聪颖勤奋，20岁时补为县学附生，27岁时，乡试中举，成为浏阳谭氏宗族有史以来第一个青年举子。

中举不久，太平天国战乱四起。面对着湖湘子弟有如过江之鲫般投笔从戎，希冀建功立业的行为，谭继洵无动于衷，仍是循规蹈矩，一心科举。

1859年3月，谭继洵赴京会试，得中贡士，并于次年4月补殿试，被赐同进士出身。

学习期满，补授户部主事，谭继洵由此开始了长达四十年的官宦生涯。

母亲徐五缘，浏阳国子监生徐韶春之女，出身贫寒，作风勤朴，持家有度。在父亲京城为官后，母亲亦携三幼儿赴京，从此一家在北京定居下来。

对于生长在如此优越环境之中的三儿两女，徐五缘最为担忧的便是他们养成奢侈闲逸的恶习。因此她常常苦心孤诣地向他们讲述自己过去的贫苦情形，并身体力行地濡染着儿女的思想，鞭策他们养成勤劳节俭的生活习惯。

谭嗣同五岁时便随同兄长师从毕莼斋学习。一天课余，塾师问道："你家哪个女仆深夜仍在不停纺纱，响声隔一道墙也听得清清楚楚，她怎么这样勤劳?"

谭嗣同恭敬地回答："先生，那不是女仆，是我母亲，她天天晚上都要纺纱的。"

塾师听了，感慨万分："你父亲为官数年，家里应是富贵了，但你母亲竟不愿过这清闲安逸的日子，每天仍是如此辛劳，孺子应当发愤。"

谭嗣同天性聪慧，学习勤奋，"五岁受书，即审四声，能属对"。

谭嗣同七岁时，母亲徐五缘的伯兄完婚，徐五缘南归赴宴。临行前，对谭嗣同叮嘱"戒毋念"。谭嗣同点头答应。

然而母亲离开不久，谭嗣同便思念成疾，含泪盈眶，但坚强地抑制着眼泪不让流出。家人问他，他也不答。

母亲回来后，家人把谭嗣同的异常举动告诉了她，她听后欣然："此子倔强自立，吾死无虑矣。"

徐五缘一语成谶。1876 年，谭嗣同 12 岁，京师大疫。谭氏亲属殁于京师者六人，徐五缘未能幸免。

此次，谭嗣同亦染时疫，历"五日之丧"（昏迷了三天）而苏醒，从鬼门关捡回了一条命，父亲因而字之曰"复生"。

关于这段经历，谭嗣同在后来的《仁学》中有言："吾自少至壮，遍遭纲伦之厄，涵泳其苦，殆非生人所能任受，濒死者累矣，而卒不死。"

而梁启超在所著《谭嗣同传》中，则望文生义："谭君……幼丧母，为父妾所虐，备极孤孽苦。"此后的大多数谭嗣同传记作品，均依此而言谭嗣同幼年遭受后母虐待。

实则，梁启超错解了"纲伦之厄"的意思。对照谭嗣同生平，"纲伦之厄"应是家庭一系列悲剧：大姐谭嗣怀年少夭折；母亲徐五缘、长兄谭嗣贻、二姐谭嗣淑 1876 年染疫身亡；二兄谭嗣襄 1889 年自杀于台湾。至此，徐氏五子，仅余谭嗣同一人；而庶母卢氏所生的异母兄妹，也有三人早夭。

不可否认谭嗣同有被其庶母歧视的可能，但如今 12 岁的他已不再年幼，而且此后他多出游在外，极少长期待家，更不致有被虐待近死的可能——因为，他早已有了教他武艺的师父。

谭嗣同 10 岁时，父亲谭继洵升任户部员外郎，迁家至北半截胡同浏阳会馆。谭嗣同从此师从著名学者欧阳中鹄。

欧阳中鹄是谭嗣同的浏阳老乡，属于中国近代史上较早崇尚"变法之论"的人物。甲午战争后他应谭嗣同之请，在湖南亲自牵头兴办算学馆，传播变法理论、教授西方科技、营造维新空气、培育新型人才。

谭嗣同从师期间，欧阳中鹄向他系统介绍了王夫之等人的理论。受此爱国主义的启蒙，谭嗣同读书务求广博，好讲经世济民之学，行文斐然成章。同时，他对传统的时文八股反感甚深，曾在课本上写下"岂有此理"四个大字，而弃之一旁。当时一同受业的，还有一位同乡——唐才常。二人并称"浏阳二杰"，为谭嗣同一生之知己，湖南维新实践中的最重要合作伙伴。

谭嗣同自幼推崇锄强济弱的草莽英雄，后有幸结识“大刀王五”“通臂猿胡七”等一批江湖义侠，并与其成为生死不渝的挚友。他们辛勤传授各自绝学，王五更是每天破晓如时前来浏阳会馆，教授他操练刀剑。

13岁那年，谭嗣同便写下两副明志的对联：

“惟将侠气流天地；别有狂名自古今。”

“除夕月无光，点一盏灯，替乾坤生色；今朝雷未动，击三通鼓，代天地扬威。”

百无一用是书生，这句话在谭嗣同身上终于成了歪理。

寒来暑往，谭嗣同闻鸡起舞弄清影，其侠士形象，虽不至“十步杀一人，千里不留行”般夸张，但也有“弱娴技击，身手尚便”之能。梁启超称其:“好任侠，善剑术。”康有为赞叹:“复生奇男子，神剑吐光莹。长虹亘白日，紫澜卷苍溟。”

谭嗣同年少独立，在母亲病逝后更是独行特立，多次只身往返于北京和湖南之间，时常说走就走，遍游名山大川。

谭嗣同一生有三琴两剑，这种搭配反映了他作为文人雅士的极高素养，又表现出敢于向强大旧势力挑战的改革精神。而在游历期间，谭嗣同随身携带的是一柄“七星剑”。

七星剑，剑身较长，上面镶有七颗铜星，呈北斗七星状布列。这柄剑伴随着谭嗣同壮游祖国山河，行程八万余里，足迹遍布13省。其间有一次，谭嗣同仗剑策马射猎，七昼夜行一千七百多里，虽“髀肉狼藉”，却“怡然自乐”。

壮游期间，谭嗣同意外地从两处偏远地，得到了他平生最崇敬的民族英雄文天祥的两件遗物：“蕉雨琴”与“凤矩剑”。这两件宝物能够历经六百年的辗转，终而落至谭嗣同的手中，可算得“宝剑赠英雄”——适得其所。

从此，他将七星剑留在了“大夫第”（谭嗣同湖南老家），而凤矩剑寸步不离。

他曾佩带此剑，为拯救中华民族于亡国灭种之难，呼号奔走，足迹遍及神州十多个省。直到从容就义前夕，他将凤矩剑赠予了“大刀王五”。

15岁时，谭嗣同师从涂启先，开始学诗，同时接触算学、格致等方面的西方近代自然科学知识，知识结构进一步完善。

18岁那年，谭嗣同只身秋赴兰州，冬返秦州。期间填词一阕，《望海潮调 · 自题小影》：曾经沧海，又来沙漠，四千里外关河。骨相空谈，肠轮自转，回头十八年过。春梦醒来么？对春帆细雨，独自吟哦。惟有瓶花，数枝相伴不须多。寒江才脱渔蓑，剩风尘面貌，自看如何？鉴不因人，形还问影，岂缘酒后颜酡？拔剑欲高歌，有几根侠骨，禁得揉搓？忽说此人是我，睁眼细瞧科。

谭嗣同书生侠士，颇具王阳明之典范。而后人则更多地将之比作龚自珍——“谭复生诗，代表当时浪漫风气，仿佛似龚定盦”“浏阳三十以前诗，多发少陵。三十以后，乃有自开宗派之志。惟奇思古艳，终近定盦。”——当然，这首先是从诗风上来说的。

谭嗣同诗，无论语法，还是气度，皆与龚自珍相差仿佛。以至于李一飞在编撰《谭嗣同诗全编》时，竟将龚自珍《己亥杂诗》中的五首诗（第八、十二、三十三、六十五、七十六）纳入了谭嗣同名下。而这个误会的源头，可以追述至当年的湘人吴恭亨，甚至连谭嗣同的知交梁启超也未能辨别。

谭嗣同若知，对此评价则应是欣慰的。因为早在《论艺绝句六篇》中，谭嗣同就控诉了千年暗室的嘈杂混乱，而言“汪魏龚王始是才”(汪中、魏源、龚自珍、王闿运)。言下之意，文章做法，自唐宋而衰，后人所做只是役于古人的章摹句效，唯此四人，立意高远，独往独来。

龚自珍的诗文，有“定盦体”之称；谭嗣同亦开创了恣肆狂放“浏阳体”。正如他以“万物昭苏天地曙，要凭南岳一声雷”唱和龚自珍的“九州生气恃风雷，万马齐喑究可哀”。

谭嗣同与龚自珍的相似，除诗风外，亦有侠士本色和报国热情。

而相比龚自珍“气寒西北何人剑”，“声满东南几处箫”的“狂来说剑，怨去吹箫”——“剑气箫心”，谭嗣同更显得是“外儒内侠”——“剑胆琴心”。

龚自珍的剑气，是在长久的箫心幽怨中挤迫出来的豪气。因其怨气甚重，重到青衫落拓的肉体无力支撑。诚如梁启超所言：初读《定盦文集》，若受电然，稍进乃厌其浅薄。“一箫一剑平生意，负尽狂名十五年。”倘若没有了剑气的支撑，龚自珍的诗将如深夜独坐江畔絮叨的失宠琵琶女。

而谭嗣同则断然拒绝了他的“剑气箫心”，转而成就了一体“剑胆琴心”。琴和剑是谭嗣同身边的必备。琴如其身，扬儒士之雅；剑如其心，续侠士之风。

谭嗣同因弃学八股，一生“其文多恨与制违”，从 20 岁起，先后参加了六次科举，皆名落孙山。自此他决意科举：“决计不读一文，不立一义，我行我法，成功则天，转觉超然，无所绁绊。”

佛学彗星

1883年，谭继洵升任甘肃按察使。19岁的谭嗣同只身赴湖北，与“长沙才子”——湖北道员候补李篁仙之女李闰完婚。

婚后不久，谭嗣同便又出门独游，开始了一段历时久、跨度广的游学之旅。

策我马，业我裳，天风终古吹琅琅！

何当直上昆仑巅，旷观天下名山万迭来苍茫！

中国近代史上，历经两次鸦片战争、一次“不败而败”的中法战争之后，封建统治日益腐朽，外来的冲击凶如洪水猛兽，广大人民群众深陷水深火热的处境。

而在持续不断的各种力量的冲击之下，新的生命却也悄然成长。一方面，劳动人民的反帝反封建斗争如火如荼，受此种斗争精神的濡染，谭嗣同的思想更富斗争性。

另一方面，先进知识分子正努力探索新的历史条件下中国的出路，谭嗣同因此得以结交大批名士，吸收新进见解，丰富自己的学识。

1889年，谭嗣同师从著名学者刘人熙。开始认真研究张载、王夫之等人的著作，汲取其中民主主义和唯物主义的思想，同时又广为搜罗和阅读当时介绍西方科学、史地、政治的书籍，吸取西方先进文化。

这年冬天，父亲谭继洵升任湖北巡抚。

第二年春天，谭继洵父子出发前往湖北。此时，陈宝箴(陈寅恪祖父)正担任湖北按察使，其子陈三立陪侍。谭嗣同由此结识陈宝箴父子。

1894年夏秋之际，中日甲午战争爆发。“安知蕞尔微三岛，竟敢横行大九州”：中国陆海战皆大败。

1895年春，清政府签订了丧权辱国的《马关条约》。5月，在康有为、梁启超的号召下，在京应试的一千二百多名举子联名上书清政府，要求拒和、迁都、练兵、变法。

深重的民族灾难，焦灼着身在湖北的谭嗣同的心，对于帝国主义的侵略，他义愤填膺，坚决拒和；对于清政府的妥协——“竟忍以四万万七千万人民之身家性命一举而弃之”，感到极大的愤慨，因于1896年倾抒《有感》一诗：

世间无物抵春愁，合向苍冥一哭休。
四万万人齐下泪，天涯何处是神州？

为宣传维新变法思想，康有为在北京成立强学会，创刊《中外公报》。袁世凯亦为当时赞助人之一。

谭嗣同敬慕康、梁“公车上书”的壮举，又听闻康有为成立强学会，便北上京城，千里造谒。不巧，当时康有为已回广东，恨不得见，但却结识了梁启超，得窥康有为之学说。

这年8月，陈宝箴调任湖南巡抚，紧锣密鼓地着手于一系列轰轰烈烈的新政改革。

甲午战争后，谭嗣同受到极大的刺激，痛感国家民族的危亡日迫，“非守文因旧所能挽回者”，决然抛弃旧学，探求新学，投身变法活动。

1896年6月，谭嗣同被授江苏候补知府缺。从这时起，他开始接触佛学，以流传经典为己任，得以遍窥三藏。

在中国历史上，有两个人被誉为“佛学彗星”。

一个是东晋时期鸠摩罗什的弟子僧肇，他只活了30岁，却留下了一部佛学经典——《肇论》，奠定了其在佛教史上不可撼动的地位；另一位是晚清的谭嗣同，他活了34岁，却赋予了佛学现代精神。如果说僧肇是“理论佛学”，那么谭嗣同开拓的则是“应用佛学”领域。

他将佛法精神贯注于现实社会，使大乘佛教走出深深锁居的围墙，重现其刚健雄猛的精神。

佛学的研究也为谭嗣同8月份开始撰写的《仁学》架构了框架，使其初看杂乱形散，细品神凝、文脉相通，而这文脉，正是佛法。

此外，这一年，谭嗣同还编订了旧学四种：寥天一阁文、莽苍苍斋诗、石菊影庐笔识、远遗堂集外文。

1897年10月，在陈宝箴的一再催促之下，谭嗣同返回湖南，佐理新政。

在巡抚陈宝箴、按察使黄遵宪、学政江标等的支持下，谭嗣同与唐才常、熊希龄等人倡办时务学堂，兴办南学会，创刊《湘报》《湘学报》，又倡导开矿山、修铁路，宣传变法维新，推行新政，使湖南成为全国最富朝气的一省。

“揽湖海英雄，力维时局；勖沅湘子弟，共赞中兴。”作为校长的谭嗣同为时务学堂撰写此联，勉励学生。同时，他还将《明夷待访录》《铁函心史》《扬州十日记》等含有民族主义意识的书本添加按语后，发给学生作为课本，向他们灌输革命意识，使时务学堂真正成为培养维新志士的机构。

南学会以联合南方各省维新力量，讲求爱国之理和救亡之法为宗旨，“演说万国大势及政学原理”，谭嗣同任会长。为加强宣传，又创刊机关报《湘报》。

唐才常主笔的《湘学报》，则一度与上海《时务报》、澳门《知新报》，成“三足鼎立”之势。

由于对湖南新政的尽心竭力，谭嗣同被冠以“新政人才”而闻名遐迩，又与陈三立、户部侍郎徐致靖之子徐仁铸、世家子弟陶菊存等被冠以“维新四公子”之称。

这一年夏秋间，谭嗣同完成了他最重要的著作——《融贯佛学》、《儒学》、《西学知识》以及康有为学说的《仁学》。这是维新派的第一部哲学著作。这本书的内容大致可分两个方面：一是谭嗣同所设计的救世方案；二是对于封建专制的无情抨击，即所谓的“冲决网罗”。在救世方案中，他认为物质性的“以太”是世界万物存在的基础。他把“以太”的精神表现规定为“仁”，而“仁”的内容是“通”，“通之象为平等”，“仁——通——平等”是万物的发展法则，是不可抗拒的规律。

至于“冲决网罗”，则是代表了当时属于先进力量的民族资产阶级的权利向压迫它、束缚它的封建专制主义进行宣战。——“二千年来之政，秦政也，皆大盗也；二千年来之学，荀学也，皆乡愿也；惟大盗利用乡愿，惟乡愿工媚大盗。”也就是说，两千年来，无非上面是强盗，下面是奴才；上面是霸道，下面是苟且；上面是披着儒家外衣的狼，下面是披着儒家外衣的犬；上面指鹿为马，下面难得糊涂；上面黑，下面厚。

此一言，言两千年来所未敢言。由此，极大地冲击了清末的思想界。

单影夜问法华寺

1898年6月11日，《明定国是诏》颁布，维新变法拉开了大幕。

在此之前，侍读学士徐致靖先后上奏光绪帝《请定国是疏》和《保荐人才疏》，密陈康有为、黄遵宪、谭嗣同、张元济和梁启超五人。此两疏对戊戌变法的意义不容小觑。

6月12日，光绪下令湖广总督张之洞和湖南巡抚陈宝箴，速派黄遵宪和谭嗣同北上受职。

谭嗣同因“大病不能行”，拖至7月底方才应诏北上。赴京前夜，夫妻二人灯前夜话，对弹谭嗣同亲制的“雷残琴”与“崩霆琴”。

关于这两琴的由来，则可追溯至谭嗣同17岁那年。

该年盛夏，谭家宅院高约六丈的梧桐被雷霆劈倒，谭嗣同以梧桐残干，制得二架七弦琴，命名为“残雷”与“崩霆”。琴铭分别是“破天一声挥大斧，干断枝折皮骨腐。纵作良材遇已苦，遇已苦，呜咽哀鸣莽终古”和“雷经其始，我竟其工。是皆有益于琴而无益于桐”。

后来在谭嗣同舍生取义后，“崩霆琴”上留下了他肝胆相照的战友唐才常的挽联句：

与我公别几许时，忽惊电飞来，忍不携二十年刎颈交，同赴泉台，漫赢得去楚孤臣，箫声呜咽；近至尊刚廿一日，被群阴构死，甘永抛四百兆为奴隶，长埋地下，只留得扶桑三杰，剑气摩空。

江湖多风波，道路恐不测，谭嗣同北上后，牵肠挂肚的李闰曾对月焚香，祈求远行的丈夫顺利平安：“如有厄运，信女子李闰情愿身代。”

谭嗣同经过长沙时，寄书夫人，以“夫人如见”开头，上云：“我此行真出人意外，绝处逢生，皆平日虔修之力，故得我佛慈悲也。夫人益当自勉，视荣华如梦幻，视死辱为常事，无喜无悲，听其自然，惟必须节俭免得人说闲话。”

8 月 21 日，谭嗣同抵京。

9 月 5 日，光绪召见谭嗣同、杨锐、刘光第和林旭四人，分别授以四品官衔，任命他们在军机处章京上行走，“参预新政”，时称“军机四卿”。

四品卿衔和军机章京，并不显赫，但光绪在他们的职位上特加“参预新政”四字。参预新政者，相当于唐宋的“参知政事”，实际执行的近乎“宰相之职”。

此后，这四人成为光绪的主要助手，并承担光绪和康有为联系之责。

原先，光绪想要大用康有为，却畏惧西太后，只能秘密地与康有为联系，多通过总理衙门书信往来；而设立军机四卿后，光绪和康有为之间交流更为便捷，改革更为锐意。

此时是否会有这样一个问号？那个直言“二千年来之政，秦政也，皆大盗也”的谭嗣同，为何此时会甘心应诏赴京，“为虎作伥”呢？

看着现象似乎确实如此，但如果穿透这层微薄的现象，走进谭嗣同的思想，这个问号便倏忽烟消云散。

谭嗣同的思想是激进的民主思想，他想走的是虚君共和之路，而实现这一目标需要一个过程，这个过程中不可或缺的便是权力。而此时光绪有志改革，谭嗣同正将其视为战友，借此一臂强力，以图扫除封建顽固。

赴京前夕，谭嗣同曾在挚友唐才常的饯行宴席上口占二句：“三户亡秦缘敌忾，勋成犁扫两昆仑。”实已暗藏革命之意。

谭嗣同刚入京的时候，光绪就召见他，表示自己是愿意变法的，只是太后和守旧大臣阻挠而无可奈何，并说：“汝等所欲变者，俱可随意奏来，我必依从。即我有过失，汝等当面责我，我必速改。”

谭嗣同不相信光绪的无权和西太后的阻挠，但对光绪变法的决心及对自己的信赖十分感动，深觉实现抱负的机会已经在握——“朝廷毅然变法，国事大有可为。”

及至后来光绪准备开懋勤殿、设顾问官，竟然还令谭嗣同拟旨，往颐和园向西太后请命。谭嗣同这才感叹道：“今而知皇上之真无权矣。”

其实这也是谭嗣同欲借光绪之强权希望的破灭。

唐才常后来坦言：“复生虽役身朝廷，从事维新，而其心实未尝须臾忘革命。”变法维新，实权宜之计耳。

恰如李泽厚《再说西体中用》中所言：“谭嗣同实际上是中国近现代政治激进派和文化激进派的源头和先行者，是辛亥革命和‘五四运动’的前驱。尽管由于时代关系，谭嗣同在政治活动中还从属于改良派，在思想上还不能直接责骂孔子，但实际上已开始是‘全盘西化’的思想家了。”

虽然戊戌变法代表了新兴资产阶级的利益，也代表了历史发展的正确方向，却为封建顽固势力尤其是掌权的达官显贵所不容。

新政诏书到达各省，除湖南外，其他各地督抚几乎根本就不予贯彻，也不愿意让人民知道有了什么变化。

直到辛亥革命时，时任江苏巡抚的程德全终于宣布“参加革命”了，但他也只是做了一件事：找根竹竿将衙门正堂上的瓦片挑落几块，以示“革命必须破坏”。除此之外，再无任何实际举动。

出于维护自身传统既得利益的考虑，他们逐渐走向联合，集中在慈禧等人的周围。

就在改良派努力推行新法之时，反对变法的顽固势力也在紧张地活动，为解决这个问题，他们决定付诸武力：以西太后和荣禄为首的顽固派旧势力，手中掌握兵权，决定于秋季天津阅兵时发动兵变，罢黜光绪，一举扑灭新政。

消息传来，光绪手无寸柄，无所为计，遂召见杨锐，赐衣带诏：“朕位几不保，命康与四卿及同志速设法筹救。”

维新志士捧诏恸哭。

当时驻扎京津一带共有三支武装部队，分别由袁世凯、聂士成和董福祥统领。

其中，聂士成和董福祥是荣禄的人，自然毫无希望；袁世凯则久居朝鲜，态度不明，但平时对变法颇显热心，还曾支持过康有为的强学会。

这三支军队中，以袁世凯统领的那支为最强，是一支 7000 人的新建陆军，是当时清军中最强的一支。

情急无奈之下，维新志士不得不将希望寄托在袁世凯身上。谭嗣同密奏光绪，请结以恩遇。

光绪依其所言，接连两天召见袁世凯，特授侍郎衔，又明确指示：“尔与荣禄，互掣肘。”

9 月 18 日，谭嗣同夜访法华寺——当时袁世凯的住处，袁世凯很客气地接待了他。

谭嗣同先以“君谓皇上何如人也”和“天津阅兵之阴谋，君知之乎”两个问题试探袁世凯，得其“旷代之圣主也”和“然，固有所闻”的答案后，便直奔主题，出示密诏，说：“如今可以救皇上的，只有你了，你如果愿意救，就请出手。如不愿意，那现在就将我绑了送给西太后，那样，你也可以立功领赏了。”说着，伸出双手让对方捆绑。

“你把我袁某当作什么人了？”袁世凯正色厉声，“皇上是我们共同的恩主，救护皇上，不仅是你的责任，也是我的责任。你有什么要我做的，尽管对我说好了。”

谭嗣同见袁世凯如此忠诚激烈，信以为真，和盘托出了他们的计划。为保险起见，又施了一个激将法：“荣禄是个奸雄，您要对付他恐怕不大容易吧？”

袁世凯怒目视曰：“只要有皇上的命令，杀一个荣禄就像杀一条狗一样！”

得此圆满结果后，谭嗣同赶回去向维新志士报告这个喜讯。

而袁世凯则于 20 日晚赶到天津，向荣禄告了密。荣禄乘当晚的专车抵达北京，下车直奔颐和园，向西太后告发。

第二天（9 月 21 日）凌晨，西太后突然从颐和园摆驾紫禁城，直入光绪寝宫，将其囚禁于中南海瀛台；然后发布诏书，再次“临朝训政”；紧接着开始大肆搜捕改良派和所谓的“帝党人物”。

我不入地狱，谁入地狱

“戊戌政变”的消息传来，谭嗣同从容地对梁启超说：“昔欲救皇上既无可救，今欲救先生亦无可救，吾已无事可办，唯待死期耳。”然后力劝梁启超“入日本使馆”。

谭嗣同竟日不出门，待在浏阳会馆以待捕者。

等了一天，不见人来。便于第二天（9月22日）造谒日本使馆，见梁启超。谭嗣同将一箧所著诗书辞稿本托付给梁启超，并劝其东游：“不有行者，无以图将来；不有死者，无以酬圣主。今南海之生死未可卜，程婴杵臼，月照西乡，吾与足下分任之。”

其中“圣主”二字，可见梁启超的“笔尖常带感情”。在谭嗣同眼里，“止有死事的道理，绝无死君的道理”，光绪亦一凡人也，怎会有“以酬圣主”之说？

这两天里，谭嗣同又多方活动，与大刀王五等侠士筹谋营救光绪，惜计划均告落空。

23日，最后一次拯救计划失败后，这些侠士以及一些日本友人纷纷劝其东游。谭嗣同拒绝，强调：“各国变法，无不从流血而成。今中国未闻有因变法而流血者，此国之所以不昌也。有之，请自嗣同始！”

谭嗣同决心以身殉变法事业，用自己的牺牲向封建顽固势力做最后一次反抗，通过自我牺牲，换取整个民族的觉醒，以一腔热血，彻底洗刷国家之污浊。

24 日，谭嗣同在浏阳会馆被捕。

在狱中，谭嗣同意气自若，终日绕行室中，拾地上煤屑，就粉墙作书，问何为？笑曰：作诗耳。

望门投止思张俭，忍死须臾待杜根。

我自横刀向天笑，去留肝胆两昆仑。

这便是谭嗣同那首众所周知的绝命诗——《狱中题壁》。

此诗内含两个典故。

张俭，东汉末年高平人，因弹劾宦官侯览，被反诬结党营私，他“困迫遁走，望门投止”(困窘潜逃，看见人家就去投奔)。百姓因看重他的声望品行，都愿意冒险接纳。

这一句是设想逃亡中的维新志士定会像张俭一样受到人们的救护；也感叹百姓因收留张俭而遭满门抄斩，甚至“郡县为之残破”，因此表明自己不愿意选择逃亡而给别人添麻烦。

杜根，东汉安帝时任郎中，性格耿直。因上书要求临朝摄政的邓太后归政给安帝，触怒太后，被命装入袋中摔死殿上。执法官员因慕其为人而手下留情，运出城外待其苏醒。太后派人查看，杜根装死三天，目中生蛆，侥幸逃脱，隐身当酒保。15 年后，邓氏被诛，杜根复官侍御史。

这一句以杜根借指遭迫害的维新志士，期待他们能再返朝廷，推行新政；也暗含自己不可能倚仗执法者的手下留情而侥幸躲过一死。

“望门投止”的张俭和“忍死须臾”的杜根皆是东汉的名士，刚正不阿，直言上谏，结果惨遭打击。但是，二人都通过权变的方式，忍辱偷生，以伺时机。

谭嗣同借用这两位古人的典故，表明自己愿意为变法牺牲的高风亮节，但不选择他们的避难方式，表现出视死如归的英雄气概。由此引出后两句——“我自横刀向天笑，去留肝胆两昆仑。”

“横刀”指利刃横架脖颈。至于“去留肝胆两昆仑”一句，历来解释颇多。但大多把“两昆仑”指为某两个人：如梁启超认为指康有为和王五；也有认为是唐才常和王五；或者是昆仑门派的胡七和王五；甚至是“昆仑奴”——谭嗣同的两个仆人——罗升和胡理臣。

“两昆仑”的解释直接取决于诗中的谓语动词——“去留”的解释。正因为有“逃”和“留”“死”和“生”等的解释，才衍生出“两昆仑”这么多的实指。

实际上，“昆仑”一词在谭诗中并不少见。如游学之际写的那首——“策我马，业我裳，天风终古吹琅琅！何当直上昆仑巅，旷观天下名山万迭来苍茫！”

又如应诏赴京之前口占的两句——“三户亡秦缘敌忾，勋成犁扫两昆仑。”

含义皆为昆仑山或由此引申的华夏大地或人品之巍巍高大等虚意。

所以，如果不把“两昆仑”解释为具体的人可能更为妥当，于是“去留”也非“去”与“留”，而是偏正短语，偏向于“留”，即着意于“留下什么”。

如此，“去留肝胆两昆仑”一句即可解释为：留下自己那有如莽莽昆仑一般的浩然正气！——颇具文天祥“人生自古谁无死，留取丹心照汗青”的意味。

但台湾戊戌变法史专家黄彰健抛出《论今传谭嗣同狱中题壁诗曾经梁启超改易》一文。

黄彰健声称找到了证据，那这个证据是什么呢？历史资料？不是！档案文件？不是！时人笔记？不是！——他找到了一本小说！这本小说叫《绣像康梁演义》，出版于1908年，距谭嗣同牺牲10年整。

这本小说写六君子受刑时，林旭口吟了两首诗，其中第二首是这样的：

望门投趾怜张俭，直谏陈书愧杜根。

手掷欧刀仰天笑，留将公罪后人论。

黄彰健见到此诗，觉得与谭嗣同流传下来的《狱中题壁》颇为相近，便认为这是谭嗣同的原诗。这很有点以《三国演义》的故事去否定《三国志》的史实。

1994年，研究者发现了戊戌年的刑部主事唐烜的日记《留庵日钞》，其中记录有谭嗣同的狱中诗，日记中记道：“二十五日，晴，入署。……在署闻同司朱君云：谭嗣同被逮后，诗云：望门投宿邻张俭，忍死须臾待树根。吾自横刀向天笑，去留肝胆两昆仑。”

这里记录的谭嗣同狱中诗，除了少数几个错字外，与梁启超在《谭嗣同传》中引用的诗是一致的。所以“梁启超篡改说”应予推翻。

《留庵日钞》被发现后，黄彰健随即发表了《论谭嗣同狱中诗——与孔祥吉先生商榷》一文，承认：“由唐烜《留庵日钞》所记，可以证明‘去留肝胆两昆仑’确系谭诗原文，未经梁启超改易，可以修正拙说。”

在黄彰健认错后，记者出身的作家张建伟在《温故戊戌年》及《走向共和》中依然坚持黄彰健的“梁启超篡改说”，而无视《留庵日钞》的发现及伪造说的被推翻。

黄彰健和张建伟为何坚持梁启超篡改谭嗣同的诗呢？

如他们所言，“这首诗却泄露了戊戌的一个秘密”，所以梁启超要改，而这一改，“仿佛比原诗更加豪迈，但是却违背了先烈的原意”，“完全遮掩了康有为所代表的维新派曾有武装夺权的谋划，没有了谭嗣同‘留将公罪后人论’的坦诚”。

说白了，黄彰健、张建伟无非认定康、梁即所谓的“小人”，谭嗣同的诗泄露了大秘密。

要知道，谭嗣同希求的就是虚君共和的政治，也饱含着革命的念头，甚至主动夜访袁世凯予以支持，怎么会将包围颐和园、计划武装夺权认定为“公罪”？

有心杀贼，无力回天

28 日，谭嗣同与杨深秀、杨锐、林旭、刘光第、康广仁等“六君子”被押赴北京宣武门外菜市口刑场，观看者上万人。

但是刑场的情形可不像后来电影里拍摄的那样——老百姓对之悲恸同情，而是毫不留情地拿大菜帮子往谭嗣同他们脸上扔；鸡蛋是舍不得的，大菜帮子有的是！百姓对他们简直恨之入骨。

当时的监斩官为慈禧的亲信、八面威风的军机大臣刚毅，他未经审讯，便直接下令行刑。

临刑前，谭嗣同呼喊刚毅的大名，让他过去，说：“我有一言要对你说！”刚毅竟不敢正视，忙背过脸去，不予理睬。

手起刀落，但是刽子手没有顺利完成使命——直到砍第三刀才完成了这次行刑。按理说，刽子手应该不会手生，不过一次行刑 6 人，也难免刽子手人数不够。

但更可能的是，刽子手那麻木的心同刑台下那些同样麻木的心一样，为谭嗣同的从容凛然所深深惊叹，被他那最后的绝命诗刺痛了心扉——

“有心杀贼，无力回天，死得其所，快哉快哉！”

谭嗣同死后，唐才常誓为“后继”，积极谋划自立军起义。事败被张之洞捕获，审讯之时，唐才常侃侃而谈：

“我们的举动，张之洞以为是造反，实际我们是讨贼。讨的哪一个？就是那拉氏，她非但是我们中国的罪人，并且是清朝列祖列宗的罪人。戊戌年造许多罪恶还不够，现在指使义和团，杀人放火，盲目排外，攻击使馆，危害国家，难道张之洞还不明白吗？”

满堂胥吏，为之愕然。

唐才常旋即被斩，临刑前，慷慨口吟“七尺微躯酬故友，一腔热血溅荒丘”而赴死。

同时，“大刀王五”亦决心承其遗志，多次组织反清反帝活动，不幸被清政府勾结八国联军枪杀，头颅悬挂于城门之上，不准家人收殓。

后来天津的霍元甲乘夜将其取走，予以妥善安葬。

谭嗣同夫人李闰在他就义后，恍然顿悟丈夫赴京途中“视荣华如梦幻，视死辱为常事，无喜无悲，听其自然”的慰藉，取其“忍死须臾待杜根”之意自号“臾生”，以示含悲忍辱，暂且苟活之意，为诗《悼亡》：

盱衡禹贡尽荆榛，国难家仇鬼哭新。

饮恨长号哀贱妾，高歌短叹谱忠臣。

已无壮志酬明主，剩有臾生泣后尘。

惨淡深闺悲夜永，灯前愁煞未亡人！

读来一洒同情泪，想见其人当年之痛断肝肠。此后，李闰年年在谭嗣同的忌日悼亡赋诗，曾有悼亡诗一卷，后遗落不明。

《华严经》有“回向品”，主张已成“菩萨道”的人还得“回向”人间，由出世回到入世，为众生舍身。

而如谭嗣同，这“千百年来中国第一真男人”，其“成功的失败”，是否亦是“回向品”？

辜鸿铭

天朝最后一条辫子

20世纪初，西方盛行着一句话：到中国可以不看三大殿，不可不看辜鸿铭。

在西方，辜鸿铭同印度的泰戈尔、日本的冈仓一同被奉为“东方圣哲”；“一战”后的德国，更是将辜鸿铭的著作列为哲学必备读物。

哥廷根大学的纳尔逊教授如此告诫其学生：“我读辜鸿铭的书，至今已十多次了，多读一次，即更有所得一次。”一位教授声称，如果学生不懂辜鸿铭，便不让参与讨论。

辜鸿铭，如同一个传奇，精通9国语言，荣获13个博士学位，第一个将“四书”中的三书——《论语》《中庸》《大学》翻译成英德语，介绍到西方。概括他一生最常用的一句话便是：“生在南洋，学在西洋，婚在东洋，仕在北洋。”一个标准的“东西南北人”。

但在中国人眼中，辜鸿铭则要落寞得多了。

在他最活跃的时期，做了20年幕僚、几年外交官，充其量不过是个声名不出张之洞、刘坤一幕府的小人物。

即便后来名噪全国了，站上北大讲台了，在国人看来，他充其量也不过是个“怪人”，名声也多来自于“怪”：保皇复辟、骂人骂世、留辫冬烘、酷嗜小足、纳妾狎妓……

在中国，他仅得到几个海归学生回天乏力的尊敬：唐绍仪为他申请“国葬”未果而鸣不平；孙中山将之视为中国精通英文的“三个半”人之一；某人因北大官网的历史名人一栏里没有他而叹息……

你不可剪辫子

1857 年 7 月 18 日，辜鸿铭诞生在南洋马来半岛西北侧的槟榔屿的尼蒙橡胶园内。他是辜家的第二子。

尼蒙橡胶园的园主是英国人布朗先生，而辜鸿铭的父亲辜紫云是尼蒙橡胶园的总管。

辜紫云，祖籍福建厦门，一口流利的闽南话，能讲英语和马来语。他的妻子、辜鸿铭的母亲则是一位金发碧眼的葡萄牙女子。长子辜鸿德、次子辜鸿铭，都是一副混血儿模样：皮肤白皙，头发微黄，眼眸泛着蓝光。

地处马六甲海峡入口处的槟榔屿岛堪称“东方的珍珠”，岛上的半数居民是华侨。英国人对于这块宝地早已垂涎三尺。

那一年，英国船队在称霸诸多地方后，又将触角伸到了槟榔屿：船长赖特打着英国国旗，率领东印度公司的伙计们，将大英帝国的疆界在这里画上了一笔——槟榔屿成了名正言顺的“威尔斯王子岛”。

辜鸿铭的曾祖父辜礼欢就是在这个时候，以他灵敏的嗅觉，抓住了机遇，被赖特委任为地方政府首脑，协助其将这里开发成繁荣的港市。因此，辜礼欢也获得巨额财富以及显赫声誉。

辜礼欢的子孙们也似乎都继承了他开拓的勇气和漂泊的习性，乐于同洋人打交道，而且总能摸透洋人的习性而将他们伺候得很周到。

在尼蒙橡胶园担任总管的辜紫云，以其忠诚能干、积极负责的品性，深得园主布朗夫妇的信任，私交甚深。

出生在这样一种家庭环境下，辜鸿铭自幼对语言便有着出奇的理解力和记忆力。膝下无子的布朗夫妇也倍加疼爱聪慧的小辜鸿铭，甚至将他认作义子。而这，对于辜鸿铭日后练就一双能够透视西洋的火眼金睛无疑是至关重要的一步。

布朗先生的书房随时为小辜鸿铭打开，小辜鸿铭常会抽出半天时间、似懂非懂地沉浸在莎士比亚、培根、弥尔顿等人的作品中。

父亲辜紫云数典不忘祖，常常将两个孩子领到供奉祖先牌位的桌案前按时祭拜，并告诫他们:“我们的祖国在遥远的地方，不论身在何处，千万不要忘了那儿是我们祖先的家园。”

这样的告诫，在幼小的辜鸿铭听来，是太严肃、太抽象问题，或许远没有他亲眼看到的白人的高大、南洋华人和土著的卑下来得深刻。

祖国于他而言，是太遥远的概念，比天上的星星还要遥远。星星微茫，却在眼里；而祖国，只是在耳边。

义父布朗先生虽是白人，却对西方物质主义感到厌倦，而对中国文化极具好感，时常矫正着小辜鸿铭的爱国心:“你可知道，你的祖国——中国，已被放在砧板上，恶狠狠的侵略者正挥起屠刀，准备分而食之。我希望你学通中西，担起富国治国的责任，教化欧洲和美洲。”

1867 年，布朗夫妇准备返回久别的苏格兰，将橡胶园委托给辜紫云，并向他提出了带义子辜鸿铭同去的打算。

辜紫云欣然同意，认为这样的安排定会对儿子的前途起不小的作用。

临行前，辜紫云将辜鸿铭领到祖先的牌位前，焚香告诫：“不论你走到哪里，不论你身边是英国人、德国人还是法国人，都不要忘了，你是中国人。”

然后，摸着他脑后的小辫子，说：“还有两件事我要叮嘱你：第一，你不可信耶稣教；第二，你不可剪辫子。”

学业上的长途跋涉

苏格兰故都爱丁堡，人称“北方的雅典”，是“欧洲最美丽的城市”，也是一个人才辈出的城市：哲学家休谟、经济学鼻祖亚当·斯密、小说家司各特、小说家柯南道尔……

看过这座城市，了解这些历史后，布朗又对辜鸿铭讲起了那段话：

“欧洲各国和美国都已变成了野兽，四处掠夺。而你的祖国——中国，正被放到砧板上，将被侵略者分食。如果我有你这样的天赋，我甘愿做一个学者，拯救人类。我希望你能学通中西，担负起这个重任。”

在布朗的指导下，辜鸿铭开始了学业上的长途跋涉。

他们从西方最经典的文学名著入手，以最朴拙的死记硬背的办法开始了文学与语言的启蒙。

他学习的第一部著作是弥尔顿的《失乐园》——这部辜鸿铭早已在布朗的书房看见过很多次的伟大诗篇，布朗给出的要求是“倒背如流”。

六千五百多行的无韵诗，辜鸿铭反复诵读，不久就背得滚瓜烂熟了。

背熟之后，布朗先生开始给他进行并不深入的讲解：弥尔顿，英国最伟大的诗人，17 世纪英国革命的参与者，一生致力于抨击君主专制，辩才犀利，不屈不挠，受复辟的君主专制的迫害，穷困潦倒。双目失明后，他以惊人的毅力，完成了《失乐园》《复乐园》等伟大诗篇，颂扬人世伟业……

“弥尔顿的精义你以后去体会，他可以让你受用一辈子，咀嚼一辈子。”布朗这样说道。而事实上，辜鸿铭也确实用了一辈子去咀嚼这篇伟大的诗篇，甚至在弥留之际，他口里吟诵的仍是《失乐园》。

紧接着开始了对莎士比亚的学习。“莎翁著作的精义，在于通达的人情世故”，因此他们边背边讲解。

莎翁 37 本戏剧，布朗要求他至少两星期背诵完一本；到后来，辜鸿铭竟两星期可以学三本了。学完之后，辜鸿铭对莎士比亚也有了自己的见解。

英文得心应手后，布朗拿出歌德的德语原版著作——《浮士德》，要求他背诵。

辜鸿铭不懂德语，因此只能布朗说一句，他照着念一句。

如此持续了半年，终于把一部《浮士德》囫囵吞枣似的吞进了肚中。

布朗要求辜鸿铭不求甚解地先把书都背下去，然后反刍似的加以咀嚼，这做法跟中国传统私塾不相上下。但是，大作，本来就不仅是看过就够了的。如果没在学生时代背过几篇文章几本书，又怎么会有积淀在脑海里得心应手的文辞？

布朗对他的期望是极高的，读本选择也是颇具匠心的。这些世界级的巨作，别说是背，有些人就连看也没看过多少。在背熟之后，辜鸿铭脑海中的问题才会浮现，布朗也才能有针对性地进行讲解。

经此一背一讲，辜鸿铭的思想逐渐“由简单转入复杂，由浮浅转入渊深”。布朗让他将这英、德两国的戏剧进行一番比较，辜鸿铭答道：

“莎士比亚反映现实生活，是是非非，清清楚楚，一望而知；浮士德哲思深远，是是非非，恍恍惚惚，没法分辨。至于文字，莎士比亚、浮士德都美妙极了！但是莎士比亚比较好懂，浮士德不好懂。”

布朗不住地点头，说：“你的英文、德文基础业已打好，将来的造诣未可限量。你的学习与众不同，一般大学毕业文学士有几个将莎士比亚、浮士德背得像你这样熟！”

最后，布朗只给他开出了仅有一本书的书单——卡莱尔的《法国革命史》，说：“学完这部散文，我就不再给你添别的文学书籍读了。”

在悉心教导辜鸿铭文学语言的同时，布朗也没放松对他科学基础知识的充实。他请来一位朋友当家教，上午数学，下午物理、化学，并在实验室里理论结合试验。这对他日后学习土木工程并快速拿到学位奠定了基础。

辜鸿铭初到苏格兰时，因为脑袋后面拖着一根辫子，所以每次出门，总成为自以为是的欧洲人的嘲弄对象，被街上的孩子追着打趣，称那条辫子为“支那人的猪尾巴”。

因有父训在先，辜鸿铭不敢擅自剪辫子，只得忍受着屈辱，沉浸在书海中，绝少出门。这道伤口，也许就是导致日后他对西方人极尽刻薄，而对中国极尽尊崇的重要原因。因为此后的他，常把一句话挂在嘴边——“他们看不起我们。”

但是，在女孩面前，辜鸿铭常常过于大度。

一次，义父布朗外出，辜鸿铭悄悄地去拜访他的女朋友。当女孩提到让辜鸿铭把辫子送给她时，辜鸿铭毫不犹豫地便剪下送给了她，而早把父亲的训诫抛到九霄云外了。后来，新文化运动期间，胡适就以这次剪辫子事件刁难他，他涨红了脸辩解道：那是风流往事，不是革命旧事！

在女孩面前，既然身体发肤都敢毁伤，那身外之物更是不在话下了。在辜鸿铭后来客居北京之时，硬是挥金如土地把北洋政府用于收买他选票的四百大洋，两天之内挥霍在一个妓女身上，而当时一家五口一个月的生活费却也不过 6 个大洋。

辜鸿铭以优秀的成绩完成了为他开设的各种课程，并以优异的成绩被爱丁堡大学文学院录取。

爱丁堡大学是许多著名人物的母校，从这里毕业的有：哲学家休谟、小说家司各特、历史学家卡莱尔、进化论创始人达尔文……

及至辜鸿铭被录取时，爱丁堡大学的校长正是辜鸿铭之前背诵的《法国革命史》的作者——英国著名作家、历史学家、哲学家卡莱尔。

盛世难逢，名师难遇。盛世尚未出现，辜鸿铭算是遇上了——深识他的卡莱尔。

在爱丁堡大学，辜鸿铭的专修学科为英国文学，同时兼修拉丁文、希腊文、数学、形而上学、道德哲学、自然哲学、修辞学等科目。而晦涩的希腊文和拉丁文，实在不知令辜鸿铭暗自哭了多少次。

辜鸿铭立志遍读图书馆里所有希腊文、拉丁文的文史哲著作。起初读多少页便背诵多少页，没觉出有多困难，后来随着阅读量的增大，竟渐渐感到吃不消了，真是一段极为痛苦的经历！

但他还是咬着牙坚持了下来，死神也怕咬紧牙关！一路坚持，倏忽柳暗花明、豁然开朗了。他晚年忆及此事：“说也奇怪，一通百通，像一条机器线，一拉开到头。”触类旁通，再学其他各国语言，一学便会，以致后来精通九种语言。真是一段极为痛快的回忆！

人们都夸赞辜鸿铭聪慧、记忆力强，而辜鸿铭则常感慨：“旁人只看见我学习得多，学习得快，他们不知道我是用眼泪换来的！……人心愈用愈灵，‘困而不学，民斯为下矣’。”

独在异乡为异客，学问大长之后，这种异乡漂泊之感更为明显。

他似乎也渐渐明白了儿时父亲把自己和哥哥叫到桌案前祭拜的原因，每逢传统的中国节日，他便设下供桌，摆上酒菜，遥祭祖先，三跪九叩。

一次，房东太太见辜鸿铭正在跪拜，觉得好笑，忍不住问道：“喂，小子，你这样认真地叩头，难道你的祖先就会到这里来享用这些酒菜吗？”

辜鸿铭的心似乎被狠狠地扎了一下，顿时如气球般爆裂开来，怒气充塞胸腔，直往上冒。他终于不再像初来乍到时那样沉默委屈了，他的学识智慧在极为彬彬有礼的形态下，以一种幽默的形式将刻薄喷发出来：“想来，你们在祖先的墓前奉上鲜花，你们的祖先该是嗅到鲜花的芳香了吧！”

此后，辜鸿铭一发不可收，将少年所受的委屈，以一种不失礼的刻薄尽情倾泻在西洋人身上。

1877年，21岁的辜鸿铭获得了爱丁堡大学文学硕士学位。此时的辜鸿铭已经在文史哲上颇有造诣，语言功夫也不同凡响。

毕业之后，布朗实施他的下一步教育计划——送去德国学习科学，辜鸿铭便来到德国莱比锡大学学习土木工程。

因为深厚的语言功底和良好的数理化基础，仅用了一年时间，辜鸿铭便拿到土木工程师文凭。课余，辜鸿铭深入考察德国社会状况，精研德国文学和哲学典籍，为他后来成为德国学界几乎人人崇拜的人物打下了基础。“一战”过后，德国有几个人没听说过辜鸿铭的大名呢?

30年以后，当蔡元培来到莱比锡大学求学时，辜鸿铭的声名如日中天，俨然成为了东方文化的代言人。

40年以后，当林语堂来到莱比锡大学求学时，辜鸿铭的著作已被列为哥廷根等大学哲学系学生的必读书。

自莱比锡大学毕业后，辜鸿铭又遵从布朗的安排，到巴黎大学留学。

义父刻意安排他与巴黎一个名妓做邻居，目的是不仅让他学习优雅的法语，更让他借此了解人情世故。

在这样一个大染缸里，辜鸿铭领略了出入名妓府的政客、军人、富商们的伎俩，练就了“金脸罩，铁嘴皮”的功夫。他与八国联军统帅瓦德西的相识也缘于此地，而那时的瓦德西还是一个卖糖果的文盲小贩，一个一心想回德国、入军官学校的流浪儿。

出仕北洋

1880年，阔别家人14年的辜鸿铭，西装革履地回到了槟榔屿，不久便被英国殖民政府委以公职，派往新加坡。

如果照着这样的轨迹发展，那辜鸿铭这辈子也许会是一个成功的殖民政府官员，一副彻底的西洋绅士派头，而不会是日后名震中外的中国文化的代言人了。——但是历史，总会有那么多的歧点和偶然。

1881年，游学法国的马建忠返国时途经新加坡，辜鸿铭得知消息后，怀着好奇地想去见识见识这祖国的官员，到其下榻的海滨旅馆拜访。

大顶帽，长发辫，长袍马褂，天朝官服，气象肃穆，俨然正宗中国学者气派。辜鸿铭立时为这身装扮和气场所吸引。

及至交谈，两人一见如故，交浅而言深，马建忠在新加坡逗留的三天，辜鸿铭天天跑去他的旅馆晤谈。三日长谈，辜鸿铭的心已经飞到中国了，他深觉精深博大的中国文化才是自己的归宿。

三天之后，马建忠离开新加坡，辜鸿铭随即也递上辞呈，返回槟榔屿，告知家人，此后决定蓄辫和改穿中国衣服，并于1881年初跟随一支探险队到达中国，居住在香港。

1885年，在香港恶补了几年汉学知识后的辜鸿铭，为时任两广总督的张之洞所聘，成了他的一个洋文案。至此，海外游子才开始真正回归祖国。此后，辜鸿铭便永远换下西装革履，穿起长袍马褂，留起辫子，脚上蹬双布鞋。

张之洞确也算是辜鸿铭的一个难遇的知音，一个“相随二十余年，虽未敢云以国士相待，始终礼遇不少衰”的明主。在辜鸿铭看来，张之洞是中国最后一位“论道儒臣”，在他病逝的前两年，辜鸿铭还向他吐露对中国未来的绝望。及至1909年张之洞病逝，辜鸿铭痛心疾首地完成纪念他的作品《中国牛津运动故事》，绝望地写道：

“现在战局还未明了，我们的头却死了！……我们中有些人背叛了我们的事业，许多人投降了，所有的人被分散到四面八方。……我现在孤独一人……不得不彷徨徘徊。”

上任之初，辜鸿铭便向张之洞提出订阅世界各国报刊的提议，香帅（张之洞）欣然接受。此后辜鸿铭浏览各国报刊，并分门别类归纳整理，定期向张之洞呈报，以帮助决策。遇有新鲜事或新发明，则特别解释给张之洞听，而张之洞每次“辄危坐安乐椅中倾听不倦”。

张之洞幕府中皆是翰林进士之才，辜鸿铭深知自己汉文底子浅薄，便想请教同僚。但因为他的天性狂妄，唐突师道，所以没有一个同僚愿意教他。

张之洞知道后，便亲自教他查《康熙字典》、学汉文。辜鸿铭这才从摸着石头过河中找到了门径，从汉学启蒙读物学到儒家四书五经，再到后来自号“汉滨读易者”，一心钻研国学。而这期间，有一人的激将之功不可没。

1896年张之洞60寿辰之际，佳朋满座，嘉兴才子沈曾植也在其中。张之洞关照辜鸿铭道：“沈公如当今泰山北斗，一代名儒，他的聪明无人能及，你要多向他请教。”

入座后，辜鸿铭天马行空，高谈阔论，大谈中西学术制度，而年长他7岁的沈曾植却默然不语。辜鸿铭意兴阑珊，问沈曾植为何不发一言。

沈曾植淡然说道：“你讲的，我都懂；你若要听懂我讲的，还须读20年中国书。”

辜鸿铭受此刺激，发愤钻研中国文化，到武汉后，更是自号“汉滨读易者”，认真研读《易经》等典籍，思想大变，彻底倾服于儒家传统。

20年后，还是在张之洞的寿宴上，辜鸿铭又遇到了沈曾植。于是，辜鸿铭立即请差役将张之洞的藏书搬到前厅。沈曾植问他搬书为何。

辜鸿铭答：“请教沈公，哪一部书你能背、我不能背？哪一部书你懂、我不懂？”

沈曾植会心大笑：“今后，中国文化的重担就落在你肩上了。”

几年以后，辜鸿铭仍是无比推崇沈曾植：“有人说我聪明，殊不知我的聪明何能与沈公相比？中国有三个聪明人——周公、沈曾植、纪晓岚。”

张之洞的知人爱才、礼贤下士，使辜鸿铭深为感动；当他以局外人的角度看张之洞的知人爱才、礼贤下士时，他内心的感动实实在在地升华成了崇高的敬意。

张之洞的知人善任，使他有幸结识了蔡锡勇、梁鼎芬、赵凤昌、梁敦彦等同僚，其中，梁敦彦的经历尤值一提。

梁敦彦留学耶鲁，回国后任天津北洋电报学堂英文教习，1884年应张之洞聘请，入香帅府主办翻译电报事宜，领导电报房学生。

当时香帅府有一规矩，每月初一、十五行礼，文案员与电报生分班站定，听张之洞训话。梁敦彦站在电报房诸生行列，为自视甚高的文案员所看不起，因此无人与之言谈。

又是一日行礼，张之洞出堂，见梁敦彦与电报生站立一列，便亲自上前拉他出列，令他站立文案员一列，说："汝在此班内行礼。"

此后，一帮文案对于梁敦彦一改常态，分外殷勤。

抛去官场炎凉的感叹，辜鸿铭对眼前的这位颇具大臣风范的大清官吏心甘情愿地臣服，私下里将之比为发动清流运动的英国纽曼大主教，坚定地认为他将是清流运动的脊梁，是拯救中国的英雄。

1889年，张之洞移督湖广。辜鸿铭相随，缜密筹划，协助创办了名闻全球的汉阳铁厂和兵工厂等洋务，为湖北新政立下汗马功劳。

汉阳铁厂的成立，被西方人视为中国觉醒的标记，惊呼"黄祸"来临；兵工厂也因改造德国七九步枪而为"汉阳造"而名噪一时，大有"中国克虏伯"之称。

辜鸿铭则极为冷静，对新式工厂的命运更多的是感叹："香帅办铁厂，好是好，可惜是只有模样，没有精神——徒有其表，不得精髓，只知其当然，不知其所以然，终有一日会办不下去。"

原来，张之洞在湖北主办新政，无非是传统皇家作坊的新式工厂而已，而主持这些工厂的，不过是张之洞手下那些不懂西方工业的仕官，从而导致当时的铁厂，主管人员刮地皮而来，裙带风、贪污贿赂、靡费侵蚀，排场应酬无所不在。

铁厂、兵工厂也终如辜鸿铭所言，最后成了不中不洋的怪物，举步维艰，成了外国洋行的囊中物，同李鸿章的北洋水师一样的命运。

辜鸿铭一面协助张之洞办理洋务，一面又对张之洞颇有微词，认为他只知急功近利，却不知该如何急功近利。

后来，辜鸿铭堂而皇之地评论道："香帅只知利害，不知是非。是非之论，他听不进去；若要他接受，必从利害上讲。"

这话传到了张之洞耳边，张大愠，立召辜训道："谁说我只知利害不知是非？若我只知利害，岂不早已家财万贯？我所讲究的是公利！私利不可讲，而公利却不可不讲！"

辜鸿铭反驳："孔子罕言利，难道他反对的只是私利吗？"

张之洞反复辩解，坚持公私之分。最后辜鸿铭竟以《大学》之言相讥讽："长国家而务财用者，必自小人矣。"又以袁枚的一则故事说得张之洞气结语塞，没了反驳之力。

张之洞的看法，正如一般大众的看法，政府官员应为国为民谋公利，实乃天经地义；而辜鸿铭则认为，即使政府官员也不能谋利，哪怕是公利。他坚持的，是正统儒家的观点。

当年张之洞领他进了儒家的大门，"汉滨读易"之后，他反倒借着儒家的声威教训了张之洞。

辜鸿铭对于张之洞及其幕府可谓看穿了，他曾拿张之洞与端方这前后两任湖广总督比较，一针见血："张文襄学问有余而聪明不足，故其病在傲；端午桥聪明有余而学问不足，故其病在浮。文襄傲，故其门下幕僚多伪君子；午桥浮，故其门下幕僚多真小人。”

尽管被损，张之洞对辜鸿铭还是一如既往地宽容赏识；尽管看透，辜鸿铭对张之洞也还是一如既往地持恩尊崇。

甲午战败后，“公车上书”，维新变法思潮逐渐在中华大地蔓延开来。有幕僚向张之洞提议“多译西方报纸，以广眼界”，得到张之洞的认同。

当张之洞让辜鸿铭着手筹办一个译介西学西政的报纸时，辜鸿铭断然回绝：“香帅，洋人报纸尽是狗屁，信不得。汤生不译，虽上谕来，我亦不译。”

辜鸿铭如此倔强，张之洞也不再勉强。

1902 年，为庆祝慈禧太后生日，张之洞总督府也悬灯结彩，铺张扬厉，邀请各国领事、军界人士、学界代表大开筵宴。

觥筹交错过后，西乐伴奏，唱起了新编爱国歌。辜鸿铭大有感触，对邻座梁鼎芬说道：“满街都在唱爱国歌，却没有听闻有谁唱爱民歌的。”

梁鼎芬回道：“汤生兄何不试着编一首呢？”

辜鸿铭略一伫思，说：“我已经有了四句佳句，你可想听听？”

“当然。”

于是，辜鸿铭高声念了出来：“天子万年，百姓花钱；万寿无疆，百姓遭殃。”

话音刚落，众客哗然，听者无不色变。不过张之洞却不表态，不回避，似乎根本没有听到，津津有味地品着一杯美酒。

如此弥天大罪，也只有张之洞能左耳进、右耳出地包容了。诚然，“无香帅之大，不足以成汤生之倔；无汤生之倔，不足以成香帅之大”。

老大中国之最后代表

因教堂、教士的文化侵略以及大国沙文主义态度，导致长江流域教案迭起。辜鸿铭随张之洞到达湖北后的第二年，便遭遇“长江教案”事件。

一时之间，侵略分子大造舆论，歪曲中国人民反洋教运动的真相，谩骂中国人野蛮，叫嚣着要用“炮舰镇压”。

血浓于水的民族尊严，使辜鸿铭愤而以“一个中国人”为笔名，撰写题为《为祖国和人民争辩——现代传教士与最近教案关系论》的英文专论，分析传教士的企图，逐条谴责洋教士假借不平等条约在中国土地上的为非作歹，对侵略者进行义正词严的批驳，堂堂正正地为中国人民的反洋教运动辩护。

文章发表于上海《字林西报》，很快便被伦敦《泰晤士报》摘要并加以评论登载。

《泰晤士报》的评论持怀疑态度，不相信此文出于中国人之手，因为那“行文的语气中，绝不会有那种高贵的镇定”。不过这篇文章还是立即引来世界各地许多愤怒读者的投信，表达了对强国霸权的谴责。这在当时的世界堪称空谷足音。

用空谷足音来形容辜鸿铭的言论绝非溢美。因为自鸦片战争以来，整个英语世界几乎一直是欧美列强充当舆论主角；辜鸿铭的出现，使中国终于有了能理直气壮地为祖国权利向世界发声，这是屈辱的中国近代史上难得一闻的吼声。

从在《字林西报》上发表“中国学”之后，辜鸿铭昂首阔步地走上了宣扬中国文化、嘲讽西学的“遗老”之路。

辜鸿铭瞧不起洋人，看不起西学，对于翻译西方著作的，更是不放在眼里。

当时，翻译《天演论》的严复和翻译《茶花女》的林纾正声名鹊起，而辜鸿铭对他们的态度则不止是鄙夷，而是欲杀之而后快。

一次宴会上，三人皆赴宴，却彼此不相识。酒过三巡，辜鸿铭突发高论：“如我操生杀之柄，必杀两人以谢天下。”

座中有好事者追问是哪两人。

他怒气冲冲地说：“就是严又陵、林琴南。”

好事者又追问其原因。

他口若悬河：“严又陵以《天演论》宣扬物竞天择，于是国人只知竞而不言理，以至民祸连连，不堪其苦；林琴南译《茶花女》，诲淫诲盗，使一班青年男女不复知礼教何物。不杀此两人，天下不得太平。”

两人听着，却都只能默不做声。

1898 年，日本国首相伊藤博文来华游历，受到张之洞的热情接待。此时恰值辜鸿铭的英译本《论语》问世不久，辜鸿铭即赠送伊藤博文一部。伊藤博文为此专门造访了辜鸿铭。

伊藤博文知道辜鸿铭是中国保守派的先锋，便问：“听说你精通西洋学问，难道还不清楚孔子之教能行于两千多年前，却不能行于20世纪的今天吗?”

辜鸿铭听出他话中鄙薄中华的味道，当下应道:“孔子之教，恰如数学家之加减乘除，数千年前，其法是三三得九，如今20世纪，其法仍是三三得九，并不会三三得八。洋人的玩意儿长不了，贵国若无孔子之教，焉有今日?我看贵国的今天不是因为洋人的那点玩意儿吧?”伊藤博文一时语塞，尴尬而笑。

19世纪末，欧洲忽然刮起了一股针对中国的“黄祸论”旋风。

德皇威廉二世专门画了一幅《黄祸图》，送给俄国沙皇尼古拉二世，图中之意是黄种人的崛起将给欧洲带来威胁，欧洲白人应当联合起来，抵制黄种人的入侵。

为了消弭这股空穴来风，辜鸿铭用英文发表《文明与混乱》一文，严正驳斥了强加在中华民族身上的这种无稽论调，并强烈抨击了西方的霸道政治。

美国有“小斗牛士”之称的著名政论家波博·埃文斯特地致函辜鸿铭，说:“我怀着浓厚的兴趣阅读了你文中所写的每一个字，并相信这样做是值得的。最终，我在许多深具兴趣的问题上站在中国人一边。”

1901年八国联军侵华后，辜鸿铭以一腔爱国热情，不遗余力地完成了《尊王篇》等文章，替慈禧太后和义和团的仇洋行为进行辩护，驳斥西洋人士和康梁等人对慈禧的批评，广发世界，向世界舆论寻求正义，堪称民族宣言。

《清史稿》记叙此事道:“庚子拳乱，联军北犯。汤生以英文草《尊王篇》，申大义，列强知中华以礼教立国，终不可侮，和议乃就。”

当侵略者叫嚣着要中国拆除大沽炮台时，辜鸿铭挺身而出，一语惊人："我在此贸然提醒世界注意在中国存在一个更危险的炮台——传教士炮台。"

这一年，清廷以"游学专门"的名誉赐他为"文科进士"。

从 1901 至 1905 年，辜鸿铭分五次发表了总计 172 则的《中国札记》，反复强调东方文明的价值。

1909 年，辜鸿铭英文著作《中国的牛津运动》出版，在欧洲尤其是德国产生巨大的影响，一些大学哲学系将其列为必读参考书。

民国肇始，辜鸿铭出任南洋公学校长，却执意不肯剪辫易服，自诩为"老大中国之最后代表"。

他曾向朋友解释道："许多人笑我痴心忠于清室，但我之忠于清室，非仅忠于吾家世受皇恩之王室——乃忠于中国之政教，即系忠于中国之文明。"

1913 年，袁世凯向以汇丰银行为首的六国银行团搞"善后大借款"，六国银行团的德国代表因不懂中文，便请辜鸿铭担任翻译。辜鸿铭自恃身价，狮子大开口，开口就要 6000 银元。考虑到他是难得的语言天才，六国银行团只得答应。

聘期一到，辜鸿铭立即走人，顺便抛下了那句被当成英国谚语收入《大不列颠辞典》的戏话："所谓的银行家，就是晴天千方百计地把伞借给你，雨天又凶巴巴地把伞收回去的那种人。"

袁世凯称帝后，辜鸿铭怒辞一切职务，骂道："袁世凯之行为，尚不如盗跖贼徒，其寡廉鲜耻无气义乃尔耳。"后来，辜鸿铭变本加厉，改用英文大骂袁世凯的不忠，以期破坏其在国际上的形象。

袁世凯曾有言："张中堂是讲学问的；我是不讲学问的，我是讲办事的。”辜鸿铭听说后，鄙夷地说道：“老妈子倒马桶，固用不着学问；除倒马桶外，我不知天下有何事为无学问的人可以办得好。”

袁世凯对辜鸿铭恨得咬牙切齿，但由于辜鸿铭名声太大，不敢迫害，只能收买，却屡被拒绝。

一次，唐绍仪和张謇设宴，以“君之视臣如犬马，则臣视君如国人；君之视臣如土芥，则臣视君为寇仇”相劝导，想为袁世凯招收辜鸿铭。但是辜鸿铭当场翻脸，骂二人为“土芥尚书”和“犬马状元”，掷杯拂袖而去。唐绍仪虽然挨骂，却一直尊重辜鸿铭，殊为难得。

袁世凯死后，举国哀悼三天，辜鸿铭却特意请来一个戏班，在家里大开堂会，热闹了三天。

1915 年，辜鸿铭的《春秋大义》(即著名的《中国人的精神》) 出版，书中对西方文明予以尖锐深刻的批判，并以理想主义的热情向世界宣示中国文化才是拯救世界之道。很快，《春秋大义》的德文版出版，在正在“一战”中的德国引起了巨大轰动。

此前，他曾在北京东交民巷使馆区内的六国饭店用英文讲演《中国人的精神》，原本讲演是没有收钱的先例的，但辜鸿铭偏要收钱，宣称是让外国人买票听挨骂，而且票价高过当时“四大名角”之一的梅兰芳。听梅兰芳唱戏只要一元二角大洋，听辜的讲演却要两元。而外国人却愣是心甘情愿地掏钱把会场坐满了。

嬉笑怒骂皆文章

1915 年，辜鸿铭被聘为北大教授，主讲英国文学。

1917 年，张勋复辟，辜鸿铭抛下北大教授一职，踊跃参与，被封为“外务部侍郎”。

12 天后，复辟失败，在新任校长蔡元培的盛邀下，他又灰头土脸地回到了北大。然而迎接他的却是激进的师生们送上的“君主论者”“复辟论者”和“久假不归”的三重帽子。其中“复辟论者”更是由蔡元培亲手送上的。

辜鸿铭处变不惊，全然不把这当回事，面对骚动不安的课堂，辜鸿铭淡淡地说了一句：“我头上的辫子是有形的，你们心中的辫子却是无形的。”一言既出，原本沸腾了的课堂霎时平息无声。

辜鸿铭又接着说：“我脑袋上的辫子是有形的，可以剪掉；然而诸位同学脑袋里的辫子，就没那么好剪了。”底下一些狂傲的北大学子纷纷打赌要剪掉他的辫子，但是畏于他的脾气，最后谁也没敢动手。

因担心他卷入政治漩涡，蔡元培后来不得不公开发表言论，为其辩护：“本校教员中，有拖长辫持复辟论者，以其所授为英国文学，与政治无涉，则听之。”

蔡元培对辜鸿铭是极为崇敬的，这与蔡元培留学德国，受德国人的崇敬濡染不无关系，而辜鸿铭对蔡元培，也另眼相待。

辜鸿铭曾表示：“现在中国只有两个好人，一个是蔡元培先生，一个便是我。为什么这样说呢？因为蔡先生点了翰林之后不肯做官而要去革命，到现在仍在革命；而我呢，自从跟张文襄做了前清的官以后，到现在还在保皇。”

“五四运动”时期，蔡元培拟请辞北大校长。北大教授在红楼开会，主题便是挽留蔡元培校长。辜鸿铭也积极表示挽留，而他的理由却是：“校长是我们学校的皇帝，非得挽留不可。”

当时坚决主张反封建的陈独秀、胡适、刘半农等均在座，所幸当时大家的立场和意见一致——同为挽留蔡元培，才没有人站出来跟他抬杠。

对于君主制度，辜鸿铭是百分之百地拥护。一次课堂上，他给学生讲，中国社会大乱，时局动荡，主要原因是没有君主，然后举了一个例子作为佐证：比如讲法律吧，你要讲“法律”(说时小声)，没有人害怕；你要讲“王法”（说时大声，一拍桌子)，大家就害怕了。少了那个“王”字就是不行！

既然对于君主制度百分百拥护，那自然是反对新文化运动了。有次谈到文学革命，他又批评道：现在的作者文章都不通，所用的名词根本就立不住脚，譬如“改良”一词，以前的人都说“从良”，没有说“改良”的。你既然“良”了，还改个什么劲？莫非要改“良”为“娼”？

辜鸿铭的课堂常是老不正经、嬉笑怒骂，即使戴上这三重帽子，学生对于他还是保持一颗敬畏心，而且上座率极高，毫不逊色于大博士胡适。

如此，他便有了一分底气，足以叫嚣：“胡适之，那个懂点美国‘通俗英语’的人，居然能当上北大英文系主任，真乃滑天下之大稽也！……连希腊文和德文都不懂，竟敢有脸在大学讲坛上大侃西方哲学，这个胡适博士简直把学生当猴耍！”

胡适自然不甘示弱，在《每周评论》上发表文章，直指辜鸿铭的言行并非留恋前清，而是标新立异、哗众取宠：

“现在的人看见辜鸿铭拖着辫子，谈着‘尊王大义’，一定以为他是向来顽固的。却不知当初辜鸿铭是最先剪辫子的人；当他壮年时，衙门里拜万寿，他坐着不动。后来人家谈革命了，他才把辫子留起来。”

这便是指辜鸿铭当初学于西洋时的那次“风流往事”。辜鸿铭大为恼火，骂其诽谤，要求公开道歉，不然将到法院控告。胡适一脸无所谓，称待法院判决时再道歉不迟。

大半年后，胡适戏问：“辜先生，你告我的状子递进去了没有啊？”

辜鸿铭严肃地回道：“胡先生，我向来看得起你，所以才不愿意控告你。可是你那段文章实在写得狗屁不如，谁愿意来跟你计较？”一场“辫子风波”终消弭于无形。

1919 年 12 月 14 日，“辫帅”张勋 65 岁生日，辜鸿铭借用苏轼《赠刘景文》一诗中的两句做寿联贺寿：“荷尽已无擎雨盖，菊残犹有傲霜枝。”

事后，辜鸿铭故作神秘地问“论敌”胡适知否此对联的含意。胡适笑答：“‘残菊犹有傲霜枝’，当然是指张大帅和您老的辫子了。但不知‘擎雨盖’指的是什么？”

辜鸿铭笑道:“擎雨盖”就是清朝的大帽子。

清朝已经灭亡，清朝的官帽也没了着落，但脑后仍留有一条辫子，足以笑傲于这个寒光闪闪的时代。

这副对联，与其说是赞颂张勋的遗老骨气．倒不如说是辜鸿铭的自我表彰。毕竟张勋曾上台领衔主演过复辟闹剧，他的那条辫子早已是臭名昭著；而辜鸿铭的辫子，无论时人情愿与否，都不可抹杀它所寄寓的传统文化的意义。

辜鸿铭始终是寂寞孤独的，即使在戴了三重大帽子之后，仍逃不脱孤独寂寞的阴影——国人所知道的，只是他的怪。

身在北大，辜鸿铭作为封建余孽的代表，完全成了新文化运动所能找到的最好的靶子，这些明枪暗箭，都是绕着弯子向这块靶子射来——还没有几个人敢直言不讳地与他叫阵。

有人群的地方就有左中右，有含沙射影批评他的人，便会有拐弯抹角维护他的人，不同角度，不同取舍，而唯一的中间派大概就只有辜鸿铭一个人，因此最悠闲的也要数他了。

辜鸿铭并非没有做出过反应，以他的性子，不反应也绝无可能。他曾先后发表过两篇反对新文化运动的文章——《反对中国文学革命》和《留学生与文学革命》，言辞激烈，讥讽胡适的英语是英国下等人的发音，妄图以此不入流的西学谈论所谓的“活文学”和“重估一切价值”。

但是，辜鸿铭的反击显然势单力薄，最终的话语权还是在新文化的干将手中。辜鸿铭竟也甘愿蛰居了。

两边火药味甚浓的论战，倒是一点也没坏了中间辜鸿铭的雅兴，他依然握着笔，眼睛却瞄向西方，写了一篇《没有文化的美国》。文中，辜鸿铭尖锐地讽刺美国人没什么文化，只有爱伦·坡的一首诗。

文章寄到《纽约时报》，美国人竟然接受了他的批评，并迅速刊登出来，文中还插了一幅辜鸿铭的漫画像：身穿大清朝服，后拖一条长辫子。

1920 年，英国作家毛姆来到中国旅游，希望一见辜鸿铭，于是毛姆的朋友便给辜鸿铭写了一封信，请他上门。辜鸿铭不予理睬。

毛姆只得登门拜访，寻到东城区柏树胡同 26 号。走进小院，辜鸿铭得意地道："你朋友以为中国人都是苦力吧，招手即来。你们的国人只同苦力和买办往来，所以你们想所有的中国人不是苦力就是买办。"

面对辜鸿铭直截了当的挖苦，毛姆一愣，继而恭敬地问候："久闻先生大名，今天特地前来拜访。"

见对方如此恭敬，辜鸿铭也换上了笑脸，回道："你来看我，我深感荣幸。"

两人欢快地谈了一个下午，其中说到辜鸿铭的辫子时，辜鸿铭甚为得意："你看我留着发辫，这是一个标记。我是老大中华的末了一个代表。"

临别之际，辜鸿铭赠送毛姆两首中文古诗。毛姆问："你不同时给我一个译文吗？"

辜鸿铭说："给你翻译便是给你伤害。"

毛姆不懂中文，后来请人翻译出来，一看，原来是两首赠妓女的诗，令他哭笑不得。

1921 年，日本作家芥川隆之介访华，途经上海，一位西方朋友约翰斯特别提醒说："不去看紫禁城倒不要紧，但不可不去一见辜鸿铭啊！"芥川龙之介日后承认，约翰斯所言"真不我欺"，为此特地写了一篇日记，收录在《中国游记》中。

1923年1月，蔡元培因教育总长彭允彝干涉司法独立，克扣教育经费，终于忍无可忍，辞去了北大校长一职。

自命在中国只有蔡元培和他才是好人的辜鸿铭也随即辞去北大教职，在北大的生涯画上了句号，而这也意味着辜鸿铭在中国风云一生的落幕。

都不过是泡影

辜鸿铭辞职后，经济无来源，生活拮据，终日以骂人为业。幸得后来经人推荐，到日本人办的一家英文报纸当了总编辑，月薪五百。

玉在椟中求善价，钗于奁内待时飞。“中国人不识古董，所以要卖给外国人。”辜鸿铭满嘴荒唐言，心里却是一把辛酸泪，遥想当年孔子不也如此感叹着：“沽之哉！沽之哉！我待贾者也。”

1924 年初，“废帝”宣统终于为辜鸿铭的坚贞所感动，谕令召见 67 岁的辜鸿铭。

紫禁城内，油尽灯枯的千古帝王灯，以其渐趋熄灭最后一萤微弱之光，抚慰了期盼甚久的辜鸿铭。

天朝美人迟暮，这却是他第一次见到中国的传统君主；帝王朝气蓬勃，却是大清帝国的最后一抹荣光。

养心殿帝王威仪之前，那个傲慢、雄辩的辜鸿铭不知所向，徒留下一个拘谨、卑微、陌生的辜鸿铭。

20 岁的君王，70 岁的老臣；君王不拘礼节，老臣却老气横秋。他低着脑袋，唯唯诺诺，机械地有问有答，不敢稍有发挥。尽管有问有答，但他的脑子却是一片空白，以致记忆力如此之好的他在日后竟怎么也回忆不起这次会面皇上谈了些什么，仿佛只有一片辉煌，自己朦朦胧胧地沐浴在其间。

在旁人看来，这实在是一次不成功的会面。而辜鸿铭一点儿也没觉得失败，也从没产生过事后懊悔之心，他时刻感念着这次的天恩浩荡，别无他求。

1924 年 9 月，应朝鲜总督斋藤实子爵之邀，辜鸿铭前往朝鲜首都汉城，又于 10 月受日本大东文化协会之邀，赶往日本。

对于日本，辜鸿铭始终有着特别的好感：这里不仅是他“婚在东洋”的小妾、他的“安眠药”吉田贞子的故乡，也是唯一一个他不排斥、能使他感到慰藉的地方——“自知国人目彼为痴汉，不容于中国。唯日人能予以同情”；更是他对中国文化的梦想寄寓的所在——“中国汉唐文明”，唯在日本“迄今犹灿烂地保存着”，“是以极望日本能肩负发扬东洋文明之大任”。

早已名扬海外的他，这次到达日本，不带任何政治使命，心情也颇为轻松，所做的便是四处游历，到处演讲，一待就是三年。

此地虽好，终非久居之所。1927 年秋，秋风萧瑟中，辜鸿铭携一家老少，从日本回到了北京。到北京不久，妻子淑姑便撒手尘寰。

年逾七旬，逢秋寂寥，前程如梦，心有隐伤。

老年，终究是人生最后的洗礼，逃不出那一个体味痛失的过程。

辜鸿铭不安于天伦，也不想沉浸于回忆，在日本友人的推荐下，依旧老骥伏枥，准备出任当时在北京组织“安国军政府”、自任大元帅的张作霖的顾问。

一身油光闪亮的清朝服饰，拖着一条灰白辫子，揣着日本人的推荐信，辜鸿铭来到大元帅府。

张作霖对辜鸿铭这一身打扮感到十分滑稽，不得不重新掂量印象中那个如雷贯耳的辜鸿铭。他匪气十足，劈头便是："你能做什么事？"

辜鸿铭一言不发，怔怔地看着这位大元帅，这位大名远播的"东北王"，丝毫找不到当年初入张之洞幕府时张总督那待人如宾的身影。

辜鸿铭拂袖而去，再不兴做顾问之想。

不久之后，曾经的幕僚、一生最相知的好友梁敦彦辞世。辜鸿铭更感寂寞，沉浸于弥尔顿的诗作——那失明后的晚年惨景，时时怅吟，"日唯祈求速死"。

1928年春，辜鸿铭染感冒，咳嗽连连，请了法国医生来看，却不见好转。继而高烧，头脑混乱，现实、记忆与梦境交错，槟榔屿、英国与张之洞幕府迭现，时而在梦中呼喊——"他们看不起我们"；时而在辗转中诵吟——"……幸福一去不复返，痛苦却长存，他心头苦不堪言；他凄然环顾，两眼透露出莫大的哀戚和沮丧……"

后来，痰中渐杂血丝，遍请西医，皆诊断为肺炎而束手无策。辜鸿铭由咳出血丝，演变为咳出大口的鲜血。及至4月底，已是汤水难进。

他已无力成诵，却依旧忘不了弥尔顿，让侍立病床旁的两个女儿轮流念给他听：

"……幸福一去不复返，痛苦却长存，他心头苦不堪言；他凄然环顾，两眼透露出莫大的哀戚和沮丧……"

4 月 30 日上午，辜鸿铭回光返照，对侍立在旁的女儿含糊而轻轻地说了一句："我最放不下心是你们二人，你们要好自为之啊！"

下午 3 时 40 分，辜鸿铭几乎无声地说了句："名望、地位都不过是泡影，转瞬即逝——"

在一片泣不成声中，他终于成了人间的过客。

辜鸿铭去世后，溥仪特派人致祭，赐谥"唐公"。

吴宓发表悼文，称："今日吾国人中，其姓名为欧美人士所熟知，其著作为欧美人士所常读者，盖无有如辜鸿铭氏。自诸多西人观之，辜鸿铭实为中国文化之代表，而中国在世界唯一有力之宣传员也。"——终究还是借中国人之口表达了西方人的观点，只是承认了辜鸿铭在西方的影响。

"辜鸿铭死了，能写中国诗的欧洲人却还没出生！"外国作家勃兰特夫人如此感慨。

在辜鸿铭之前一年，脑后拖有辫子的王国维举身自沉；在辜鸿铭之后一年，心中蓄有辫子的梁启超也溘然长逝。

辜鸿铭的那条辫子，得了他的洋气庇佑，人人侧目，却又无人敢碰，特立独行达 17 年之久。随着这条辫子的倒下，国中实实在在的没有了"傲霜枝"。

不久之后，辜鸿铭的两个女儿——珍东、娜娃竟投往苏州，落发为尼。

陈寅恪

独立之精神，自由之思想

曾几何时，一张“史上最牛毕业证”在网络走红，毕业证的主人叫李鸿樾，“清华学校研究院”毕业。

网友之所以说这张毕业证书牛，是因为“它的导师阵容实在太过强大，令人目瞪口呆之外也倍感羡慕”。导师一栏赫然写着：王国维、梁启超、赵元任、陈寅恪和李济——著名的“四大导师”和一人类学特别讲师。

这“四大导师”中，第一位是开创用甲骨文研究殷商史的王国维；第二位是戊戌变法的核心人物、著述等身的梁启超；第三位是从哈佛大学任教归来的著名语言学家赵元任；而第四位，辈分最小、资历最浅，也是最迟到校的陈寅恪，在当时默默无闻。

他的履任，亏得吴宓和梁启超的鼎立推荐。

而吴宓和梁启超之所以会鼎力推荐，除陈寅恪学养深厚确有过人之处外，也难免带一点小小的私情：

吴宓自哈佛留学时起便与陈寅恪成莫逆之交，与汤用彤三人合称“哈佛三杰”；而梁启超与他的私谊，须得从陈寅恪的父祖辈说起。

公子的公子

1831年（道光十一年），陈寅恪的祖父——陈宝箴在一个夜里，呱呱坠地在江西义宁的陈家大宅里。

1851年（咸丰元年），弱冠之年的陈宝箴参加南昌乡试，金榜题名，高中举人，给三世祈盼的陈家带来久违的惊喜。

然而，当此之时，一家之欢快，终难掩举国之动荡——存在了两百年的满清帝国已鲜有倾听晨钟暮鼓的从容与和气了。

就在陈宝箴中举前的半年多时间里，大他18岁的落第秀才洪秀全在金田起义，拉开了太平天国运动的大幕。霎时，一场“上帝教”的梦魇迅速在大清的朝野弥漫开来。

官兵无能，“人民为自卫计，都办团练”。“曾国藩的事业就是利用这种乡勇，而加以组织训练，使他成为一个军队。”

与曾国藩同时，陈宝箴也随同陈伟琳帮办义宁州团练。“陈宝箴的仕途生涯，始于军旅，而他初涉军旅，是从办团练开始的。”作战期间，他多谋善断，英勇善战，因此屡建奇功。经郭嵩焘举荐，陈宝箴被年长20岁的曾国藩接见，入湘乡之幕，被礼为上宾，目以奇士。

1865 年（同治四年），曾国藩升任直隶总督。在其保荐下，陈宝箴入京面圣，被授以知府发湖南候补。

至此，涉足军旅十数载的陈宝箴踏上了仕途，迁居义宁的陈氏家族走上了显达之路。

1874 年，年仅 4 岁的醇亲王之子爱新觉罗·载湉即位，是为德宗。第二年改元光绪。这一年，陈宝箴被任命为湖南辰沅永靖道。主政永靖期间，陈宝箴扎扎实实地做出了一番“宜湖南之人流连咏慕”的大实事。

1882 年（光绪八年），陈宝箴升任浙江按察使。同年，长子陈三立（散原）参加乡试。答卷时，因深恶“八股文”，不按规定文体，以平素擅长的古散文体，以致考卷被废。但命运之神却关照了他，当主考官陈宝琛翻检落第考生答卷时，为他的才华横溢所叹服，破例划入举子之列。

1886 年，陈宝箴经两广总督张之洞奏请，调往广州，深受河督李鸿藻重用。同年，陈三立赴京会试，因为他的书法不合规矩——“楷法不中律，格于廷试”，不得不“退而学书”，于三年后补殿试而成进士。陈家终于出了进士！陈家三世的夙愿至此实现。

陈三立中进士后第二年，因湖南巡抚王文韶的奏疏——“陈宝箴可大用”，陈宝箴出任湖北布政使。陈三立辞官侍父。

时湖广总督张之洞正着力推进洋务实业，义宁父子戮力其中。

1895 年，宦海浮沉二十年的陈宝箴，先后出任浙江及湖北按察使、直隶布政使、兵部侍郎，凭借着出色的军事政治才能，成长为一名国所倚重的封疆大吏——湖南巡抚。

我们能从陈宝箴身上感到“春风得意马蹄疾，一日看尽长安花”的快意，但当个人融入历史大背景，这样的快意难免有些许沉重。

“1894年的中日甲午战争的惨痛结局以及随之而来的《马关条约》的屈辱签订”，这“亡国灭种的阴影，沉重地压在每个清醒的中国人心头”。

新任巡抚陈宝箴便是在这样的形势下走马上任的。

任职期间，最引人瞩目的，莫过于轰轰烈烈的湖南新政了。

如果说“戊戌变法是一场肤浅的、短命的政治变革”，那么地方层面的湖南新政，无疑是“扎实而又深刻的”。

新政期间，湖南巡抚陈宝箴与按察使黄遵宪等人开办时务学堂，开展矿业开发，设立近代工厂，架设湘省电线，创办小轮公司，创刊《湘学报》……被光绪帝称为“新政重臣”的改革者，是清末维新派的骨干、地方督抚中唯一倾向维新变法的实权派风云人物。

而其中，陈三立功不可没。

如开办时务学堂后，陈宝箴原本打算请康有为担任中文总教习，但陈三立认为请师莫若邀徒，因为梁启超的思想已超越其师康有为。陈宝箴听从了儿子的意见，改聘梁启超。

此外，陈三立还举荐了谭嗣同、唐才常等俊杰为湖南新政献智献勇，为轰轰烈烈的湘乡自强运动提供了有力的人才支撑。

梁启超赞曰：“陈伯严史部，义宁抚军之公子也，与谭浏阳齐名，有两公子之目。义宁湘中治迹，多其所赞画。”

因为才学能力突出，又作为官宦子弟，陈三立很快便引起广泛关注：与湖北巡抚谭继洵之子谭嗣同、江苏巡抚丁日昌之子丁惠康、广东水师提督吴长庆之子吴保初并称“清末四公子”；

又与谭嗣同、户部侍郎徐致靖之子徐仁铸、世家子弟陶菊存并称“维新四公子”。

义宁父子饱含“营一隅为天下倡”的决心，以湖南新政为国家社稷勾勒出一幅美好的蓝图。但是，戊戌政变如6月午后的暴风雨突如其来，使得形势急转直下。

山雨欲来风满楼，光绪在康有为的辅助下进行百日维新，变法雷声大震，诏书如雨下发。但是这点小雨除了在已有基础的湖南引起一点响应外，在别地“并没有激起多大的涟漪”，反倒在顽固派的心里激起了惊涛骇浪，连日跪求“西太后保全，收回成命”。

1898年（光绪二十年）9月21日，慈禧发动政变，幽禁光绪，通缉康梁，斩六君子于菜市口。

10月6日，惩处义宁父子的上谕降下：

“湖南巡抚陈宝箴，以封疆大吏滥保匪人，实属有负委任。陈宝箴着即行革职，永不叙用。伊子吏部主事陈三立，招引奸邪，着一并革职。”

义宁父子以“滥保匪人”“招引奸邪”而受到牵连，因为“戊戌六君子”中的刘光第、杨锐为陈宝箴所保荐，谭嗣同是倡导湖南新政的先进，梁启超是时务学堂的总教习。

同时革职的还有江标、熊希龄和黄遵宪，罪名是“庇护奸党，暗通消息”。对于湖南新政的改革设施，则责令张之洞“一律销毁，以绝根株”。

眼见自己的心血——“凡累年所腐心焦思废眠忘餐艰苦曲折经营缔造者，荡然俱尽”，义宁父子焉能不痛心疾首！

这年冬天，被罢免的义宁父子举家迁往江西老家。

但是，戊戌政变的阴魂却没有因为他们的离开而散去。

1900 年，慈禧再颁密旨，赐陈宝箴自尽。

临死之时，心寒如冰的陈宝箴留下遗嘱：“陈氏后代当做到六字：‘不治产，不问政’。”

陈宝箴之后，陈家再无一人涉足官场。

犹记戎马半生的曾国藩，在弥留之际对子辈说的最后一番话：“尔等长大以后，切不可涉历兵间，此事难于见功，易于造孽，尤易于贻万世口实。……尔曹唯当一意读书，不可从军，亦不必做官。”

这一年，陈寅恪 11 岁。

这一年，是陈三立人生的分水岭。无意仕进的他甘心成为一个诗人，“凭栏一片风云气，来做神州袖手人”。

最有希望的读书种子

陈三立不要求孩子应科考、求功名，在1902年陈寅恪13岁那年，就把他和哥哥陈衡恪送往日本求学。

鲁迅也在同一年里到达日本，并且和陈氏兄弟一同求学于日本东京弘文学院，关系颇为密切。但是，当鲁迅成为文学大师后，陈寅恪却缄口不向外人提及他们之间的友谊。

1905年，陈寅恪因患脚气病，不得不回国疗养。

在家调养一年以后，陈寅恪于1907年插班考入上海复旦公学。这是上海的一所新式学堂，相当于现在的高中。同班同学中有竺可桢和徐子明。

复旦公学期间，陈寅恪成绩优异，掌握了英语、法语和德语，为留学欧美打下了坚实的语言基础。毕业后，他带着复旦公学的文凭——平生唯一的一张文凭，登上了去往德国的轮船。

1910年，陈寅恪考进柏林大学学习语言文学，一年后转入瑞士苏黎世大学。

辛亥革命爆发后，陈寅恪从报上看到了这个消息，立刻就去图书馆借阅了德文原版《资本论》——“因为要谈革命，最要注意的还是马克思和共产主义，这在欧洲是很明显的。”陈寅恪成为“域内阅读原文《资本论》的第一人”(不过这第一名却有马一浮在与他争)。

1913年，陈寅恪考入法国巴黎高等政治学校。在这里，他系统地学习了西方政治经济学，初步形成了从政经文各方面分析社会现象的思维方式，为日后在隋唐史研究领域的学术成就奠定了基础。

在巴黎大学期间，陈寅恪偶然翻看国内报纸，看到有人提议袁世凯为终身总统，恰逢巴黎举办选花魁之会，便作诗讽喻：

岁岁名都韵事同，又惊啼鴂唤东风。(啼鴂guī，杜鹃鸟)

花王那用家天下，占尽残春亦自雄。

一战爆发后，欧洲一片混乱，陈寅恪不得不先行回国。

此时，处于秘密潜回云南领导护国运动前夕的蔡锷，正在北京中央政府担任经界局局长一职。由于早年受陈三立赏识，破格进入时务学堂学习，因此对陈三立感恩戴德，于是将留学归来空闲在家的陈寅恪聘为自己的秘书，从事翻译东西方图书资料的工作。

工作后没多久，陈寅恪就因看不惯官场的尔虞我诈而辞了职。这是他唯一一次与政治有过的接触，此后再也没有涉足官场或参加政治活动。

1915年秋，陈寅恪应江西省教育司副司长的邀请，做批阅江西省留德学生试卷的工作，为期三年。在此期间，他申请了江西省官费留学的名额。

1918年，陈寅恪再度出国，因为欧洲战乱未平，而登上了前往美国的轮船。

进入哈佛大学后，陈寅恪师从兰曼教授学习梵文和巴利文。

当时一同跟随兰曼教授学习的中国留学生还有俞大维和汤用彤等人。

除此之外，陈寅恪还研习中古文学和佛学，并常与美国新人文主义大师、哈佛大学比较文学系白璧德教授探讨佛理，深得赏识。

后来，陈寅恪与师从白璧德教授的留学生吴宓相识，由此开始了一段长达50年的友谊。两人认识后不久，吴宓便断定——“吾必以寅恪为全中国最博学之人。”

当时的留美学生非常关心20世纪中国文化的出路和建设问题，由于各自的见解不同，形成了两大派别。

一派以胡适为代表，强调中西文化的差异性和中国传统文化的落后性，主张输入西方学理，再造中华文化；另一派则以陈寅恪和吴宓、梅光迪为代表，主张保存人性的优点和文明的精华，认为儒家文化是对抗现代资本主义物化与非理性化风气的重要武器。

一派在国内掀起了轰轰烈烈的新文化运动；一派创办《学衡》杂志（陈寅恪未参与），对文学革命运动和新文化运动予以批评。

在哈佛攻读三年后，陈寅恪离美赴德，重新进入柏林大学，受业于著名的印度学家路德施教授，攻读梵文及多种东方文字。

此次在德留学，本是公费资助，但因国内时局动荡，官费常常停寄，况且弟弟陈登恪也赴巴黎留学，家中无力给予经济支持，所以陈寅恪的留学生活十分清苦。

“每天一早买少量最便宜的面包，即去图书馆度过一天，常常整日没正式进餐。”即使偶尔进一顿餐，也往往只点上一盘炒腰花。

此时，赵元任夫妇游经柏林大学，作为东道主的陈寅恪和俞大维请他们看歌剧。把夫妇俩送到剧院门口便准备离开，夫妇不解，陈寅恪解释："我们两个人只有这点钱，不够再买自己的票了，若我们也去看，就要好几天吃干面包。"

后来回国后，有一天赵元任夫妇请客，他们特地为陈寅恪点了一盘炒腰花，摆在他面前。但自始至终陈寅恪没夹一块。夫妇俩好奇，陈寅恪腼腆地答道："因为在外国，炒腰花是最便宜的。"原来德国人不喜欢吃猪内脏，所以腰花卖得特别便宜。

生活虽然艰苦，但陈寅恪对于学业丝毫不敢懈怠。

赵元任夫妇忆及当年，说当时在德的学生多疯玩得不得了，只有傅斯年和陈寅恪两人是"宁国府大门前的一对石狮子"。

1923年毛子水到柏林后，傅斯年告诉他："在柏林有两位中国留学生是我国最有希望的读书种子：一是陈寅恪；一是俞大维。"

陈寅恪被誉为中国"最有希望的读书种子"，此话非虚，其用功之勤，学问之深，单从他在这一时期的读书笔记就可见一斑——笔记共达64本之多。而且这些笔记，"门类繁多，计有藏文、蒙古文、突厥回鹘文、吐火罗文、西夏文、满文、朝鲜文、梵文、巴利文、印地文、俄文等二十二类"。

季羡林教授断言："这些笔记本，虽然看起来数目已经很多了，但肯定还不是全部，一定还遗失了一些。"

同为留学生的罗家伦评价道，陈寅恪"博学多能，泛滥无涯"，"是由博到精最成功的一个人"。

陈寅恪却未曾获得任何学位。

"考博士并不难，但两三年内被一个具体专题束缚住，就没有时间学其他知识了。"陈寅恪在德国读书，没有追求学分。人家上课他跑去听，听了做笔记，完全是求学，有点像中国传统的游学，"只求学问，不受学位"。而不求博士文凭的陈寅恪，却形成自己宽阔的学术视野。

教授的教授

1925年，清华发生了一件对中国学术界影响深远的大事——成立了“清华国学研究院”。研究院的宗旨是用现代科学的方法整理国故，培养“以著述为毕生事业”的国学人才。

正如开创了清华黄金时代的梅贻琦掌门人就职演讲时所言——“所谓大学者，非谓有大楼之谓也，有大师之谓也。”——拥有一批高质量的国学界德高望重的泰山北斗来担任导师，成为清华国学研究院自筹建之日起便亟待解决的事。

曹云祥担任校长后，曾想请胡适担任研究院导师并主持研究院，被胡适婉拒（后由吴宓担任）。不过，胡适推荐了三位导师人选：梁启超、王国维和章太炎。

1925年秋，曹校长敦请梁启超、王国维、章太炎、赵元任四人担任导师，李济为特别讲师。这些人中除章太炎因跟梁启超不合而未就任外，其余人都先后应聘。

最后到校的导师是陈寅恪，也是最费周折的一个。

陈寅恪虽然长期游学欧美，学问精深，但在国内却是无名望、无著作、无学位的“三无”学人。而能够与声名卓著的王静安、梁任公、赵元任同聘为国学院四大导师，除学养深厚外，关键在于有力人物的推荐。

这有力人物便是研究院办公室主任吴宓和陈家的旧识、素知陈寅恪家学渊源的梁启超。其中还有一段梁启超与清华校长曹云祥的舌战。

年底，梁先生向校长曹云祥推荐陈寅恪先生，曹云祥问：“他是哪一国博士？”

梁启超答：“他不是学士，也不是博士。”

曹云祥问：“他有没有著作？”

梁启超答：“也没有著作。”

曹云祥说：“既不是博士，又没有著作，这就难了！”

梁启超说：“我梁某也没有博士学位，著作算是等身了，但总共还不如陈先生寥寥数百字有价值。好吧，你不请，就让他在国外吧！”

由于梁启超的一番努力，此刻正在德国游学的陈寅恪接到了国学院导师的聘书。时年 36 岁。

一年后，陈寅恪的身影出现在清华园。

和清华园里那些留洋归来的大多数西装革履、发光鉴人的教授不同，陈寅恪通常“穿着皮袍，外面罩以蓝布大褂青布马褂，头上戴着一顶两旁有遮耳的皮帽，腿上盖着棉裤，足下蹬着棉鞋，右手抱着一个蓝布大包袱，走路一高一下”，这样一个“相貌稀奇古怪的纯粹国货式的老先生”，不认识他的人，还以为他是琉璃厂某个书店前来送书的老板。

上课第一天，陈寅恪就送学生们一副对联：

南海圣人再传弟子，大清皇帝同学少年。

因为四大导师中梁启超是“南海圣人”康有为的弟子，而王国维是末代皇帝溥仪的读书顾问，意指在座的学生们既然是梁启超和王国维的学生，也就是康有为的再传弟子、溥仪的同学。

一副对联润物细无声地把学生们赞美得如坐春风，使他们在潜意识里对他敞开了心门。

接着，陈寅恪申明了他的“三不讲”讲课原则：“前人讲过的，我不讲；近人讲过的，我不讲；我自己讲过的，也不讲。现在只讲未曾有人讲过的。”

学生们大为惊异，但多抱有怀疑。直到陈寅恪开课，学生们才对他的才纵古今、学贯中西而叹为观止。

听过他讲课的学生，纷纷对其抱以推崇之心：陈先生“不多说话，尤其不唱高调”，讲课“字字精金美玉”，而且“专讲个人研究心得，繁复的考据，细密的分析”。听他的课，“要结合若干篇文章后才悟到他对这一类问题的思想”。许多学生望尘莫及地感叹“广博深邃的学问使我一辈子也摸探不着他的底”！

由于其所授皆为前人所未逮，时人服膺其倾世之才，所以陈寅恪的课堂座无虚席，听者甚多，周边名校师生有如过江之鲫，甚至连当时的知名教授如朱自清、吴宓以及北大的德国汉学家钢和泰等也风雨无阻前来旁听，个个“慕名而来，满载而归”。

当时的哲学大家冯友兰的学问可谓不小，在清华也是上上人物了。但每回上中国哲学史课的时候，总会看见冯友兰毕恭毕敬地跟着陈寅恪从教员休息室里出来，边走边听陈先生讲话，直至教室门口，才对陈先生深鞠一躬，然后离开。

姚从吾说：“陈寅恪先生为教授，则我们只能当一名小助教而已。”

傅斯年说：“陈先生的学问，近三百年来一人而已！”

胡适在日记中写道：“寅恪治史学，当然是今日最渊博、最有识见、最能用材料的人。”

就连自视甚高的刘文典后来也承认，西南联大文学院真正的教授只有“两个半”，陈寅恪是其中的一个，他自己只能算半个。他甚至公开说：“陈寅恪才是真正的教授，他该拿四百块钱，我该拿四十块钱……”

从此，陈寅恪被称为清华园中的“活字典”，又被称为“教授的教授”。与此同时，陈寅恪是“中国最博学的人”的说法也广泛流传开来。

看似安宁的清华园终没能成为一个世外桃源，暗流的汹涌打破了表面的平静。陈寅恪在度过两年最平静的生活后，终于被卷入外部世界的风起云涌中。

1927 年春节刚过，国学研究院内平静的学术氛围便被北伐军北上的轰隆枪炮声打破。

1927 年 6 月 2 日，“感于事变”的帝师王国维举身自沉，结束了自己的一生。

噩耗震惊海内外，一时之间众说纷纭，纷纷揣测原因。

陈寅恪不得不撰文拨云驱雾，廓清“流俗恩怨荣辱委琐龌龊之说”。在遗体告别仪式上，陈寅恪出人意料地行了三跪九叩大礼，并赋长篇挽词以寄哀思：“汉家之厄今十世，不见中兴伤老至。一死从容殉大伦，千秋怅望悲遗志。……风义平生师友间，招魂哀愤满人寰。他年清史求忠迹，一吊前朝万寿山。”

在王国维辞世二周年之际，陈寅恪为其撰写碑文，从该事件中提炼出的“独立之精神，自由之思想”成为他及所有知识分子共同追求的学术精神与价值取向。

6 月 7 日，梁启超因肾病加剧，不得不长期静养，随后辞去一切职务。但终究是在劫难逃，于 1929 年 1 月 19 日病逝。任公之殇，山河同悲！

1928 年，清华学校改制为清华大学，陈寅恪任中文、历史系合聘教授。这年暑假陈寅恪回上海省亲，与原台湾巡抚唐景崧之孙女唐筼完婚。

婚后不到一个月，便因开学在即而匆匆回京。

此时的清华国学研究院，实际上只有陈寅恪在勉力支撑着。

静安、任公相继而殁，赵元任因课少而长期在外考察方言，李济也在外主持田野考古工作。四大导师风流云散，国学研究院举步维艰。

陈寅恪原本打算增聘章太炎、罗振玉和陈垣为导师，但章太炎不愿屈人之后，罗振玉推辞，陈垣则自谦难以胜任。

陈寅恪只得以一己弱躯事无巨细地勉力承担着，虽殚精竭虑，却也回天乏力。

终于，1929 年 11 月，名噪一时的清华国学研究院奏响了广陵散曲。这个走出语言学家王力、敦煌学家姜亮夫、历史学家谢国桢、考古学家徐中舒、文献学家蒋天枢等诸多大家的人才摇篮至此画上了句号。

1981 年，年近九十的赵元任清华访旧，徘徊故径，流连故居，一时百感交集。

他以吴语长吟一阕老歌，即 60 年前亲自谱曲、著名诗人刘半农填词的《教我如何不想她》，一吐前尘隔海的感怀：

“天上飘着些微云，地上吹着些微风。啊！微风吹动了我的头发，教我如何不想她？……”

清华国学院停办后，陈寅恪任清华大学历史、中文、哲学三系合聘教授，兼中央研究院理事、历史语言研究所第一组组长、故宫博物院理事、清代档案委员会委员等职。

1932年夏，清华大学举行新生入学考试。陈寅恪应系主任刘文典之邀为国文考试代拟试题。

他出的题目非常简单，除了一篇“梦游清华园记”的命题作文外，只要求考生对个对子，对子的上联仅三个字：孙行者。结果这次考试竟一半以上考生交了白卷。

陈寅恪拟定的标准答案是“王引之”“祖冲之”。而一个叫周祖谟的考生对出的下联是“胡适之”，获得满分。

此联化用苏轼“前生恐是卢行者，后学过呼韩退之”的诗句。“韩卢”为犬名，“行”与“退”为步履行进之动词，“者”与“之”为虚字。

而周祖谟联中，“胡孙”即“猢狲”，为猿猴，且合陈寅恪对佛学的研究心得，“行者”与“适之”意义音韵皆可相对，而且用的是当时最时髦人物胡适的名字，颇为贴切，因得满分。

周祖谟后来成为著名语言学家、北京大学教授。

但当时正值白话文运动蓬勃发展之时，因此有人在报上批评清华大学食古不化，不应出怪题“对对子”考学生。

对此，陈寅恪提出四条理由：

一、测试考生能否区分虚字和实字及其应用；二、测试考生能否区分平仄声；三、测试考生读书之多少及语藏之贫富；四、考察考生思想条理。

陈寅恪的解释文章一经发表，这场风波即告平息，可见其名望颇能服众。

当时的华北学术界分成两派：一派是本国培养的学者；另

一派是有留学经历的学者。

本土派认为，留洋派不懂国情，学问再高，也是隔靴搔痒，解决不了中国问题；留洋派认为，本土派太过迂腐，眼光太狭，不懂掌握现代化的工具。因而两派互相瞧不起。

但是，不管是哪一派，谁都不敢瞧不起陈寅恪。这在学术界堪称传奇。

且认他乡作故乡

1937年7月，卢沟桥事变引爆了抗日战争。下旬，日军发动对华北的全面进攻，天津、北平相继沦陷。

当日军进入北平后，此时已85岁高龄的陈三立，这位在上海“一·二八”十九路军抗战时，梦里狂呼“杀日本人”的老人义愤绝食，于5天后溘然长逝。临终之时，他问的最后一个问题是：“外传我军在马厂得胜，不知确否？”

为父亲守灵的那些晚上，陈寅恪久久地斜卧在走廊的藤躺椅上，一言不发。从父亲的绝食中，他承受的是悲壮无言的痛苦，及至八年之后抗战胜利之时，他才表露了心迹：“国仇已雪南迁耻，家祭难忘北定时。念往忧来无限感，喜心题句又成悲。”

此时的陈寅恪由于高度近视，又因父亲的死悲恸过度，导致右眼视网膜严重剥离，几近失明。医生诊断须立即手术，但手术后需要相当长的一段时间休养。陈寅恪为了尽早离开沦陷区，不得不放弃手术，也从此放弃了复明的希望。此后，陈寅恪长期依赖左眼。

在料理完父亲丧事、守孝满“七七”后，陈寅恪携带家眷，踏上了南渡的流亡之路。

为保存中华教育精华免遭毁灭，华北及沿海多所高校纷纷内迁。其中，北京大学、清华大学、南开大学南迁湖南长沙，组成长沙临时大学。不久之后，改称国立西南联合大学。西迁云南蒙自，再迁昆明。

“我昔来时落水荒”，陈寅恪于1938年春天到蒙自，授课数月，便于秋天随校转往昆明，“我今去时秋草长”。

此次南渡的逃亡历程，身体的劳累尚在其次。对陈寅恪身心打击最大的莫过于发生在路上的几次丢书事件。

在离开北平之前，陈寅恪把他的藏书寄往将要去的长沙，但由于交通不便且战事不断，当他赶到长沙时，这批藏书还没有到达。而清华大学的临时校址又西迁云南，他迫不得已匆忙随去。于是，姗姗来迟的藏书只能暂存于亲戚家中，最终灰飞烟灭在逼近长沙的战火之中。

另外，陈寅恪将突发心脏病、身体虚弱的夫人唐筼安顿在香港后，独自前往蒙自，却在途经越南海防时遭窃，随身携带的两箱极其珍贵的书籍落入贼手。

丢书之所以痛心，多为珍籍秘本尚在其次，更重要的是藏书上密密麻麻地写满了他的蝇头小楷。

原来，陈寅恪做学问的方式不是写卡片，而是在书上随读随记，也就是古人所说的“眉批”。眉批上写满了他的思考、见解和引证，这是他学术研究的基础、也可以说是他研究工作的“半成品”。

这样的损失不仅对于他而言是损失，对于历史、后人更是损失。藏书的毁损，造成他日后原本可以完成的书目如《世说新语笺证》《高僧传笺证》等没有实现，于己于人，推而广之于学术的传承，这种不可料的损失令人扼腕。

逃亡以来，手稿、藏书遗散太多，再加上旅途劳顿，又为夫人的身体忧虑，陈寅恪初到蒙自便染上了疟疾，精神几近崩溃。在动荡混乱的时局里，独自一人谋生在战火连绵的他乡，心底不免生出无限凄凉的感慨——“南渡自应思往事，北归端恐待来生”，“家亡国破此身留，客馆春寒却似秋”。

在几乎没有参考书的情况下，陈寅恪依靠记忆，撰写了两部藏之名山、传之后世的中古史名著——《隋唐制度渊源略论稿》(1939 年) 和《唐代政治史述论稿》(1941 年)。

陈寅恪写这两部书时多以论带史，而不只是作为一个考据学家。在中古研究中，他注意到的若干解释中古中国的架构和因素，至今仍是很多研究者绕不开的课题。如对文化种族和家族的关注等。

说陈寅恪是一个了不起的学者，不是因为他在某一领域里奉献了什么成果，而是因为他开创了一个研究的范式。

后来，在国际汉学界具有广泛影响的《剑桥中国史》，对陈寅恪做出了如此评价：“解释这一时期政治和制度史的第二个大贡献是伟大的中国史学家陈寅恪做出的。他提出的关于唐代政治和制度的观点，远比以往发表的任何观点扎实、严谨和令人信服。”

1939 年，牛津大学正式聘请陈寅恪任汉学教授，并授予英国皇家学会研究员职称。这是该校建校 700 年来第一次聘请中国学者担任教授。

陈寅恪出于多方面考虑，接受了牛津大学的聘请。但因“二战”时局影响，两次都没能成功前往，最终滞留在香港，为生计而任香港大学客座教授。牛津大学诚心虚席以待。

1941年底，太平洋战争爆发，日军随即占领香港。社会混乱，学校停课，物资匮乏，香港俨然成了一座孤岛。陈寅恪失去经济来源，一家又陷入困顿的境地。唐筼只得不顾身体病弱，费尽心思为全家人找寻口粮。

由于陈寅恪当之无愧的“国宝”头衔，日本学者曾写信给军部：不可为难陈寅恪。军部电令香港司令，务必照顾好陈家。因此日军十分礼遇之，并在物资极度匮乏的情况下，派宪兵队送去许多袋面粉，但陈寅恪拒不接受。于是就出现了这样的情景：宪兵队一边努力往屋里搬面粉，陈寅恪夫妇一边拼命往外拖。

“劫灰满眼看愁绝，坐守寒灰更可哀。”1942年5月，在中央研究院院长朱家骅的帮助下，陈寅恪一家携带着简单的行李逃离了香港这个是非之地，暂居桂林，任教于广西大学。后辗转至燕京大学。

1945年春天一个寒冷的早晨，陈寅恪突然陷入一片漆黑——他唯一可以依靠的左眼失去了光明。他忙派人去通知学生今天无法上课，并赶往医院，但终没能妙手回春。

56岁生日那天，陈寅恪连作三首七言绝句。从这三首诗中可以想见其情绪之低沉。

其一

鬼乡人世两伤情，万古书虫有叹声。

泪眼已枯心已碎，莫将文字误他生。

其二

去年病目实已死，虽号为人与鬼同。

可笑家人作生日，宛如设祭奠亡翁。

其三

女痴妻病自堪怜，况更流离历岁年。

愿得时清目复朗，扶携同泛峡江船。

“二战”胜利后，“眼暗犹思得复明”的陈寅恪应英国皇家学会及牛津大学之邀，“强扶衰病试飞行”，去往伦敦治疗眼疾。但因为错过了治疗的最佳时机，又曾在国内做过一次不成功的手术，以致数月奔波、辗转英国，依然“求医未获三年艾”，甚至被下了双目失明已成定局的诊断书。由此，心灰意冷的陈寅恪不得不辞去牛津的聘约。

1946 年秋天，清华大学在北平复校。陈寅恪于 10 月回到了清华园，物是人非，“隔世重来泪不收”。

孤寂而又倔强

1948 年，国民党准备退踞台湾。在败退前，开始了“抢运学人”计划。

当时，尽管北平已被解放军重兵包围，然而南京教育部的一架专机仍然冒险飞临。有资格坐上这架飞机的，只有胡适和陈寅恪。——这是第一批被“抢救”的学人，而这又成了某些人研讨的题目。

到达南京后，蒋介石亲自登门，劝陈寅恪一同去往台湾。由于对“杀人盈野复盈城”的国民党极度失望，陈寅恪拒绝了蒋介石的劝说。

一个月后，陈寅恪应岭南大学（即后来的中山大学）校长陈序经之邀，携全家乘“秋瑾号”客轮南下广州。“陈寅恪的到来，使陈序经‘一手抓教授’的计划达到了高潮。”

“无端来作岭南人”，如此，陈寅恪的最后 20 年在南国找到了一个安身之所。

然而行将溃退的国民党政府仍不死心，于 1949 年 6 月做了最后一次努力。时任教育部长的杭立武，在多次尝试碰得一鼻子灰后，只有携财政部长去请求陈序经协助劝说，承诺只要陈寅恪答应去香港马上就送 10 万港币和一套新房。

陈序经好不容易请来这尊“国宝”，自然不肯轻易送走，他没好气地回答:“你给 10 万，我给 15 万，我盖新房子给他们住。”

没能把陈寅恪请去台湾，蒋介石一直引为憾事，甚至在 20 年后还为他流下了泪。

南国校园很美，一年四季树木常青，景色如春。但在陈寅恪眼里，只是偶尔会有大片的黑暗中影影绰绰映出一团亮晃晃的影子。

以前讲课，每至深处，陈寅恪总会长时间地闭上双眼，会以神交；然而当他双眼失明之后，就再也没见他闭上眼睛讲课。——他永远睁大着眼睛，一如我们今天见到的他晚年的照片，目光如炬。

由于眼睛不便，每次只好让助手黄萱找资料，而他则清楚地记得他要的书摆在书架的第几格第几排第几本；由于行动不便，学校便让学生到他住处听课。他住的中山大学宿舍的走廊成了课室，墙上挂一块小黑板，他坐在黑板前讲授，学生坐在对面的椅子听讲，成为当时中山大学的“一怪”。

陈寅恪一向推重学术独立，认为“如果做学问是为了去迎合政治，那不是真正在做学问”。

早在 1940 年的中央研究院会议上，面对国民党政府的横加干涉，陈寅恪有句“食蛤那知天下事，看花愁近最高楼”，以示袖手旁观。(吴宓将此解作对蒋介石的嘲讽。)

1953 年，中央历史研究委员会决定在中国科学院设立三个历史研究所，计划一所（上古史研究所）所长为郭沫若，二所（中古史研究所）所长陈寅恪，三所（近代史研究所）所长范文澜。

郭沫若和范文澜欣然赴任，陈寅恪却开出了这样的条件：一、“允许中古史研究所不宗奉马列主义，并不学习政治”；二、“请毛公或刘公给一允许证明书，以作挡箭牌”。

之所以提出这两个要求，还是出于“学术独立”的追求，正如陈寅恪解释的那样：“我绝不反对现在政权，在宣统三年时就在瑞士读过《资本论》原文。但是我认为不能先存马列主义的见解，再研究学术。我要请的人、要带的徒弟，都要有自由思想、独立精神。”

这年冬天，陈寅恪的得意门生汪篯，带着郭沫若和李四光分别写给陈寅恪的劝行信，来到了广州。师生久别重逢，相见甚欢，尤其在一个孤凄盲目的垂暮之年。

但当得知这个昔日门生的真正来由，认为他已经摒弃了自己恪守的治学之道时，陈寅恪严肃地说道：“你不是我的学生。”并且口述了《对科学院的答复》，让汪篯做了记录带回去。

1954 年的 1 月，郭沫若又写信给陈寅恪，意同前信。甚至他的要求得到了周恩来的首肯，“可以答应陈寅恪的要求，只要他到北京来。一切都会变的”。

“柳家既负元和脚，不采苹花即自由”，陈寅恪最终还是没有成行。

其实，新中国成立后，作为“旧史学权威”，陈寅恪早已与时代格格不入，遭到了冷遇。但因他的学术影响深远，先后仍有不少名流政要希冀南下之时拜访。这批人中，先后有陈毅、林伯渠、郭沫若、康生、胡乔木、章士钊、竺可桢等，甚至在那个被陈寅恪称之为“很可怕”的国度也有一个人蠢蠢欲动。

1949年末，毛泽东率中共代表团访苏。闲谈之时，斯大林竟然向毛泽东打听起了陈寅恪，称自己读过他的历史著作——斯大林的《中国革命问题》引用了陈寅恪著作中的许多材料。回国后查知陈寅恪在中大，毛泽东特意叮嘱优待之。

“闭户高眼辞贺客，任他嗤笑任他嗔。”强调“独立之精神，自由之思想”的陈寅恪并非来者不拒。事实上，向来不善社交、甘于寂寞的他更情愿清静无人扰。对于不想接见的人，不管对方来头多大，他都坚决不见。也因为这种倔，给自己留下了一个遗憾。

1962年春，“大秀才”康生南下广州，悄然而至中山大学，向校领导请见陈寅恪。

校长办公室与陈宅电话联系，却被告知陈寅恪病了，不便接待。办公室试图劝说陈家的人动员陈寅恪接待一下，但终于没有成功。

康生强压不快，改见了古文字学家容庚。

后来，在人民文学出版社准备出版陈寅恪著作《论再生缘》时，康生发表了自己的意见。在这个意见的作用下，《论再生缘》成了“盖棺有期，出版无日”的遗憾。

推崇陈寅恪的名流政要大有其人，但其中一人与其他高级领导人不同，他更清楚陈寅恪的价值，而且是发自心底对陈寅恪的关切。

中山大学陈寅恪故居前，有一条白色的水泥小路，是特地为方便陈寅恪在工作之余散步而修造的。这条路，就是今天中山大学里著名的“陈寅恪小道”。

而嘱咐修造这条白色小路的是陶铸，当时的中共中南局最高首长。

1956 年，时任筹委会主任的陶铸亲自提议，将原任中国科学院广州分院筹委会委员的陈寅恪，提为筹委会副主任。因为他认为陈寅恪是“岭南学界最具代表性的精英”。

1962 年，陈寅恪在洗漱时突然滑倒，右腿胫骨断裂，这对于 72 岁的老人而言是一场严重的灾难。他体质不好，不能手术，只好静养。

在陶铸的直接关怀下，广东省委特批三个护士，一天 24 小时轮流在陈宅值班，照护老人的生活。

一位大学教授能得到这般照顾，在 60 年代的中国难有二例。

独立之精神，自由之思想

1954年10月16日，毛泽东发表了《关于〈红楼梦研究〉问题的信》，全国随即开展了对所谓“资产阶级知识分子”的批判，紧接着又展开了反对胡适派资产阶级唯心论的斗争，陈寅恪在中山大学也受到较大冲击。

陈寅恪因双目失明，在助手黄萱的帮助下，潜心居家写作皇皇85万言《柳如是别传》，没有“言论”，所以正常生活没有受到大的影响，但他的教学、学术研究受到干扰，那颗被深深伤害的心，也已无法平复。

1958年10月，广东的理论刊物《理论与实践》刊登万言长文《批判陈寅恪先生的唯心主义和形而上学的史学方法》，中山大学历史系的青年教师和学生在大字报中指责和嘲笑陈寅恪是“伪科学”“假权威”。

陈寅恪被深深激怒，上书中大领导，提出：坚决不再开课；马上办理退休手续，搬出学校。

金鳞岂是池中物！当时中国就一个陈寅恪，一个让大陆、香港、澳门和台湾乃至全世界的东方学界瞩目的陈寅恪。不开课的震动显然非中大可以平息，“让陈寅恪重新开课”，一度成为1958年以后中大最头疼的一个问题。

不少人反复劝其复课，陈寅恪的回答又是多么伤心：“是他们不要我的东西，不是我不教的。”

1959年，党内整风运动起，不少主持批判工作的历史系负责人，不得不因陈寅恪的受辱而进行自我检讨。其中，一位校领导因当众嘲讽陈寅恪“违反知识分子政策”等两条主要理由，被中共高等教育部党委给予严重警告处分。

1961年，随着中国科学院院长郭沫若以及故友吴宓的先后拜访，广东知识分子在这样一个长期戴着资产阶级帽子、被大字报批来批去的隆冬时节，终于迎来了下一个“脱帽加冕”的春天。

陶铸较早地提出要向被整风中受伤害的知识分子“赔礼道歉”，并很快就在一场知识分子集结的会议上做出了表率。这场会议的召开，基本上否定了1958年以来高校里进行的种种政治运动。

后来，陶铸的做法得到了周恩来和陈毅的肯定。

据余英时考证，陈寅恪一生的史学可分为三个阶段：

第一阶段为1923—1932年，重点在充分利用所掌握的语文知识来考证佛典译本及其对中国文化的影响，以及唐以来中亚及西北外族与汉民族之交涉，所谓“殊族之文”“域外之史”。

第二阶段自30年代初起至1949年，开辟魏晋至隋唐的研究，所谓“不敢观三代两汉之书，而喜谈中古以降民族文化之史”。

第三阶段为 1949 年以后，《论再生缘》和《柳如是别传》成为这一阶段最为重要的著作。

1964 年这一年，中国人民完成了核武器的研制。与此同时，历经 10 年长征的陈寅恪也完成了一部后人看来如谜一般的著作——《柳如是别传》。至此，陈寅恪的学术生涯落下了帷幕，诗意的人生也关上了大门。

1966 年，陈寅恪的助手黄萱被赶走，三名护士被撤除，工资停发，存款冻结。陈寅恪家里的整幢楼被大字报覆盖，远远望去如同一口巨大的白色棺材，兀立于树木丛生的校园一隅，令人望而发寒。

后来，大字报由楼外糊到了室内：墙壁、门脸、衣柜、床头，甚至包括陈寅恪的衣服。“人还没死，已先开吊了。”夫人唐筼绝望地哀叹。

1967 年 1 月，陶铸被突然打倒，造反派逼迫陈寅恪交代与陶铸的关系，开始大规模抄家，并将大号高音喇叭吊在他的床头，让其听取革命群众对其发出的怒吼之音……

1969 年春节后，陈寅恪一家被扫地出门，迁至一所四面透风的平房。

此时陈寅恪病体衰弱得已不能吃饭，只能进一点汤水之类的“流食”。偶有亲友偷偷拜望，他躺在病榻上已说不出话，只是眼角不断有泪流出。

5 月，躺在床上气脉已竭的陈寅恪，再次被迫向当权者做口头交代，终至泪尽泣血，口不能言方休。

10 月 7 日，心力衰竭的陈寅恪于凄风苦雨中溘然长逝，时年 80 岁。

一个月后的21日，夫人唐筼也撒手人寰，追随陈寅恪而去。

2003年6月16日，陈寅恪的骨灰落葬中国科学院庐山植物园，当代著名画家黄永玉亲题“独立之精神、自由之思想”。陈寅恪当年为王国维所写的墓志铭，在七十多年之后被后人郑重地刻在他的墓碑上。

胡　适

我的朋友胡适之

胡老先生：

《史记》《汉书·季布传》中有句话说“得黄金百斤，不如得季布一诺”。李白《上韩朝宗书》也说过：“生不用封万户侯，但愿一识韩荆州。”如今中国的先生，真是学界的季布和韩荆州呀！而我既得一识先生，并得先生一诺，也就不止于封万户侯和得百金了！这是何等的荣幸。

1949年胡适离开大陆后，遗留在北京的私人档案里保存着数千封往来书信，这是其中的一封，写信者是个不知名的小人物。

胡适的朋友，三教九流，红白蓝绿，“上至总统、主席，下至企枱、司厨、贩夫、走卒、担菜、卖浆……行列之中都有胡适之底‘朋友’”！

虽说物以类聚，人以群分，而胡适如此广泛的交际圈，不是因为他交友没原则，而是因为他有那强大的包容性。

包容性！这个词，跟了胡适一生。

鱼龙混杂，却是“盛名之累”的渊薮，因而“誉满天下，谤亦随之”。

对于毁谤抨击，胡适淡然处之，亦足见其包容性。

包容性是一种难能可贵的品性，所谓“文如其人”，有良好的人品才修炼得出至高的文品。包容性为一个人的思想提供了一片更为广阔的海域。

胡适认为“欲知一家学说传授沿革的次序，不可不先考订这一家学说产生和发达的时代”，而如果要探究一个人的思想的深度和广度，则不得不先探知这个人思想的渊源——他的家庭和童年。

无可替代的影响

在安徽绩溪城西约四十公里处，有一块襟山带水、群山环抱的小盆地，这里便是胡氏聚族而居的大村落——上庄。

村北耸立竹竿尖，拔地1100米，仿佛是从蓝天之上降下的一道翠色屏风，可靠而不失美感地守护着山村的秘密。西南流过常溪河，潺潺滋润着两边的农田，而后默默蜿蜒东去，如一湾玉带缀饰欢谷。

“其山清以旷，其水环以幽。”泾人吴拙庵一语传神，点出了上庄山水风光。

绩溪，旧属徽州府，地处黄山脚下，风景秀美。全境山多地少，土瘠民贫，因此，徽州人多背井离乡，外出谋生，以“徽商”著称全国，甚至有“无徽不成镇”的说法。

一方水土养一方人，徽州这样的自然条件，赋予这片水土上的人三个特点：

“徽州帮”似的乡党情结，“绩溪牛”般的奋斗精神和大学者朱熹渲染出的重视文教。

绩溪有三支胡氏，分别为金紫胡氏、遵义胡氏和明经胡氏。

世代聚居上庄的明经胡氏，据说始祖昌翼公原非胡姓，乃是唐昭宗的第十子，因避朱温之乱，由义父胡三公携带逃亡南方，隐姓埋名，冒充胡姓。后来参加科举，中明经科进士。但当他得知身世后，绝意于官场，从此隐居，人称“明经公”。因此明经胡氏也叫“李改胡”。

不过这既阔且贵的事迹不见于史册，只流传于明经胡氏的乡间。

明经胡氏虽然攀到了贵为帝胄的祖宗，但是迁居上庄后的六百多年间，却少有官宦显赫之辈。而民间则直接以“假胡”指称，为绩溪另外两支名正言顺的“真胡”所不承认。

与此同时，名正言顺的“真胡”还不断出现光宗耀祖的后人。如在明嘉靖时出了抗倭名将、兵部尚书胡宗宪，在清朝中叶出了胡匡衷、胡秉虔、胡培翚这祖、叔、孙三代研究经学的“绩溪三胡”。

明经胡氏难免觉得面上无光，甚至出门时也不敢表明自己的身份。

直到清朝中后期，终于出现了蜚声中外的“墨圣”胡开文、官至二品的红顶商人胡雪岩，以及“三品衔在任候补知府台湾台东直隶州知州”的胡传。

虽然这些都还只能算是靠经商发迹，却也大大增强了明经胡氏的信心。

这胡传便是胡适的父亲。

胡传家世代经商，从祖父开始，做起了茶叶生意。经过几代传承，生意越做越大，到胡传时，已经有上海一家裕兴泰茶叶店、一家公义油栈和汉口一家两仪酒栈。

胡传可以说是胡家真正走上读书做官这条道路的第一人。他走得并不顺利，但他是个幸运儿。

3岁，正是处于嘴馋好奇、孩子天性始成的一个阶段，但胡传面对父亲从上海带回来的各种美味食物以及漂亮衣裳，竟然无动于衷。

家人都深为讶异，但伯父却在一旁欣慰地笑了，“是儿夙慧，必大吾家”。

作为读书人的伯父认定他是可造之材，便请私塾先生教他专心念书。

24岁那年，胡传考中秀才，全家高兴得不得了，尤其是伯父——在自己不得志的人生里总算寻得了一点慰藉。

28岁时，胡传通过了上海龙门书院的甄试，师从著名经师刘熙载，研习经史。

不过胡传的科途似乎是止步于秀才了：从27岁到39岁，连续5次参加乡试，胡传都与“举人”失之交臂。

逐渐积累的量变在39岁最后一次科举失利时质变为艰难的抉择——胡传从此放弃了科考。

41岁的胡传，为了躲避家里低头不见抬头见的尴尬，选择了出门远游。

这个时候的大清皇朝内忧外患接踵而至：刚遭受鸦片战争的创伤，又受累太平天国运动，身处水深火热之中，还笑脸迎接着各国的趁火打劫，先后签订了诸多不平等条约。

在救亡图存的使命召唤下，胡传发挥了他经世致用的学问，关心时局、钻研地理，并把目光聚集到了帝俄的边患，得出结论“中国之患在西北，而发端必始东北”，毅然投效东北边荒。

中秋刚过，胡传以岁贡生候选儒学训导（管府县学教育的官员)，怀揣一封介绍书，从京师出发，走了42天，抵达冰天雪地的东北吉林，面见钦差大臣吴大澂，请求随大清使节前往解决中俄边界纠纷。

胡传凭借其坚忍的毅力，丰富的地理学知识，深得吴大澂的赏识。吴大澂赞誉其有“治省之才”，特别向朝廷保荐，获候补知县的任命。

胡传在东北待了五年，获得“神君”“良师”的美誉。

此后，他在广东、河南、江苏等多处充任幕僚或地方官佐，历时十余年。

台湾刚刚建省时，52岁的胡传却主动请缨，甚至来不及看一眼新生爱子，就踏上了茫茫海路。

此时的台湾，首任巡抚刘铭传的改革，已是人去政亡，东海危机黑云压城般堆涌在上空，处处翻滚着的是不安谧。

胡传到任后，走遍了宝岛的高山峡谷和森林海口，踏遍了郑成功时代的建筑和荷兰人留下的城垛，穷尽心血写下了《全台兵备志》。

三年后，中日甲午战争打响，胡传征兵募士，戍守台东。但是宝剑尚未出鞘，台湾已被割让。

圣旨降下：所有在台官员一律内渡，台湾交给日本。

胡传进行了一次封建文人最严重的反抗：拒绝奉旨！

他匆匆送走了相处才两年的娇妻幼子。

他四处奔走，募兵保台。

他徒步行走到台南，衣衫褴褛，以书生身份求见黑旗军老将刘永福，请求参战。

他辗转难眠，悲叹宝岛命途多舛，遥想娇妻幼子倚门企盼，眼中涌满了坚硬如冰的泪水。——那是失意诗人的眼泪，是丧国官员的眼泪，是一个普通丈夫和父亲的眼泪。

但是，还没有等到老将的答复，胡传便感染时疫病倒了。

他被刘永福护送回厦门，于几天后不治身亡。——这“几天后”恰是日军攻占八卦山的第二天。作为《全台兵备志》的作者，没有谁比他更清楚八卦山对于台南的战略意义。

与其说胡传死于时疫，倒不如说他死于台湾陷落的可怕命运。

胡适的母亲叫冯顺弟，绩溪县中屯人，是胡传48岁时续娶的媳妇。

冯顺弟一家6口，上有两老，下有三弟妹。

作为长女，冯顺弟主动承担起了生活的重担。她上侍父母，下抚弟妹，手脚勤快，为人贤惠，村里人都说“金灶修得了一个好女儿”。

在冯顺弟16岁那年，替胡传说媒的星五嫂笑嘻嘻地来到了冯家。

冯家夫妇俩左右为难：一是怕高攀不上做官人家反落下个笑话；二是对方比女儿足足大了32岁，还是个填房，怕女儿委屈；三是对方的儿女比自家女儿都大好几岁，如此后娘更难当，怕害了女儿一辈子。

思来想去，夫妇俩也只有回复“这事须同女儿商量”，冯顺弟听了，低着头，半晌不开口，心里却在紧张地活动着。

活动的结果：为了满足家里盖一座瓦房的心愿，她应承了。

八字开合，礼单相送，二月订亲，三月迎娶：农家姑娘冯顺弟，摇身变成上庄胡传家的官太太。中屯冯金灶家也转眼立起了一幢新房。

婚后的第二年，胡传便把冯顺弟接到了上海。

第三年冬，冯顺弟生下了一个白胖小子，这便是胡适了。不过那时还不叫“胡适”，而是叫“儿”，是胡传最小的孩子，顺弟唯一的骨肉。

小儿出生后刚满 90 天，胡传就被调往台湾供职。

1893 年春，冯顺弟抱着小儿去台湾投亲，一家子度过了近两年欢洽的“最神圣的团居生活”。

年过半百的胡传，常在公务之暇，剪些红纸方片，端正地书写上正楷，教年仅二十的冯顺弟认字。

在冯顺弟认完之后，他俩又一起教刚满两岁的小儿认字，父亲来教，母亲在一旁边温习边助教。

两年之后离开台湾时，母亲已经认了近千字，小儿也认了 700 多字。

幸福的家庭都有着相似的幸福，不幸的家庭各有各的不幸。这短暂的幸福，在此后灭顶的不幸之时回忆起来尤其伤痛。

冯顺弟带着儿子回到绩溪故居不久，便传来了胡传病死厦门的噩耗。

这在胡适幼小的心里，留下了模糊却疼痛的最初记忆：“这时候我只有三岁零八个月。我仿佛记得我父亲死信到家时，我母亲正在家中老屋的前堂，她坐在房门口的椅子上。她听见读信人读到我父亲的死信，身子往后一倒，连椅子倒在房门槛上。东边房门口坐的珍伯母也放声大哭起来。一时满屋都是哭声，我只觉得天地都翻覆了！我只仿佛记得这一点凄惨的情状，其余都不记得了。”

在初尝一点生活的甜蜜之后，自 23 岁的妙龄花季至 46 岁安然撒手前，冯顺弟痛苦丧夫，成了寡妇，遭受了作为一个中国妇女最大的不幸！

福无双至，祸不单行，而这仅仅是厄运的开始。

23年的守寡期间，婆家和娘家接二连三地死去了七个亲人：1904年三子胡洪死；1905年父冯金灶死；1909年妹冯玉英死，弟冯诚厚死；1915年长女胡大菊死，长子胡洪骏死；1917年长孙胡思明死。

如果说一个成功男人的背后有一个默默支持的女人，那么，胡适背后的女人，便是母亲冯顺弟。

23年的寡居生活，漫长而痛苦，她熬了过来：胡适这唯一的骨血是她的支撑。她含辛茹苦，把全部希望寄托在儿子渺茫不可知的未来。为了骨血的将来，她甘愿忍受一切，挣扎着熬过了23年。

儿子的将来应该是怎样的？她不知道。她只是希望儿子学他的父亲，走他父亲的路，“你总要踏上你老子的脚步。我一生只晓得这一个完全的人，你要学他，不要跌他的股”（跌股即出丑）。

她对丈夫近似虔诚的尊崇，逐渐在儿子的心里树立起了这尊偶像。

为了儿子的将来，她同时兼任了慈母与严父的角色。

她没有读过书，却千方百计地送儿子读书。

5岁时，胡适开始进入私塾。当时上庄一带，私塾学金很低，每个学生每年一般只送两块银元。先生的教法也很简单，就是让学生死记硬背，背不好，就拿戒尺伺候。

如此一来，学生逃学便成了家常便饭。

冯顺弟的过人之处，在于她给儿子定的目标是“好读书而必求甚解”：每读一个字，必要弄懂那个字的意思；每读一句话，必要理解那句话的意思。

在家境窘迫之下，她依然舍得拿出学金。据胡适回忆：

“我一个人不属于这‘两元’的阶级，我母亲渴望我读书，故学金特别优厚，第一年就送了6块钱，以后每年增加，最后一年加到12元。这样的学金，在家乡要算‘打破纪录’的了。”

如此一来，先生便对胡适格外优待，认真地为他讲书，把一字一句的意思都讲得清清楚楚。后来胡适常说，他“一生最得力的是讲书”。

13岁时，冯顺弟毅然将胡适送往上海求学。徽州人虽然有“十三四岁，往外一丢”的说法，但胡适毕竟是冯顺弟朝夕相处唯一的精神慰藉。

冯顺弟在送儿子上路时没有在儿子和众人面前掉一滴泪。

后来在胡适留学美国的那几年，家中经济异常困窘，坐吃山空，只能靠着变卖首饰过日子。冯顺弟与儿子之间，只能通过代笔书信往来，这期间，冯顺弟病重，却不让人告知胡适，怕他中断学业。

而在这个时候，族中另一大家胡守焕因家业败落，愿意将《图书集成》减价到80元出售——这是胡适一直想得到的一部大书。知儿莫若母，冯顺弟毫不犹豫地借钱替儿子买了下来。

“吾母遭此窘状，犹处处为儿子设想如此。”

冯顺弟是如此开明而注重儿子的智力投资。与此同时，她又是时刻不敢放松儿子的品行培养。胡适回忆：

“她从来不在别人面前骂我一句、打我一下。我做错事，她只对我望一眼，我看见了她严厉目光，就吓住。犯的事小，她等第二天早晨我睡醒时才教训我。犯的事大，她等到晚上人静时，关房门，先责备我然后行罚。”

有一个初秋的傍晚，胡适吃了晚饭，在门口玩，身上只穿着一件单背心。这时候玉英妹怕他着凉，拿了件小衫出来让他穿上。胡适不肯穿，随口道："娘(凉)什么，老子都不老子呀。"(这话可能来源于胡适的两个嫂子在打儿子时说给冯顺弟听的风凉话：她们指着自家的孩子，骂胡适母子没有了老子。)

胡适刚丢出这句话，一抬头，看见母亲正从家里走出来，就赶紧把小衫穿上。但她已听见这句轻薄话了。

晚上人静后，冯顺弟罚胡适跪下，重重地责罚："你没了老子，是多么得意的事！好用来说嘴！"她气得发抖，不许胡适上床去睡。

胡适跪着哭，用手擦眼泪，不知擦进了什么细菌，后来足足害了一年多的眼翳病，医来医去，总不见好。

母亲又悔又急，听说眼翳可以用舌头舔去，有一夜她把胡适叫醒，真用舌头舔他的眼翳。

冯顺弟的至诚，始终混杂着迷信和愚昧的成分，却因这种成分，更显其爱的至诚。

家人教育孩子，言传是教育，身教更是教育。学习，首先从模仿开始。对于懵懂的孩子来说，一个不经意间的举止更容易引起孩子模仿的兴趣。

冯顺弟在家里处处忍让，从不轻易说出一句伤害感情的话。但如果事情触碰了底线，那她绝不会逆来顺受。

胡适的五叔是个游手好闲之徒，一天在烟馆里发牢骚，说冯顺弟家里有事总会请某人帮忙，肯定给了不少好处。后来这话传到了冯顺弟耳中，她气得大哭，请来几位本家，把五叔喊来，当面质问，她给某人什么好处了。直到五叔当众认错赔罪，她才罢休。

母亲的这一切行为小胡适都看在眼里，后来他坦承，日后好脾气的养成，跟这段日子的冷眼旁观很有关系。胡适的身上深刻地留下了母亲品格的烙印：脾气良好、正经做人、爱惜名誉，这成就了他强大的包容性。

有一次，胡适的忘年之交、帮助整理《口述自传》并译为中文的唐德刚向李宗仁问到对胡适的看法，李宗仁说："适之先生，爱惜羽毛。"如果不以人废言的话，那这个词确是对胡适的恰当评语。

胡适在盛名之下是十分"爱惜羽毛"的，爱惜羽毛就难免畏首畏尾。畏首畏尾的白面书生，生不够格享五鼎食，死也不至于遭五鼎烹。

而这种品性的形成，正是来源于他的母亲。

冯顺弟以一种母亲的温柔和一种父亲的严厉，开明地引导着儿子的成长，颇有一种新时代女性的光芒。但从"割股疗病"和"舐舔眼翳"两件事情中，可以看出她还逃不出封建思想的束缚，这也就无怪于她会给儿子包办婚姻了。

她早早地为儿子包办订下了终身大事，也可能是急切地盼望着抱孙子。

1918 年 11 月，她的儿子已经学成归国，做了北大的教授，成了倡导文学革命的知名人物。46 岁的她，在人生的最后阶段，心里应该感到宽慰和满足的。但是，遗憾的是，她终究没有来得及抱到孙子。

悲痛欲绝的胡适携带完婚不到一年的妻子江冬秀回家奔丧，写道：

"生未能养、病未能侍，毕世勤劳未能丝毫分任、生死永诀乃亦未能一面。平生惨痛，何以如此！"

虽然江冬秀下里巴人的曲调始终和不上胡适阳春白雪的弦，

但他们两人终究没有劳燕分飞。其中有很多的原因，很重要的一点便是胡适对母亲说一不二的孝顺。

许多人感叹这“民国史上的七大奇事之一”，一个无所不知的大博士新人物娶了一个一无所知的小脚太太村媳妇，一个倡导自由的新青年竟连自己的婚姻都被束缚着。他们只顾着看热闹，只顾着好奇，只顾着为我所用地赞扬，却不知道为什么。

像个先生的样子

在母亲的督促和身体瘦弱的情况下，胡适并没有一个真正意义上的童年，“小时不曾养成活泼游戏的习惯，无论在什么地方，总是文绉绉地”。

家乡老辈觉得他“像个先生样子”，于是都改口叫他“穈先生”。这样一来，胡适就更不能和伙伴们“野”了。所以，儿童时期的胡适，最大的乐趣便是读书，读的多是些朱熹集注的宣扬孔孟思想的儒家典籍，以及父亲编写的讲述忠孝节义的《学为人诗》和略述哲理的《原学》。

在母亲信佛拜神的影响下，儿童时代的胡适心里，装满神佛的观念。胡适甚至对孔子也搞起了偶像崇拜，成了一名忠实虔诚的小信徒：用一只燕窝匣子做成一个孔夫子神龛，供在小桌上，每逢初一和十五，便焚香敬礼。母亲十分欣慰地支持着儿子的行为。

后来读书渐多，在儒家思想的影响下，他的神佛观念渐渐消散，变成一个无神论者。

这事是从读朱熹的《小学》开始的。他读到司马温公的家训，其中一段论地狱的话:“形既朽灭，神亦飘散，虽有烧舂磨，亦无所施。”他眼前一亮，当重读一遍时，他忽然高兴地直跳起来:“《目连救母》《玉历钞传》等书里的地狱惨状，都呈现在我眼前，但我觉得都不怕了。放焰口的和尚陈设在祭坛上的十殿阎王的画像，和十八层地狱的种种牛头马面用钢叉把罪人叉上刀山，叉下油锅，抛下奈何桥下去喂饿狗毒蛇，——这种种惨状也都呈现在我眼前，但我现在觉得都不怕了。”

胡适开始怀疑，不再相信地狱轮回的鬼话了。不久，他读司马光的《资治通鉴》，从中读到范缜的《神灭论》:“形者神之质，神者形之用也。神之于质，犹利之于刀；未闻刀没而利存，岂容形亡而神在哉?”

“司马光引了这35个字的《神灭论》，居然把我脑子里无数鬼神都赶跑了。从此以后，我不知不觉，成了一个无鬼无神的人。”

经过了这次“思想解放”之后，胡适便不再虔诚拜神礼佛了，但出于对母亲的孝顺，当着母亲面前，他从不暴露自己的想法，也不忤逆母亲要他拜神佛的要求。

不过私下里，他却偷偷地召集伙伴打菩萨，拔菩萨的胡须。

少年时代的胡适，最大的兴趣还是看书，看小说。

一个偶然的机会，9岁的胡适在四叔家的一个不常用的、堆满废纸的卧室里，发现了一本残破的“第五才子书”——《水浒传》，他花了一个下午，把那残本“一口气看完了”。

“这一本破书忽然为我开辟了一个新天地，忽然在我的儿童生活史上打开了一个新鲜的世界!”

从此，他到处借阅小说。他看的小说范围很广，兼及弹词、传奇和笔记小说，前后看了有近二十本。

胡适的嗜读，却遭到家人的禁抑，训斥他不思进取，净看“闲书”。

胡适只好偷偷地读，于是便出了问题：“其流毒所及盖有二害，终身不能挽救也。一则所得小说良莠不齐，中多淫书，如《肉蒲团》之类，害余不浅。倘家人不以小说为禁物而善为选择，则此害可免矣。二则余常于夜深人静后偷读小说，其石印小字之书伤目力最深，至今受其影响。”

到胡适离开家乡时，他所看过的小说已经有三十多本了。

胡适不光看小说，还向别人讲小说。

讲故事时，胡适不得不把古文翻译成家乡话，这使他更了解古文的文理章法；大量的白话小说，又使他得到初步的白话文的训练。

因此，他离开家乡到上海求学时，已经能写很像样的文章了。而对于他后来的提倡白话文学和考证小说，也早早种下了根苗。

1904 年春，胡适告别母亲，随着三哥来到十里洋场的大上海求学。

他进的第一个学堂是梅溪学堂，这里的课程只有国文、算学、英文三门。

胡适因为不懂上海话，又不曾“开笔”做文章，所以被编在第五班，差不多是最低的一班。

胡适在家乡诵读多年，古文功底扎实，所以国文读的《蒙学读本》，他不费吹灰之力，正好可以全力专攻他没有学过的英文和算学。

这五班教国文的沈先生，可能也觉得《蒙学读本》浅显，不用认真备课。有一天，讲到读本里的一段引文：“传曰，二人同心，其利断金。同心之言，其臭如兰。”他随口说这个“传”就是《左传》，引文是《左传》上的话。

胡适一听，心想，这不讲错了吗？

但是初来乍到，他不敢冒失。何况他从母亲那里也学得一点忍耐的好脾气。

课后，他拿着课本，走上讲台，用半生不熟的上海话，低声向沈老师指出：这个“传”是《易经》里的《系辞传》，不是《左传》。

沈先生惊异地看着这个乡巴佬，脸也有些红了。

简单地交谈了几句，沈先生便在黑板上写了“孝弟说”三个字，让胡适做篇文章。

胡适回到座位，勉强写了百来个字。

沈先生看后，点点头，说：“侬跟我来！”便带他来到第二班的课堂，安排他坐下。胡适一天之内，跳了三班。这时二班的顾老师在黑板上写下两个作文题目：

论题：原日本之所由强。

经义题：古之为关也将以御暴，今之为关也将以为暴。

“经义题”是科举考试做八股文的题目，胡适没有学过，不会做。“论题”是可以敷衍的，但他对日本却一无所知。刚刚升班，他既没有熟人，也不敢请教先生，只能心里急得团团转，以致埋怨起沈先生不该把他升得这么快。

恰巧这个时候，胡适家来人，报告他三哥病危的消息。先生准他回家去做，他勉强逃过了一关。

在家里，他问二哥这题目该看哪些参考书。二哥捡了《明治维新三十年史》《新民丛报》一类的书，装了一大篮，让他带回学校翻看。

费了几天的工夫，胡适勉强凑了一篇论说交上去。不久也学会了做“经义”，几个月之后，“居然算是头班学生了”。

从这时候起，胡适从读“四书五经”转到读《新民丛报》，同时也开始接触像邹容的《革命军》一类的反清革命书。逐渐地，胡适的眼光从古代转到了近代，从旧世界转到了新世界，开始如饥似渴地呼吸新空气，汲取新知识，追逐新潮流，并自命为“新人物”了。

1905 年春，胡适改进澄衷学堂。这里的课程比梅溪学堂完备得多，新添了物理、化学、博物、图画等科目。胡适能更广泛地接触西方的科学文化。

在这里，胡适接触到了严复翻译的赫胥黎著作《天演论》。而这得归功于他那“思想很新”的国文教员杨千里——他用《天演论》做教科书。

当时的《天演论》正风行国内，其中“物竞天择，适者生存”的进化思想，点燃了多少中国少年的心，为无数忧国忧民的知识分子指引了新的方向，对那些悲观失望的国人起了振聋发聩的作用，影响和教育了几代知识分子。

《天演论》在同学中炸开了锅，他们的第一反响，便是改名字。

有人改名孙竞存，有人改名杨天择。胡适此前在学堂里的名字是胡洪，这会儿他正式改作“胡适之”。

“后来我发表文字，偶然用‘胡适’作笔名，直到考试留美官费时（1910）我才正式用‘胡适’的名字。”

从此，赫胥黎便成了对胡适生平思想影响最大的一个人。与此同时，梁启超成了对他思想影响最大的另一个人。

胡适从梅溪学堂时起就开始读梁启超的文章，到澄衷学堂以后，更和他结下了不解之缘。

梁启超的文章“条理明晰，笔锋常带情感，对于读者，别有一种魔力”。从他的文章里，胡适认识了除孔孟之外更多世界各地的大思想家，汲取了更多先进的思想，起到了思想的巨大启蒙作用。

胡适自称“受了梁先生无穷的恩惠”，其中尤以《新民说》和《中国学术思想变迁之大势》影响最大。

胡适对于《中国学术思想变迁之大势》的未完成，很是遗憾，忽然又在心里“替梁任公先生补作这几章阙了的中国学术思想”的野心种子发芽了。

“这一点野心就是我后来做《中国哲学史》的种子。”

1906年夏天，胡适考进新成立的中国公学。(当时日本政府颁布“取缔清国留学生规则”，中国留日学生认为这是侮辱中国，便罢课抗议，全体归国，在上海筹创了这一个学校。)

与胡适同寝室一个叫钟文恢的人，是竞业学会的会长，他介绍胡适入了会。竞业学会的第一个事业便是创办白话报纸——《竞业旬报》。

胡适成了《竞业旬报》的作者，开始写白话文章。他的第一篇白话文章是《地理学》，讲一些“地球是圆的”之类通俗地理学的知识。

写完《地理学》之后，胡适逐渐胆大，尝试用章回体写长篇，取名《真如岛》，写的是一个“破除迷信，开通民智”的故事。

《真如岛》陆陆续续在旬报上连载，续至第11回便停止了，没有写完。

这是胡适生平唯一一部长篇小说，也是他第一部未完成的“半部书”。

后来，胡适又由投稿的作者变成刊物的编者和记者。

在给《竞业旬报》写白话文章的同时，胡适也开始学作诗了。而他学诗，竟与脚气病有些关系。

徽州人出外，到上海求学或经商谋生，往往因“水土不驯”生脚气病。发病时双脚肿胀，严重时四肢不能动，甚至丧命。

胡适进中国公学不到半年，也得了脚气病，不得不请假回家养病。养病期间，百无聊赖，借书消遣，便接触到了古诗。

这种比他小时候读的律诗有味得多的古诗，引起了他极大的兴趣，读着读着，自己也忍不住学着写起来。

有一次他写了一首送别诗给竞业学会会友，得到对方的夸奖，并回敬了一首，其中有“天下英雄君与我，文章知己友兼师”两句。“然而他这两句鼓励小孩子的话可害苦我了！从此以后，我就发愤读诗、写诗，想要做个诗人了。”

以后，胡适咏物写诗，感事写诗，游览也写诗；读了好书要写诗，接送朋友要写诗，喝酒捧戏子也要写诗。他在学校里渐渐有了“少年诗人”的名声。

试举他的《秋柳》一诗。

序曰：秋日适野，见万木皆有衰意。而柳以弱质，际兹高秋，独能迎风而舞，意态自如。岂老氏所谓能以弱者存耶？感而赋之。

但见萧飕万木摧，尚余垂柳拂人来。

西风莫笑长条弱，也向西风舞一回。

这是胡适在老子“弱能胜强，柔能克刚”的思想影响下写的一首诗，也是他颇为喜欢的一首诗。几年之后，他在美国还津津乐道，把它讲给美国女友韦莲司听，说“庚戌（1910）以前所作诗词，一一都宜删弃，独此 28 字，或不无可存之价值”。

胡适初学诗，多写古诗歌行、词曲，翻译外国诗，唯一不敢写的是律诗。

因为律诗中间两联要对仗，他小时候没学过对对子，以为那是很难做的。后来，他偶然试写一两首律诗送朋友，觉得也并不难，而且渐渐地看透了律诗这种“把戏”：“作惯律诗之后，我才明白这种体裁是似难而实易的把戏；不必有内容，不必有情绪，不必有意思，只要会变戏法，会搬运典故，会调音节，会对对子，就可以诌成一首律诗。这种体裁最宜于作没有内容的应酬诗，无论是殿廷上应酬皇帝，或寄宿舍里送别朋友，把头摇几摇，想出了中间两联，凑上一头一尾，就是一首诗了；如果是限韵或和韵的诗，只消从韵脚上去着想，那就更容易了。大概律诗的体裁和步韵的方法所以不能废除，正因为这都是最方便的戏法。”

胡适渐渐以为自己参透了律诗的“套路”，这才有了后来抨击律诗、鼓吹“诗体大解放”的文化革新。

思想上的革新

胡适在中国公学读了两年，在一次闹学潮中跟着大多数学生退了学，转入新成立的中国新公学。

一年以后的1909年10月，中国新公学解散。胡适却不愿再回老公学去学习了。

自1904年到上海以来，胡适第一次感到了生活的无所依靠、精神的无从寄托，“余自十月一日新中国公学沦亡以来，心绪灰冷，百无聊赖”。

不幸的是，此时“家事败坏到不可收拾的地步”，日渐消薄的家产，兄弟却还争着分家，母亲也劳累至病。

他既不能对家庭支援，也无从自家庭获得支援。19岁的胡适生活潦倒，“迩来所赖，仅有三事，一曰索，索债也；二曰借，借债也；三曰质，质衣物也”。

正值“前途茫茫，毫无把握”之际，他遇到了一班“浪漫的朋友”，于是便跟着堕落了。喝酒、打牌、看戏、逛窑子成了胡适排遣忧愁的主要方式：“我们打牌不赌钱，谁赢谁请吃雅叙园。我们这一班人都能喝酒，每人面前摆一大壶，自斟自饮。从打牌到喝酒，从喝酒又到叫局，从叫局到吃花酒，不到两个月，我都学会了。幸而我们都没有钱，所以都只能玩一点穷开心的玩意儿：赌博到吃馆子为止，逛窑子到吃‘镶边’的花酒或打一场合股份的牌为止。有时候，我们也同去看戏……我那几个月真是在昏天暗地里胡混。有时候，整夜的打牌；有时候，连日的大醉。”

这样放浪颓废的生活，使他的精神也极度灰冷，常写一些悲观颓废的诗：

客里残年尽，严寒透画帘。

霜浓欺日淡，裘敝苦风尖。

壮志随年逝，乡思逐岁添。

不堪频看镜，颔下已鬑鬑。

直到有一次，胡适喝得酩酊大醉……醒来时，却发现躺在巡捕房的地板上。衣服湿透，沾满了污泥，一只脚上的皮鞋也不见了。

事后才知道，原来昨晚撒了酒疯：酗酒闹事，殴伤巡捕。胡适被关了一晚，罚款 5 元。

胡适的自尊心一下子又膨胀起来，万分懊悔。

想着自己的堕落，想到含辛茹苦的母亲，想起老师好友的劝慰，他重新振作起来，决定痛改前非，脱离这班酒肉朋友，结束他“个人历史上的黑暗时代”，报考“庚子赔款”公派留学。

庚子赔款：八国联军侵华，签订“辛丑条约”，其中赔款达 4.5 亿两，分 39 年还清，本息共计 9.8 亿两。后来，英美等国宣布将赔款中尚未付的部分“退还”，用于中国兴办学校、图书馆、医院或用于派遣留学生的经费。美国于宣统元年（1909）开始退还庚款，当年就选派了第一批留美官费生。胡适这一年准备去报考的是第二批。

在同乡好友的资助下，胡适安心复习了两个月，以第55名的成绩勉强考取（总名额70个）。

赴美的时间是政府规定的，胡适来不及回绩溪去拜别母亲。二哥特地从东三省赶来送行，并要求他去美国学习铁路工程或矿冶工程，特别叮嘱不要学文学、哲学，也不要学政治、法律。

1910年8月16日，胡适登上了开赴美国的远洋巨轮。

汽笛拉响，巨轮启动，黄浦江水滚滚翻涌。他挥起手，告别送行的亲友，告别他学习生活了6年的大上海。这十里洋场的大都会，是那样新鲜，却又那么污浊；促人奋进，也诱人堕落。

现在，这一切都远去了。脚下的巨轮载他驶向遥远的未来，他的未来会是如何？他踌躇又迷茫。但有一点是确定的：他将以“胡适”开始新的人生之路。

到了美国，胡适与许多人谈论专业选择问题时，都表示对路矿不感兴趣。他不能辜负兄长的期望，便采取折中办法，选读农科，进了康奈尔大学附设的纽约州立农学院。

但是，农学院的课程实在引不起胡适任何兴趣，他违背了家人的意愿，听从自己的心，于1912年转学到了文学院。

改学文科，虽是兴趣所致，却也正合了他“执笔报国”的志愿。

这年9月，胡适把法国都德的《最后一课》第一次翻译成白话文，改名《割地》发表（后来五四运动中，恢复了《最后一课》原名）。从此，这篇小说成为了脍炙人口的爱国名篇，在中国传诵数十年而不衰。

1914年春，胡适以一篇《论英诗人卜朗吟之乐观主义》的论文，在“卜朗吟征文奖”上得了奖，获奖金50美元。

一个外国留学生获得该奖项，这在学校是罕见而轰动的。报社纷纷对此事作了报道和评论，各大城市报纸加以转载，甚至连著名的《纽约时报》也不得不跟风一把。

“此区区五十金固不足齿数，然此等荣誉，果足为吾国学生界争一毫面子，则亦‘执笔报国’之一端也。”

从康奈尔大学毕业后，胡适转入哥伦比亚大学哲学系研究部，主攻哲学，受业于杜威门下。而胡适之所以转学哥伦比亚大学，是因为他对杜威和实用主义哲学产生了兴趣。

实用主义，胡适称作实验主义，即“美国的工具主义”（杜威语），是一种反映美国时代精神，强调独立自由的人的实践活动和成效，带有主观唯心主义倾向的哲学。

从此，杜威成为另一个对胡适影响最大的人。

“我的思想受两个人的影响最大：一个是赫胥黎，另一个是杜威先生。赫胥黎教我怎样怀疑……杜威先生教我怎样思想。”

赴美留学，自是浪子回头。但留美初期，胡适却难改积习，“年来意志力薄弱极矣”，他被一种深深的罪恶感困扰着。

为了“借彼中宗教之力，稍杀吾悲怀耳”，他接触基督教，读起了《圣经》，出没于教堂基督家庭。

他决心做个基督徒，甚至向教会表示自己愿当基督徒。他给好友写信，兴奋地说：“昨日之夜，弟遂为耶氏之徒矣。”

然而，胡适并没有真正成为“耶氏之徒”。

他冷静后，觉悟了，看透了，教会只不过是用“感情的”手段俘虏青年人。他“深恨其玩这种‘把戏’”，不再信洋迷信当耶教徒了。

胡适虽没有做成基督徒，但读过的《圣经》却给了他极大的影响。

《圣经》中的观念承认了他之前所推崇的《老子》“不争”的哲学理念，因而使他对不抵抗主义的信仰更加坚定，成为一个极端的和平主义者和不抵抗主义的忠实信徒。

1914年“一战”爆发后，胡适的一位崇尚和平主义的朋友讷司密斯从欧洲回来，向胡适大谈不抵抗主义：卢森堡不抵抗而得以保全，比利时因抵抗而遭到摧残。胡适深表赞同，认为不抵抗主义“老子闻之，必曰是也。耶稣释迦闻之，亦必曰是也”。

1915年，袁世凯“二十一条”签署后，全民爆发反日爱国运动，中国留美学生也义愤填膺，主张作战。胡适用英文写了一封《致留学界的公开信》，发表在《中国留美学生月报》上。信中指出，“我们的当务之急实在应该是保持冷静……要严肃、冷静、不惊、不慌的继续我们的学业。……对日用兵论是胡说和愚昧”。

这封信一登出来便遭到留学生们的严厉批评和谴责，甚至《中国留美学生月报》的主编邝煦也写了文章抨击胡适“木石心肠”。后来，唐德刚在写《胡适杂忆》时也禁不住批评：“‘致留学界公函’辞义皆差。”

1912年和1916年，胡适先后两次“比一个美国人都兴奋”地参与了美国总统的选举活动，从而坚定了对于欧美民主制度的信仰，对他一生的政治思想产生了“决定性的影响”。

这从他的一首《睡美人歌》中可以照见：

东方绝代姿，百年久浓睡。一朝西风起，穿帏侵玉臂。碧海扬洪波，红楼醒佳丽。昔年时世装，长袖高螺髻。可怜梦回日，一一与世戾。画眉亦深浅，出门受讪刺。殷勤遣群侍，买珠入城市；东市易宫衣，西市问新制。归来奉佳人，百倍旧姝媚。装成齐起舞，“主君寿百岁”！

“古代中国这位绝色美人，一旦接受全面现代化的洗礼，登上世界大舞台，必定会处于不败之地。”他认为，当今世界，欧美式民主虽不完美，却有比较好的制度，中国在改革制度之前，必须对习惯了几千年专制统治的旧国民性进行“革新”。

不疑有疑博士胡

1917年9月，胡适被北大校长蔡元培聘任为文科教授，讲授中国哲学史、英国文学等课程。

他开始自编《中国哲学史大纲讲义》，讲法也与以往的老教授不同，“辟头一章是‘中国哲学结胎的时代’，用《诗经》作时代的说明，丢开唐、虞、夏、商，径从周宣王以后讲起”。

这一改让那些充满三皇五帝的脑筋骤然遭受了一个重大的打击，骇得原来的老教授连呼“胡闹”，台下的学生也“一堂中舌挢而不能下”。

学生们认为，胡适不讲三皇五帝，就是“思想造反”，不配做大学教授。幸好班上激烈分子不多，还不至于闹成风潮。但还是有学生私底下酝酿着要将他赶出北大。

于是，他们请当时在同学中颇有声望的傅斯年来听胡适的课，判断是否该把他赶走。

傅斯年听了几次，听出了一点门道，感觉确有新意。他对同学们说：“这个人书虽然读得不多，但他走的这一条路是对的。

你们不能闹。”

凭这一句话，一场酝酿中的风波就此平息了下去。

那么，胡适走的“这一条路”，到底是一条什么样的路呢？

胡适走的是一条开拓性的新路。

原来的教授们都没能超出传统哲学史家的范畴。从三皇五帝讲起，大量的经典注疏，一半神话一半政史，使学生如堕云雾，摸不着头绪；而胡适运用近代西方的科学方法，删去那些三皇五帝，径直从老庄孔子讲起，寻摸中国古代哲学家的思想体系，及中国哲学发展的线索。

据当时的听课学生冯友兰忆述：“这对于当时中国哲学史的研究，有扫除障碍、开辟道路的作用。当时我们正陷入毫无边际的经典注疏的大海之中，爬了半年才能望见周公。见了这个手段，觉得面目一新，精神为之一爽。”

胡适的课程逐渐在学生中受欢迎起来，甚至校外学生来旁听的也络绎不绝，不久，便改在第一院的大教室上课了。

教完一年的课程后，以胡适的博士论文为蓝本的讲义——《中国哲学史大纲》(上卷) 编印出来，由蔡元培作序，于 1919 年 2 月在上海商务印书馆出版。封面上赫然印着“胡适博士著”。

《中国哲学史大纲》一出版，便轰动一时，不过两月就再版了。

随着这部书的问世，胡适“暴得大名”，一时之间，频见于各家报纸杂志，“胡博士”的头衔风吹满天。

“博士”简直成了胡适的专称！

从此，胡适不仅在北京大学的讲坛上站稳了脚跟，而且在中国学术史上也占得了一个位置。

“在博士多如狗的今日，谁要来这么一下，别人会嗤之以鼻的”，但是一个世纪前却是另外一个时代——那个博士如数家珍的时代！

“胡博士”在近代中国文化学术界风风火火数十年，引来无数的崇拜。但是，事隔三十年，胡适的博士学位竟然引出了问题。

第一个提出这个疑惑的是哥大东亚图书馆前馆长林顿。他为纪念哥大二百周年校庆，编撰了一本《哥伦比亚大学有关亚洲研究的博士硕士论文目录》。此书包罗万象，唯独漏编了胡适的论文，校园内一时传为笑谈。林顿也自认为犯了一个不可饶恕的过错，但是翻阅校方正式记录，他大惑不解，里面确实没有胡适论文的记录！

第二个为这一问题伤脑筋的是袁同礼。他在编撰《中国留美同学博士论文目录》时惊讶地发现，胡适在哥大所提供的正式名单上记录为1927年的博士，比普遍认为的1917年晚了10年！

当袁同礼委托唐德刚“复查”时，唐德刚委婉地向胡适透露了这一情况。胡适也委婉地向他说明了其中缘由，每次解释时，都带着“苦笑的表情”。

1977年，胡适逝世15年之后，唐德刚的一篇《三分洋货·七分传统》第一次将他的“博士问题”公之于世，引起了轩然大波。

唐德刚在文中强调，“胡适是我亿万炎黄子孙中，唯一拿了三十二个‘博士’学位的真正的大博士”，但是关于他哥大博士问题的闪烁其词的表述，却引发了“疑胡”和“卫胡”两派的一场持久的笔战。

那么，这个“博士问题”到底是怎么回事呢？胡适到底是不是真的博士呢?

事情须从1916年说起。那年，胡适达到了研究生规定学分，通过考试后便获得了“博士候选人”的资格，于8月份开始了博士论文的撰写。

历时9个月，成言9万字——《中国古代哲学方法之进化史》。

1917年5月22日，胡适参加论文答辩。无奈六位主考导师能读懂中文的只有一位，况且还是一位不读先秦著作的汉学家。

胡适的论文，无人理解；跟他们讲先秦名学，简直对牛弹琴。大费周章两个半小时，结果很不理想。——也就是说当时哥大根本没有一个能看得懂他的论文的导师，所以他的学位稽延了。

而当时国内，新文化运动轰轰烈烈，胡适因在《新青年》上发表《文学改良刍议》等文章，已被捧得大红大紫，响彻全国。

答辩后不久，一纸北大聘书隔洋寄来，使这位留美“新青年”不得不做一次重要抉择：立刻回北京大学做教授，抑或留在纽约再熬两年?

两年之后，北大是否会继续迎接他呢？这就很难说了。

这是鱼和熊掌之间的抉择。经过几天的考虑，胡适慎重地选择了前者。

哲学博士尚未读完，胡适便“丢下正当‘庄稼’不搞，而去和陈独秀、蔡元培‘捞鱼摸虾’”了，匆匆告别杜威，“甩下哥大这个烂摊子”，跑回北大做了教授。并于1919年，公开发表他的博士论文，使用“胡适博士”的头衔。

1927年，胡适向母校哥大补交了博士论文《中国古代哲学方法之进化史》100册，完成了哲学博士学位手续，得到了博士头衔。

所以“胡适的博士问题”，并不存在“真与假”的问题。不过，他也确有“哥伦比亚读未终，先把博士使用”的“欺世盗名”10年之罪。

其实这博士学位问题之所以成为问题，也是由胡适自幼养成的性格使然。

当时的北京大学，是个“挤满了全国鸿儒硕彦的太学”，哪能随便插足？而胡适“一个乳臭未干的小伙子，标新立异，傲视士林”，在全国最高权威们的众目睽睽之下，多少是有点胆怯的。

在《中国哲学史大纲》的封面上，印上个“博士著”的字样，无非是“夜行吹口哨”，给自己壮壮胆。

“在中国近代史上，士大夫最崇洋的一段便是民国初年那一段！”

那时的中国士大夫被洋人吓昏了头，一个留学七载、行万里路、读万卷书、重洋归来的洋翰林是大可以唬人的。就连袁世凯想做皇帝也得以哥大的古德诺教授的一言（《共和与君主论》）为定据。

另外，在蔡元培《中国哲学史大纲》的序中，将徽州的“解经三胡”说成胡适的老祖宗。因而人们觉得胡适对中国哲学之所以有如此透彻的了解，实在是家学渊源。

我们都知道胡适是“明经胡氏”的后人，但蔡元培把胡适说成“金紫胡氏”的子孙，而胡适对此却默不做声，直到晚年才轻描淡写地指出了这个错误。

和而不同君子胡

胡适进了北大，便直接参与《新青年》的编务活动，与其他几位教授一起倡导新文化运动。

新文化运动的一项重要内容，是反对旧文学，提倡新文学，反对文言文，提倡白话文，实行文学革命。

陈独秀和胡适成为运动的最有力的倡导者，时人称之为“陈胡”。两人虽齐名，但是比起陈独秀“一个坚强的革命家”来，胡适确是始终保持中立的立场。虽说是科学和民主的倡导者，胡适倒是更加自由地发表言论。

胡适的《文学改良刍议》，是鼓吹文学革命、提倡白话文学的第一篇正式宣言。但同时，《文学改良刍议》的拟名便暴露了胡适温和游移的态度：他思之再三，把“文学革命”改成了“文学改良”，仍担心矫枉过正，又添加了“刍议”，预先就请求别人“匡纠是正之”。

《文学改良刍议》是向来公认的文学革命的“一个发难的信号”，陈独秀率先响应，推出《文学革命论》，正式举起“文学革命”的旗帜。

自袁世凯以来，乃至张勋，每每抬出孔子大招牌，提倡“历代民贼所利用之孔教”（陈独秀语），帮助复辟。康有为甚至于1916年公然上书北洋政府，要求定孔教为“国教”，列入宪法。

倡导民主与科学的《新青年》，不得不对孔子和儒家学说进行重新评估。

易白沙一马当先，一篇《孔子平议》直指孔子为专制的罪魁祸首。陈独秀、吴虞、李大钊、鲁迅等先后发表文章，抨击宗法礼教和孔孟之道，展开了中国近代史上最广泛最深入的一次思想解放运动。

胡适攻击孔教，矛头首指以孔孟之道为核心的封建伦常，批判专制主义的“节烈”和“孝道”。

那时，北洋政府仍以“三纲五常”束缚思想，大力鼓吹“寡妇守节，烈女殉夫”。胡适看到报纸上记录的两起这类事件后，拍案严斥：“这种议论简直是全无心肝的贞操论！”随即发表《贞操问题》一文，予以抨击。

随后，胡适又陆续发表了《美国的妇人》《论贞操问题》等文章，批判“饿死事极小，失节事极大”的理学谬论及“良妻贤母”主义，宣传男女平等和妇女解放。

1918年，《新青年》改组为同人刊物，扩大编辑部。年底，陈独秀、李大钊等另创《每周评论》，以便及时抒发时议，鼓吹新思潮。同时，北大学生傅斯年等人组织新潮社，创办《新潮》月刊。

至此，一个围绕《新青年》的新文化团体，一个倡导新文化运动的中心诞生了。北大成为新思想的大本营、五四新文化运动的策源地。

1919 年 3 月 16 日，江冬秀生下了他们的孩子，胡适为儿子取名“祖望”，行名“思祖”，寄托着其对逝世不久的母亲的一片孝心与纪念。

不久，胡适即在《每周评论》上发表一首白话诗——《我的儿子》，抨击“孝道”。

“将来你长大时，莫忘了我怎样教训儿子：我要你做一个堂堂的人，不要你做我的孝顺儿子。”

有人看了很不高兴，写信责问，为何非得驱逐“孝”字?

其实他不明白，胡适攻击的是那种“天下无不是的父母”的腐朽伦理观念，否定的是那种盲目又虚伪的“孝道”。

当然，胡适还是很认真地回答了他的责问，写了一篇《再论“我的儿子”》。

在一篇《吴虞文录序》中胡适首先提出了“打孔家店”的口号。

但在流传中却以讹传讹，“打孔家店”被别有用心地演变成了“打倒孔家店”。

两者虽一字之差，但含义却大相径庭。

“打”只是一个动作，“打倒”却昭示了一种结果；“打”的性质侧重于批判，“打倒”意味着全盘否定。

正如陈独秀坦承，“打孔家店”“非抨击孔子之本身，乃抨击孔子为历代君主所雕塑之偶像的权威也；非抨击孔子，乃抨击专制政治之灵魂也”。

新文化运动的先驱们完全是为了反对宗法专制，维护民主共和，打破以孔孟儒家之道为核心的传统文化的束缚与蔽锢，解放人们的思想。

1919年5月4日，巴黎和会上北洋政府外交的失败，引燃了“五四运动”的爆发，青年学生“外争国权，内惩国贼”。6月3日以后，发展成为全国各阶层人民彻底反帝反封建的革命运动。

“五四运动”虽然对新文化运动做出了“广为流传”的贡献，但对于胡适而言，却是徒增感叹的一次节外生枝。

因为胡适希望的是一场单纯的文化运动，而“五四运动”却把这场运动转变成了一场政治运动，扰乱了他那为中国建立“非政治的学术基础”的梦想。

同时随着马克思主义的引进，许多知识分子（首推陈独秀、李大钊）加入马克思主义的宣传，跑到街头，投身党派，高唱主义。而这也是胡适看不过的。

恰巧此时，陈独秀因散发《北京市民宣言》传单被捕，《每周评论》由胡适接手编辑。

他决定打破1917年回国时的誓言——“打定20年不谈政治的决心，要想在思想文艺上替中国政治建筑一个革新的基础”，因为他有了不得不谈政治的冲动：“那时正是安福部极盛的时代，上海的分赃和会还不曾散伙。然而国内的‘新’分子闭口不谈具体的政治问题，却高谈什么无政府主义与马克思主义。我看不过了，忍不住了——因为我是一个实验主义的信徒——于是发愤要想谈政治。”

于是，就有了那篇《多研究些问题，少谈些“主义”》的问世，挑起了与李大钊、蓝志先的“问题与主义”的论战。

这是统一战线开始分化的一个标志，也是胡适和马克思主义者冲突的第一个回合。

这篇文章实际上只是胡适的“政论的导言”。它过分强调了具体的实际问题，而刻意忽略了学说主义的重要性。

但他在文末又肯定了“种种学说和主义，我们都应该研究”。但是，要“把一切‘主义’摆在脑背后，做参考资料，不要挂在嘴上做招牌，不要叫一知半解的人拾了这些半生不熟的主义，去做口头禅”。

不得不承认，这在当时各种“主义”满天飞，人人都热衷于“是在尽先输入名词，而不介绍这名词的函义”，只知道一知半解地跟“空空洞洞的争”的情形下，确是深切时弊的。

而他与李大钊等的论战，主要是因为实用主义与马克思主义之间的分歧，即“这个那个具体问题的解决法”的改良道路与“根本解决”的革命道路之间的分歧。

所以这场论战，主要还是思想学术的论争，并非政治性质的分歧。

那这场论战是以哪方的胜利为结局的呢?

事实是，没有结局。

8月30日，《每周评论》第37号正在印刷的时候，北洋政府的秘密警察突然光顾，查封了报纸，没收了财物，登在这一期上的胡适的《四论问题与主义》也胎死腹中。“问题与主义”的论战就此中止。

不久，《新青年》又从北京搬迁至上海。北京同人渐少寄文稿，又因编辑方针起过争论，此后《新青年》团体在无形中散伙了。

1920年，胡适出版了中国现代文学史上的第一部白话诗集《尝试集》。诗名“尝试”，虽取自陆游“斜阳徙倚空三叹，尝试成功自古无”一句，却是要反陆游诗而用之，认定“自古成功在尝试”。即证明自己尝试写白话新诗获得了成功，并向人们献上这种“实验的精神”，希望有更多的人来进行这种尝试。

1921 年，中国共产党成立。工人运动和群众斗争日益发展，马克思主义迅速传播，新文化统一战线分化的进程日益加速。

胡适对此深为感叹：“我对于现今的思想文艺，是很不满意的。孔丘朱熹的奴隶减少了，却添上了一班马克思、克洛泡特金的奴隶；陈腐的古典主义打倒了，却换上了种种浅薄的新典主义。我们‘提倡有心，创造无力’的罪名是不能避免的。”

于是，他只有“在这歧路上迟回瞻顾”，索性用一点余力醉心于“考据癖”，开始“整理国故”，考证小说，开创“新红学”。

自由仍需努力

“好政府”的悲剧

1922 年 5 月 7 日，秉承警察厅“慎重将事，勿宣传偏激之言论”的批文旨意，胡适筹创的《努力》周报创刊。这是一个注重谈政治的刊物。

第 2 期上发表了一篇《我们的政治主张》，提出了“好政府主义”的政治理念。文章由胡适起草，蔡元培领衔，陶行知、李大钊、丁文江等 16 位校长、教授、博士、主任等类人物共同签署。

这篇宣言，提出“好政府”作为改革中国政治的共同目标。又提出三个基本要求：“宪政的政府”“公开的政府”“有计划的政治”。

这样的主张，虽有反对军阀统治的积极意义，但实质却是改良——由自由主义知识分子（即所谓的“好人”）组织内阁，实行从欧美搬来的资产阶级共和国方案。

历史总是爱开玩笑的。1922 年 9 月，由于军阀派系的矛盾，吴佩孚等支持王宠惠出任国务总理，组织内阁，罗文干任财政总长，汤尔和任教育总长。

这三人都曾在《我们的政治主张》上签名，因此，这届内阁被称为“好人政府”。

但内阁的实权全被直系军阀操纵，王宠惠等整天忙碌，却是在向外国乞讨借款，而用作军阀内战的经费，引起人民普遍不满。

又因为王宠惠倾向于吴佩孚为首的“洛派”，提供其更多的经费，而引起以曹锟为首的“保派”的极大不满。

11 月 18 日，偏向“保派”的国会议长吴景濂等借罗文干在签订借款合同时贪污，迫使黎元洪下令逮捕，造成轰动一时的“罗案”。

吴佩孚出面干预，要求释放；曹锟执意严惩，并发电联合直系的其他军阀。

吴佩孚陷于孤立，只得牺牲车马，与曹锟妥协。

王宠惠等人被迫于 11 月 29 日宣布下台。“好人政府”仅仅维持了 73 天。

“好人政府”的短命表演，使“好政府主义”声名狼藉，正派人士视之如敝屣，不屑提及。

电话情缘

胡适虽是新文化运动最有力的倡导者之一，但他的确有着一种难以调和的仁慈。如在新文化运动的高潮中，钱玄同等就十分困惑地认为，胡适“对于千年积腐的旧社会，未免太同他周旋了”。胡适对此不加辩护，却依然我行我素。

办《努力》周报以后，他又先后两次进宫看望已经“逊位”的宣统帝溥仪，即所谓“二进宫”。

根据辛亥革命期间南方革命党与清廷代表袁世凯达成的协

议规定，溥仪退位后，享有八款“清室优待条件”，如仍称“皇帝”，仍使用宣统年号，仍“暂居宫禁”，由民国供款。几乎是除了皇帝的权之外，享受所有皇帝的利。

溥仪智识既长，渐以“恢复祖业”为己任，关心时事，勇于接触新事物（曾读胡适《尝试集》），乐于接见天南地北的人物。

一天，溥仪听洋老师庄士敦讲起电话的作用，甚为欢喜，执意要装，并终于力排众大臣的劝阻，在养心殿里装了第一部电话。

1922年5月17日，溥仪给胡适挂了个电话，约他进宫谈谈。

5月30日，溥仪派了一个太监去接胡适。那时宫禁仍相当森严。

见到溥仪后，胡适“对他行鞠躬礼”，称他“皇上”，溥仪称胡适“先生”。

胡适对溥仪的印象是“样子很清秀，但单薄得很；他虽17岁，但眼睛的近视比我还厉害；穿蓝袍子，玄色背心”。

他们谈了20分钟，胡适对于溥仪说的某一段话，显然是动了恻隐，并记录在日记本上：

“我们做错了许多事，到这个地位，还要靡费民国许多钱，我心里很不安。我本想谋独立生活，故曾要办皇室财产清理处。但许多老辈的人反对我，因为我一独立，他们就没有依靠了。”

这次短暂的会晤，在宫内外引起了一阵不小的风波。

宫里的王公大臣们听说皇上私自见了胡适这个新人物，便“像炸了油锅似的背地吵闹起来了”；宫外报纸纷纷刊载，“胡适请求免拜跪”“胡适为帝者师”……一时满城风雨。

一个提倡“德先生”的新人物，去拜望一个曾经闹过复辟的末代皇帝，还称其为“皇上”。在记者的笔下，这是一条多么怪异的新闻！但是在胡适看来，他只不过是去看望了“一个人”，一个寂寞可怜的人。

“清宫里这一位17岁的少年，处的境地是很寂寞的，很可怜的；他在这寂寞之中，想寻一个比较也可算得是一个少年的人来谈谈；这也是人情上很平常的一件事。”

胡适为此写了一首题为《有感》的小诗：

咬不开、捶不碎的核儿，关不住核儿里的一点生意；

百尺的宫墙、千年的礼教，锁不住一个少年的心！

胡适的思想，有时可以说是一种深受美国影响关注个人的人道主义。但是他的这种人情味儿却往往在大时代的背景下不得要领，也就不会被看好。

1924年10月，冯玉祥率国民军发动北京政变，解散“猪仔国会”，软禁了贿选总统曹锟，由黄郛代行国务总理，组成摄政内阁。

11月5日，民国政府修正清室优待条件，没收清宫，永远废除皇帝尊号，并把溥仪的小朝廷赶出紫禁城，限当天全部搬出。

结束辛亥革命时就该结束的帝制，这样的举措，是符合时代潮流而无可非议的。胡适虽然反对帝制，但出于一种人道主义的关怀——同情被废的小皇帝，使得他再度逆流而上：致书民国政府，提出抗议。

“堂堂的民国，欺人之弱，乘人之丧，以强暴行之，这真是民国史上的一件最不名誉的事。”

紧接着，胡适又亲自前往溥仪暂居的北府慰问。他关心溥仪的前程，鼓励其出洋留学。

胡适算是末代皇帝的知遇之士了。但与此同时，更多的知识分子却与胡适划清了界限，纷纷致函批评。

对于这些批评，胡适将之视为诬蔑，“字里行间充满着苛刻不容忍的空气”。

直到发生了“九·一八”事变，日本帝国主义占领东北，制造傀儡政权伪满洲国后，胡适才察觉到形势的严重，认识到他反对把溥仪驱逐出宫的错误，表示沉痛的忏悔。

努力的辩证

“五四运动”后不久，胡适对孙中山的《孙文学说》和《实业计划》满心称赞；而孙中山也关心和赞许胡适。但是仅仅过了三四年，胡适对孙中山的态度却发生了出乎意料的惊天逆转。

1922年6月16日，广东军阀陈炯明发动武装叛乱，炮轰总统府，欲置孙中山于死地。孙中山侥幸脱险，连夜逃往上海。

这是孙中山一生中遭受的最惨重的一次失败。明枪易躲，家贼难防。辛苦栽培十几年的部下，竟会如此“阴毒凶狠”，叛党祸国，纵兵殃民，“罪恶贯盈，难稽显戮”！

“文率同志为民国而奋斗，垂30年，中间出生入死，失败之数，不可缕指，顾失败之惨酷，未有甚于此役者。”

9天之后，胡适在《努力》周报上发表短评，却称陈炯明为“模范的新广东”的功臣，其叛变为“革命”。

此论一出，胡适很快便又成了众矢之的。

当局者迷。或许当时的胡适并没有很清晰地认识到未来的走向。但是对于胡适而言，评价一个时间和人物确是“随着时间地点的改变而发生变化的”。

真自由主义

1924年北京政变，冯玉祥电邀孙中山北上。孙中山到京后，发表《北上宣言》，提出召开“国民会议”，以解决中国的统一和建设问题。

与此同时，窃取了北京政权的段祺瑞却提出召集“善后会议”，与孙中山的国民会议相对抗。

所谓“善后会议”，其实是军阀官僚政客们的一个分赃会，遭到全国工农学生及各界进步人士的强烈反对，也引起孙中山先生的极大愤慨。孙先生扶病抵达北京后，决定国民党不参加“善后会议”，而积极筹备召开国民会议。

1925年1月1日，段祺瑞发表召集“善后会议”的通电。胡适接到了邀请。

胡适当然知道“善后会议”的性质，许多朋友也劝胡适慎重考虑，不要参与。

但胡适经过几天的踌躇后，还是决定蹚一蹚这摊浑水。这样一来，再次掀起了学术文化界批评的浪潮。

女师大风潮

1924年11月，女子师范大学校长杨荫榆无理勒令三名学生退学，辱骂向她交涉的学生自治会代表，激起全校公愤。学生自治会通过决议，不承认杨荫榆为校长，发布《驱杨宣言》，展开了“驱羊运动”。

杨荫榆是个脾气古怪的女人。她担任校长，却以婆婆自居，把女学生们看作家里的一群童养媳；依附军阀政府，心地歹毒，以“寡妇主义”治校，决心把学生陶冶得个个“心如古井，脸若冰霜，失其活泼之青春”。因此，引起广大学生的不满。

1925年4月，章士钊担任司法总长兼教育总长。7月复刊《甲寅》，一方面提倡尊孔读经，攻击新文化运动；一方面扬言“整顿学风”，支持杨荫榆镇压学生运动。

陈源（西滢）等人看似公正无私，实则偏袒章杨，在《现代评论》上发表文章，以吞吞吐吐的言辞，拐弯抹角的手法，指责学生把女师大变成了“臭茅厕”，攻击支持学生的鲁迅等人“暗中鼓动，挑剔风潮”。

8月初，杨荫榆竟召来军警，包围学校，勒令学生离校；章士钊则在国务会议上提请停办女师大，并派武装警察强行接收。

于是在全国引起强烈反响。北京、上海的学生组织纷纷致电支持女师大师生的斗争。

北京大学评议会于8月18日通过了“不承认章士钊为教育总长，拒绝接受章士钊签署之教育部文件”的决议。

决议公布之日，群情大快。而胡适却表示反对，并与陈源等五人联名致书校长，指责评议会“越权自专”，有“抹煞全体教职员同人之嫌”。

周作人、李书华等八人也联名写信，支持评议会决议，敦促校长执行。

随即两派来来回回展开了笔战，卷入的人数也越来越多。

论争剑拔弩张，互不相让，虽然各有根据和道理，但胡适等人还是遭到北京教育界及广大学生的严厉批评。

“比年以来，先生浮沉于灰沙窟中……拥护复辟余孽，尝试善后会议……与摧残全国教育，蔑视学生人格之章贼士钊合作，清室复辟函中又隐然有先生之名。……先生近来种种举动，荒谬卑污，长此以往，先生将永为吾全国青年所深恶痛绝。”

唯有昔日劲敌章士钊派对他们深表感激，在《甲寅》周刊上称赞胡适等人的举动，“表上扬学术独立之威重，诚甚盛举”；拥护章士钊的《大同晚报》，也称赞他们是“东吉祥派之正人君子”。

而胡适之所以如此，只因他狠抓“教育独立”的思想不放。胡适在争论中特别强调“学术独立”与“政教分离”。如果有老师给学生们出示一张黑纸，上面点了一个白点，那他一定会是那个只看到白色而不见黑色的学生。

胡适难免以偏概全，却也是网开三面的包容。

围绕女师大事件及后来的“三 · 一八惨案”，《语丝》与《现代评论》之间展开了激烈的斗争，尤以鲁迅、周作人与陈源的笔战为激烈。

1926 年 5 月，胡适随“中英庚款访问团”赴天津访问，住在旅店，夜间翻读鲁迅的《热风》，看到《随感录 · 四十一》，联想近来围绕女师大事件的笔战，竟“一夜不能好好地睡”。

第二天便给周家兄弟和陈源写了封言词恳切的信，一再劝说不要忘记《热风》里“学学大海”的那段文字，“让我们都学学大海”，消除误解和猜嫌，“向上走”。

没想到，周家兄弟从此与胡适绝交。而周作人于1929年主动与胡和好。胡适在回应周作人的一封信里这样写道：

“生平对于君家昆弟，只有最诚意的敬爱，种种疏远和人事变迁，此意始终不减分毫。相去虽远，相期至深。此次来书情意殷厚，果符平日的愿望，欢喜之至，至于悲酸。此是真情，想能见信。”

多情的人眼中，人人都是多情的；无情的人眼里，人人都是无情的。胡适有这样的自由主义和包容精神，却不见得人人都是如此。

五鬼乱中华

1929年，胡适在《新月》上谈“人权问题”，甚至大胆宣告，“国民党是反动的”，而其中最引人注目的一个内容，就是对国民党的缔造者、“国父”孙中山的公开批评。

这样一来，麻烦自然就产生了。《新月》杂志被没收焚毁，新月社奄奄一息；刚出版不久的《人权论集》遭密令查禁；惩办、通缉胡适的消息屡见于报纸；胡适向中国公学校董会引咎辞校长一职。

人权运动不成，只得改弦更张，转向讨论“怎样解决中国的问题”。

为了避免再惹麻烦，《新月》同人决定先发表一篇“概括的引论”，表明“根本态度”。

于是，便有了胡适的这篇《我们走那条路》，放出了一个“五鬼乱中华”的奇论。

“五鬼”即贫穷、疾病、愚昧、贪污、扰乱。

“这五大仇敌之中，资本主义不在内，因为我们还没有资格谈资本主义。资产阶级也不在内，因为我们至多有几个小富人，哪有资产阶级？封建势力也不在内，因为封建制度早已在两千年前崩坏了。帝国主义也不在内，因为帝国主义不能侵害那五鬼不入之国。”

也就是说，中国之所以坏到如此地步，都是因为这“五大恶魔”闹的。而帝国主义和军阀势力都不是原因，也就不是中国人民的敌人了。

此论一出，举国震惊。

梁漱溟当即定论：“轻率大胆，真堪惊诧！”梁漱溟是当初在《我们的政治主张》上签名的“提议人”之一，是赞成胡适“好政府主义”的。

后来，胡适稍加补救，把军阀势力连同与国民党相对立的党派暴动归结“扰乱”之中，当作敌人。

如何解决这“五鬼”之乱呢？当然还是胡适那“一步一步地做自觉的改革”的改良主义。

对于这样的“根本态度”，国民党蒋介石当然不会再“惩办”了。而这样一个论调，却不偏不倚地合了蒋介石“攘外必先安内”的口号。

温和不退让

1932年5月，胡适邀集丁文江、蒋廷黻、傅斯年、翁文灏等几个朋友，发起成立“独立评论”社，创办了一个专门谈政治的周刊《独立评论》，标榜“独立精神”。

《独立评论》创刊时，正是“一·二八”事变上海停战之后。如何对待日本帝国主义的侵略？胡适和《独立评论》唱的是不抵抗的论调。

1932年5月5日，国民党政府与日方签订了妥协和出卖主权的《淞沪停战协定》。

胡适公然赞许国民党政府的妥协态度，赞扬《淞沪停战协定》。不久，他又发表《论对日外交方针》，主张按照日本政府所提的五项原则，与日方“和平”交涉。

10月，国际联盟调查团发表关于中日问题的报告书，即“李顿报告书”。

这份报告书反映了“九·一八”事变后西方大国对日本独霸中国东北的不满，但除了一些无法歪曲的公论之外，不敢谴责日本的侵略，反而公然鼓吹“满洲自治”，并且提议由“国际合作”共管，企图将中国的东北变为西方各大国共同的势力范围。

此报告理应遭中国人民的反对，胡适却撰文高度赞扬：这是一个“代表世界公论的报告”，称赞李顿调查团是“审慎的考查”“公平的判断”“为国际谋和平的热心”，全盘接受了所谓的“满洲自治”，称“看不出有什么可以反对的理由”。

胡适一味主张温和冷静，不以武力抵抗，幻想与日本和平交涉、谈判，对一切能暂时停止战争的妥协举措，他都欢迎拥护，特别寄希望于国际的“调解”与“援助”。

但是，日本帝国主义只认暴力、不顾世界舆论的行径，有时也令胡适十分矛盾，觉得对国联的幻想不切实际，还必须强调民族自救。

但是他根深蒂固的不抵抗主义却深深地吻合了蒋介石的不抵抗政策。

胡适为何坚持不抵抗、不宣扬战争呢？从他给一位主战的青年的回信里大概可知一二：

“徐先生特别要知道我对于主战的意见，我可以说：我不能昧着我的良心出来主张作战。……我自己的理智与训练都不许我主张作战。我极端敬仰那些为祖国冒死拼命作战的英雄，但我的良心不许我用我的笔锋来责备人人都得用他的血和肉去和那最残酷残忍的现代武器拼命。”

胡适有一种近似“妇人之仁”的仁慈，他关注的是每一个个体的人权，在一片鼓吹集体主义的曲调中显然是一个不合群的音符。

坚守阵地的战士

1937 年“七七事变”爆发后，胡适认识到不抵抗只会是“敌氛日深，受逼日甚”，但他始终不能从悲观的“和平”梦幻中完全醒来，仍在做着“最大的和平努力”。

8 月 13 日，上海战事爆发，对日全面抗战开始。胡适的和平之梦这才彻底破灭了。

9 月，胡适受命以非正式使节的身份赴欧美行国民外交，争取美国的支持。

1938 年 7 月，胡适又往欧洲游说，对英、法、瑞士诸国说明中国抗战的意义。

8 月 4 日，胡适想起好友周作人尚陷身日本侵占的北平，放心不下，便写去一首诗，劝他要识得“重与轻”，勿为日本人所利用而变了节。

周作人看到这信件后，虽表示忏悔，终于“借口于米盐蔬笋诸事”而不得不屈服，不得不说是历史的一大憾事。

胡适赴欧游说期间，蒋介石和国民政府连续致电，敦请他出任驻美大使。

胡适颇有些踌躇，因为他曾经打定主意20年不谈政治，20年不入政界。如今“那20年中‘不谈政治’一句话是早就抛弃的了，‘不入政界’一句话总算不曾放弃”。他向夫人江冬秀“再发一愿”：“战争完结时，我一定回到我的学术生活去。”

10月5日，胡适赴华盛顿就任。

胡适作为学者任驻美大使，既无外交经验，又无政客的韬略，却以一种“诚实和公开”的外交态度，受到美国朝野的敬重，亲切地被誉为“学者大使”。

虽然对于胡适使美的业绩时人有不同的评价，但他毕竟完成了一些大使命。如在武汉沦陷后不久促成了美国政府给予我国2500万美元的第一次借款，即“桐油借款”；后来又签订了“滇锡借款”的合同。

事实上，胡适在美引人瞩目的并非其外交活动，而是不断地到各地巡回演说——“行万里路，讲百次演”。

胡适毕竟是个书生，且不说在尔虞我诈的国际交往中，他那“诚实与公开”的外交，即便在国内，也遭受各种议论和责难。如说他“讲演太多，太不管事了”，或者“只好个人名誉，到处领学位”，这也确实属实，胡适4年间就荣获27个荣誉博士学位。

国内对胡适使美的议论在1940年达到高潮。这一年，中央研究院院长蔡元培先生去世，评议会推举胡适等三人为继任院长候选人，供蒋介石圈定。因之谣言纷起。

1942年9月8日，胡适辞去大使一职，移居纽约，重新开始他的学术生涯。

1946年6月5日，胡适启程回国，于9月就任北京大学校长。

胡适回国的日子，正是蒋介石撕毁《双十协定》、破坏停战协定、在美国政府的帮助下部署并发动全面内战的时刻。

6 月 26 日，国共两党破裂，全面内战爆发。

战争起初，国民党凭借其军事、经济上的优势，又倚仗美国的支持，前景一片乐观。

10 月 11 日，国民党军攻占张家口市。

蒋介石当天下午就喜滋滋地下令召开“国民大会”，制定宪法。想借民主宪政来做面子，掩盖发动内战的罪责。

胡适做了这个“制宪国大”的代表。

对于参不参加的问题，他费了一番踌躇。最后认为这是实现美国式民主宪政的一个机会，在力排众难之后，便抱着厚厚一本《水经注》走进了国民大会。胡适以为，大会的任务是“制宪”，而宪法草案早就有了，是不会有大问题的，所以他是纯粹抱着一种“数麻石片”的心态去的。

国民大会不久，蒋介石即准备“改组”政府，提议请胡适担任国府委员兼考试院长。蒋介石之所以这样做，是因为“撑面子，要如此”：出于“美国之压力”，不得不借胡适这位“社会贤达”为独裁政权涂一层民主的色彩。

胡适经过反复斟酌，最终为了保留“30 年养成的独立地位”，而没有接受邀请，也终生没有加入国民党。

蒋介石政府逐渐暴露出它的弊端。政治黑暗腐败，贪污贿赂公行，内战军费巨耗，便滥发纸币，引起通货膨胀，物价暴涨，百姓挣扎在饥饿与死亡的边缘。各地各种爱国民主运动此起彼伏。

但胡适依然对蒋介石一片忠诚，为其开脱，把苦闷悲观的青年人都“疏导”到脱离现实政治，只关心“把自己铸造成器”的道理上去。

然而，历史的车轮并不因少数人的阻拦而停止转动。

1947 年 7 月到 9 月，中国人民解放军由战略防御转入进攻，国民党统治区的爱国民主运动也不断高涨。

1948 年，国民党政府已处在全民的包围之中，连美国也对它失望了，总统杜鲁门说：“中国政府是一自私自利者的集团，所以美国无法帮忙。”

蒋介石惊慌无奈，企图再祭起“民主宪政”的法宝来挽救行将坍塌的政权，匆匆忙忙在南京召开所谓行宪的第一次“国民大会”。胡适是“国大代表”。

在国会期间，蒋介石给胡适传话，提议由胡适做总统候选人，自己做行政院长，并鼓励“请适之先生拿出勇气来”。

胡适犹豫不决。

而会场上，委员们对于蒋介石的提议一万个不同意，有的甚至痛哭流涕。当然最后做总统的还是蒋介石。

其实蒋介石的提议只是一个政客的花招。他怎会允许别人凌驾于自己头上呢？而胡适实在书生气十足，被玩弄于股掌犹不自知，还天真地以为“蒋公是很诚恳的”，并且赞扬这才是“真正自由意志的表现”。

然而“自由意志”表现之后不久，中国人民解放军相继发起了辽沈、淮海、平津三大战役，国民党政府风雨飘摇。

1948 年 12 月 15 日，北京被解放军围困成了孤城。胡适见大势已去，偕夫人江冬秀乘蒋政府专机仓皇逃亡南京，行李只带了他父亲的遗稿和他自己的著作手稿，及一部《石头记》。

1949 年 1 月，蒋介石宣告“引退”。在引退前，蒋介石请来胡适，在餐桌上劝他去美国，并强调没有政治使命，“只要你出去看看”。

4月，胡适乘船逃亡美国。当时一心向学的胡适还是没能参透蒋介石对于他的一番叮嘱的深意。面对一片形势大好的新中国，胡适心中那颗跳动的文学心又在发痒，于是想到了与雷震等朋友筹创出版社和刊物，他要把这个刊物命名为《自由中国》。他越想越兴奋，立马回到书桌旁，写下了《自由中国社的宗旨》一文，作为发刊词。《自由中国》于1949年11月在台北创刊，虽然发行人写着胡适的大名，但那时他尚在美国，实际负责的是雷震。所以这本刊物到底多大程度上代表胡适之的思想方向，现在就不得而知了。

胡适到美国不久，蒋介石立即发去一封密信，明确交代了此行的任务：协助顾维钧大使，以美国“不承认中共政权为第一要务”。

这个时候的胡适恍然大悟：政治才是这次出行最大的虎皮。胡适不得不再次出山，几次去华盛顿拜访美国政界人士，但得到的答复多是“一筹莫展”或“有心无力”，逐渐使胡适“感到难于说话”了。后来胡适终于明白，“大家成见太深，使我处处碰壁；也因为局势太大，不是私人间的谈话所能转移的”，遂决定“取消一切约会，不接见任何政府和国会的领袖”，而潜心于考据《水经注》。而之所以闭门考据《水经注》，一方面是不想见潦倒的党国要人和败阵将军；另一方面是因为他逃亡出来，不曾带多少资金，又没有冒险的本事，实在没法在绝情寡义的资本主义社会里谋生。

直到第二年夫人江冬秀到达纽约后，胡适的幽居生活才算有了一点慰藉。但也只能默默承受着“老来穷”的窘迫，以至多次规劝他的少年朋友唐德刚:“年轻时要注意多留点积蓄!”

1950年5月，胡适得到在普林斯顿大学葛斯德东方图书馆管理员职务的聘请。胡适当时无事可做，又迫于生活压力，想来书生或许也只能与书打交道了，竟屈就了这个小小图书管理员的职务。

在胡适侨居纽约、思想苦闷的日子里，大陆的朋友们并没有忘记他。昔日的朋友攻击他，自己的亲人与他反目，连最小的儿子也声明与其脱离父子关系。

但胡适怎么也不相信这些话是事实，一厢情愿地认为是受人逼迫所致。

1950年6月，朝鲜战争爆发。

胡适听到这一消息颇为高兴，他认为“美国领导出兵制裁共产党对韩侵略”是一件大好事，是“东亚命运的转机”，也是整个“自由世界”和“自由中国”难得的一个“转机”，并希望这场战争能够“逼迫自由世界走上援助自由中国恢复中国大陆，拯救中国四万五千万人民的一条大路上去”。

这也正是当年蒋介石政府许多人士的幻想。

1954年2月，胡适专程回到台湾参加19日在台北开场的“国民大会”的第二次会议，帮助蒋介石政府维持所谓的“法统”。

返美以后，台湾当局因胡适参加国民大会为台湾当局出了大力，便聘请他担任所谓“光复大陆设计委员会”的副主任。

1956年10月31日，蒋介石的70寿辰，《自由中国》特地出了一期祝寿专号。胡适写了一篇《述艾森豪总统的两个故事给蒋总统祝寿》，期望蒋介石能记住“无智、无能、无为”六字诀，做一个“无智而能御众智、无能无为而能御众势的元首”。

但是，这篇文章却引起军方、党方、团方的大范围“围剿”。《自由中国》被扣上了种种诸如“思想走私”“分化国人团结”“企图打击国军士气，破坏国民团结”的欲加之罪，认为祝寿专集里面包含了共产党的“最大阴谋”，国防部总政治部甚至发出了“极机密特字第九九号”《特种指示》。

1957 年 1 月，该部又印发《向毒素思想总攻击》的小册子，谓胡适“三无”总统是“荒谬绝伦的言论”“名为自由主义，实际却是共匪的帮凶”。

这就是台湾著名的围剿《自由中国》事件。

此时，中国大陆批判胡适思想的运动刚刚过去，在台湾又展开围剿胡适的活动，并且持续了大半年。

面对大围剿，胡适坚持要回国，朋友们纷纷规劝，又十分不解。在给赵元任的一封信里，胡适提到了原因：“这大半年来所谓围剿《自由中国半月刊》事件，其中受围剿的一个人就是我。所以我当初决定要回去，实在是为此。”

1958 年 4 月，胡适回到台湾，就任台北的“中央研究院”院长。

胡适回到台湾不久，自由中国社举行宴会。胡适发表演说，公开主张由知识分子来组织一个在野党。

随后，《自由中国》便大力鼓吹胡适的倡议，宣传积极展开“新党运动”。

然而，正当新党积极准备组成的时候，1960 年 9 月 4 日，台湾警备总司令部以“叛乱”罪名逮捕了雷震及部分社员，严刑逼供，《自由中国》被迫停刊。

不久，台湾军事法庭判处雷震 10 年徒刑。

胡适既震惊又气愤，找蒋介石求情，蒋介石顾盼左右而不予理睬。

“吾虽不杀伯仁，伯仁由我而死”，对于雷震事件，胡适内疚弥深，却又莫可奈何，连呼，“大失望，大失望”。

11 月 6 日，美国国际开发总署主办的“亚东区科学教育会议”在台北召开，胡适推辞不过，带病做了 25 分钟的演讲。

这次演讲的内容仍是他几十年前的老调重弹，批评中国古文明的守旧固执，颂扬西方的现代文明，力主向西方现代文明看齐。

胡适否认东方文明的精神价值，此话一出顿时引起轩然大波。胡适再次遭到台湾社会旧派文化界的攻讦与围剿，甚至遭到了人身攻击和谩骂。

胡适也因此心脏病骤发，于 11 月 26 日住进了台大医院。

作为论战的两个营垒，一方主要人物是李敖，发表的言论是《播种者胡适》。他虽然把自己排除在捧骂之外，但他基本上还是属于“捧胡”的一方，只是“捧”得胡适本人也很不开心罢了。因为他是边骂边捧，但总的来说，是捧多于骂。

“骂胡”的一方人物颇多，主要有徐复观、胡秋原、叶青、郑学稼。后面几位更多的是由李敖那篇文章激起的。

1962 年 2 月 24 日，胡适前往南港中央研究院主持将在蔡元培馆召开的第五次院士会议。酒会结束后，他移步往外走，走到会场中部的时候，忽然倒地，口吐白沫，不省人事。

在酒会上，他说的最后一句话是：

“我挨了 40 年的骂，从来不生气，并且欢迎之至，因为这是代表了中国的言论自由和思想自由。”

“自由！自由！天下多少罪恶都是借你的名做出的！”如此被宽容的胡适所推崇的自由，在罗兰夫人眼里，却成了一切罪恶的渊薮。

胡适的一生，几乎是不断挨骂的一生，各种各样的骂名，从“走狗”到“反革命”，又到“人民的敌人”。

有那么多朋友喊着“我的朋友胡适之”，却也有那么深的口水淹没着胡适。他仿佛是时代的公敌，人人都可以一边与他做朋友，一边不时骂上两句——因为，他实在太宽容。

谩骂声中，胡适的本相消失了，那个提倡宽容、追求自由与个人主义的新青年消失了，恰如李敖所言：“胡适先生走进了地狱。”

徐志摩
侧帽风前花满路

“是人没有不想飞的。老是在这地面上爬着多厌烦，不说别的。飞出这圈子，飞出这圈子！到云端里去，到云端里去！”

字里行间充溢着孩童的烂漫，诗人的悲观，探索者的坚毅。

当他以另一种方式完成了心里这份萦绕了太久的向往时，他忍不住向朋友炫耀，高兴得简直像个孩子：“哎哟，太有趣，御风而行，平稳之至，在飞机里可以写稿子。”

飞机在那时还多是奢望：普通人坐不起，一般人不敢坐。他就这样飞来飞去，真是开了文人圈里风气之先。

群星的闪亮是因为暗夜在弥漫，快乐的刺激是因为痛苦太持久。

那天，这边是消除不尽的家庭尴尬事，那边是梦寐难忘的女神纤手挥，连接两边的是长虹作桥，飘然悠往。

他再一次坐上了飞机，家里的尴尬事，女神的呼唤，飞来飞去的喜悦……所有的亢奋渐渐化为心里的一片宁静。九霄云外，心无杂念。

这样如梦如醒地神游，蓦然之间，轰然巨响，身体随着机舱天翻地覆。这一瞬间，所有的杂念一齐涌来，如幻灯片飞闪在眼前。飞机一个劲地下坠、翻滚，恍若无底深渊，他被吸旋着下去前程万里。在最后的一下掷地有声之后，飞机消隐在黑烟烈火里。

他无力地心跳着，思绪却万千翩飞，幻灯片还在继续，一划一闪地用着这短短数十秒，无意识地被动着回忆了自己的一生……

飞在天上的人

他出生在一个万人艳羡的家庭里，世代经商，父亲徐申如是清末实业家，也是远近闻名的地方（浙江硖石）首富。

他勉为其难地出落在摩羯座，却受了太多紧随其后的水瓶座的影响（他生于1月15日），因此他的心总飘忽在现实与理想之间。

在那个独生子女家庭如数家珍的年代，他却是家里的独子。父亲按族谱字辈，给他取名为徐章垿。

他是家人眼里的小皇帝，伙伴眼里的公子哥，老人眼里的纨绔儿。

出于孩童贪玩的天性——小时候不调皮，长大后没出息——他偶尔玩物丧志，却从不至玩人丧德。

不过，后来尽管他长大了，心里却始终住着那个孩子。

他初读于开智学堂，后来求学于杭州府中学（杭州一中），成绩每每名列前茅。并在中学时期认识了郁达夫，开始了文学创作，在校刊上发表了人生的第一篇作品。

20岁那年，怀揣着诗人般的理想与憧憬，他愉悦地从中学毕业了。也是那年，怀着新青年的自由与不羁，他却愤懑地屈从了家庭，完成了自己一生中真正意义上的一次婚姻，娶了一生中最对不起的一个女人——张幼仪。

“乡下土包子！”当他在婚前瞥了一眼祖母递过的张幼仪的照片时，他鄙夷地甩出了这么一句话。他自由的天性拗不过家庭的威严，唯有把所有的愤懑倾泻于那个在父母之命下进门的女人。他先入为主地否定了她，否定她便意味着不承认羁绊于自由之外的樊笼。

先入为主，在今后的几年时间里，这种观念深深地扎根在了他不情不愿的心里，恶毒的鲜花肆意妩媚在不屑的眼神里。

这是一个孩子的天性。疾恶如仇、“童言无忌”，只是表现在了这样一个文质彬彬的大人形貌上——“细皮白肉，金丝边眼镜”，“白白的面孔，长长的脸，鼻子很大，而下巴特长，穿着一件绸夹袍，加上一件小背心，缀着几颗闪闪发光的纽扣，足蹬一双黑缎皂鞋，风神潇散，旁若无人”。

事实上，张幼仪从来不会跟“土包子”三个字沾边，在他之外，有无数男人因对这上海宝山巨富张润之之女、政经风云人物张嘉璈之妹的高攀不起、求之不得而辗转反侧。

问情是何物？没有一见钟情，终也换不来日久生情。她只有怀抱着中国传统女人的心情感叹着遇人不淑，却依旧死心塌地地忠诚于她的丈夫。

他是一个纸鸢一般飞在天上的人，而她则是一个本土务实太接地气的人。她的手始终抓不住牵在他心上的那根绳子。

完婚后，他进入了上海浸信会学院潜修神学。他命运天平上的水瓶对神秘玄学的着迷暂时压制了摩羯的现实理性。然而，这究竟是暂时的。

第二年，他便恢复了摩羯的冷静与理性，断然放弃了对神学的潜修，转学于北洋大学（天津大学）攻读法律。后北洋大学法科并入北京大学，他随之转入北大。

在北大的两年里，他的水瓶情绪又几度燃起，以一半海水一半火焰的热情游弋在法学、政治学和日文、法文、中外文学之间。

虽说他从没惦念过晾在家里的张幼仪，甚至偶尔她走进他的梦里也只得到无视一瞥的鄙夷，一言不发的恼怒，但他始终该有一丝地感谢她，不为别的，仅为她的哥哥（张君劢）引荐他认识并拜了梁任公（梁启超）做老师。

梁任公对他一生的影响是颇大的，即使两人之间存在着一道不可消弭、无法跨越的思想代沟，他依然占据他心中举足轻重的地位。那一代的青年，又有谁不崇拜梁任公呢？

象牙塔中长大的孩子，总是不能太过生硬地接触现实。

北大的日子里，军阀混战、生灵涂炭，这一个个场面重重地捶打着他玻璃般透明脆弱的心。这可不是他的理想！可这就是事实。理想只剩下了嶙峋。

他拒绝接受这一切。

出于对眼前的否定，对外国的憧憬，他如所有有志青年一样，把希望寄托在那憧憬之中。——看得到的已是绝望，看不到的还留有希望。

出发前，诸多不舍、诸多欣慰的父亲再一次望子成龙，把他的名字改为了徐志摩，希望借那志恢和尚摩头时的吉言。

爱在云端不可攀

他抱着成为“中国的汉密尔顿”的目标到了美国，学习社会学。毕业后，再进哥伦比亚大学钻研政治学。但很快，随着“五四”浪潮的波及，他性格的罅隙再次膨胀，水瓶的兴趣再次凸显：他放弃政治学转向了文学，拿到了文学硕士学位。

两年的生活，他犀利的目光逐渐剥开了美国泡沫繁华的外衣，看到了里面利欲熏心的贪婪。他再一次感到失望。热乎乎的梦想再一次遭遇冷冰冰的现实，破得体无完肤。

这一时期，他专注于罗素的著作，并在罗素的思想中看到了自己一直寻觅不得的场景。他毅然决然地放弃了触手可及的博士头衔，辗转英国。

横亘在计划与变化之间的，是永恒的“慢一拍”。

到达英国后，终究是如梦一场空——“我每想人生多少跋涉劳苦，多少牺牲，都只是枉费无补”——他永远也不可能成为罗素的学生了。

24 岁，混迹于英国那浑噩的半年，他不知道是如何度过的。

他只记得，那天，他见到了时任段祺瑞内阁司法部长、“中国国际联盟同志会”驻欧代表林长民，及其16岁的女儿林徽因。

这一刻，他命运里的那颗种子，仿若沐浴了数日的阳光与几夜的透雨，竟神奇地绽放出了爱情、事业的鲜花。

经林长民的介绍，他结识了狄更生；因狄更生的推荐，他以特别生的身份进入了康桥大学（剑桥大学）皇家学院，研究政治经济学。

从此，大量浸染西方文化，接受浪漫主义与唯美主义的熏陶，形成“不可教训的个人主义”倾向，成为“一个彻底的浪漫主义者”。

而此时豆蔻梢头二月初的林徽因，浑身散发着东方古典与西方浪漫相结合的才情与气质，使他一见钟情地陷入了。

16岁的林徽因正处在一个情窦初开的年纪，她怎抵抗得了这样一个风雅、俊朗的情郎？

软弱的矜持，终究承受不住爱情的骚动。

一来二去，他们两情相悦地坠入了爱河。

他们月下漫步，花前谈心，舞会上翩跹，宴会上举杯，绿纱窗下研读文学……

此时的他，已是一个2岁孩子的父亲。他全然忘了这一点，因为他压根不记得家中还有个日夜企盼自己的徐夫人。

他忘了，但他们没有忘。

他收到张君劢的信，让他在码头迎接张幼仪的到来。

他“穿着一件瘦长的黑色毛大衣，脖子上围了条白丝巾”，极不耐烦地等在了人群里。她从没见过他穿西装的模样，但她还是一眼便认出了他——“因为他是那堆接船的人当中唯一露出不想到那儿表情的人”——同时一阵心凉，虽然她早已做好了思想准备。

张幼仪的到来成了他与林徽因热火朝天的恋情中的一场骤雨：林徽因对他的热情骤然冷却了下去，以她的现实断然否定了他们之间理想的状态。

事实上，此时林徽因已经许配给了梁思成。他与她互相扮演了对方人生中的第三者。他冷酷地提出离婚，逼迫张幼仪堕胎。

张幼仪顺从地答应了，便离开去往了柏林，并在那里生下了次子。

“我将在茫茫人海中寻访我唯一之灵魂伴侣。得之，我幸；不得，我命。”他急匆匆地赶到柏林，要求张幼仪签字离婚，完成了这次狠心的金色仳离。

来，如今放开容颜喜笑，握手相劳；
此去清风白日，自由道风景好。
听身后一片声欢，争道解散了结儿，
消除了烦恼！

事后，他如“雪莱之夜莺”挣脱牢笼，以欢快的曲调，唱出了这首《笑解烦恼结》。

这也是他送给张幼仪的唯一一首诗。回来后，林徽因已经悄无声息地离开了。

“希望，不曾站稳，又毁了。”

事别经年，当他们再次相遇时，她已是别人（梁思成）的新娘。厅堂柱上金岳霖题赠的“梁上君子，林下美人”依在。该如何贺她？以眼泪，以沉默。他，万念俱灰。但是，又能怎样？梁思成可是恩师梁任公的儿子啊！梁任公曾毫不留情地警告："义不容以他人之苦痛易自己之快乐。"

他，灰飞烟灭。

24岁之前，他与诗"完全没有相干"，是由于那晚浸身"奇异的月色"下，"吹着了一阵奇异的风"，他才"倾向于分行的抒写"，后来持久地被"一份深刻的忧郁"占定了，渐渐潜化成了气质，而终于脱颖成了诗人。

我是天空里的一片云，
偶尔投影在你的波心——
你不必讶异，
更无须欢喜——
在转瞬间消灭了踪影。
你我相逢在黑夜的海上，
你有你的，我有我的，方向；
你记得也好，
最好你忘掉，
在这交会时互放的光亮！

他心灰意冷地写下这首《偶然》。他知道他俩不会是平行线——友谊亘古而心与心永远保持着同一个距离；他以为他俩是相交线——短暂的交点之后是渐行渐远的永不相见。你的眉目笑语使我病了一场，热势退尽，还我寂寞的健康。

然而，这终究只是他的片面之词。不久之后，他会发现，原来中毒已经这么深。

对于他的热情，林徽因有着不可信任的直觉。她欣赏他的浪漫与唯美，但也抓不住他的未来与实在，以致无法焕发出等价的热情去应和。

她一直以为，“徐志摩的女朋友是另一位思想更复杂、长相更漂亮、双脚完全自由的女士”。

她最终没有为了爱情，抛却婚姻。

相比于他，林徽因是成熟的。——虽然他比林徽因大了8岁。

林徽因凭借她作为女人的敏感，一眼便看出了他心里的那股孩童稚气与诗人浪漫的纠结。他用这样的眼光重新解构了林徽因，把她的光环化成一个理想浪漫完美的女神。

他先入为主地在第一眼见到林徽因时定下了一个完美女性的基调，然后在花前月下用他诗人的神经不断织绘着这样一个形象，时刻不自觉地自我催眠着，以至完全忽略了现实，空留在他的思想烂漫中。

现实与理想，诗人总是无法完美地衔接。在她生命最美丽的时刻，她遇见了他；在他们关系最缥缈的时刻，她离开了他。林徽因这样做是痛苦的，但却是明智的。毕竟，她不是一个完全的诗人。

她的理性游刃有余地拿捏着分寸，把他引入一个梦里，在那个梦里留下了自己的倩影，让自己永远存活在那个梦里。而真实的自己则与另一个人执手在另一个梦里。

“这个问题我只问一遍，以后再也不提。——为什么你选择的人是我？”新婚当夜，当丈夫抛出这一个问题时，林徽因成熟又浪漫地答道：“这个问题，我要用一生来回答。准备好听我回答了吗？”

这是林徽因对过去爱情浪漫画下的句号，是对未来婚姻幸福点出的冒号。

诗人的浪漫正是缘于生活的不浪漫，情场的失意，催泪出了更多纸上的永恒。这一段日子里，他在报刊上发表了大量诗歌。

1923 年，新月社在北京成立。他以泰戈尔的《新月集》为它命名，意在“它那纤弱的一弯分明暗示着，怀抱着未来的圆满”，宣称“要把创格的新诗当作一件认真事情做”。

他用繁忙来使自己忘记疼痛。他可以在一天中的绝大部分时间里不想起她，但可怕的是下午三点钟的光景——吃饭太早，做事又太迟的那个尴尬时间点，疼痛伴着思念滚滚而来。

诗人的灵感，都是诗人挥之不去的痛心之悟。

“最是那一低头的温柔，像一朵水莲花不胜凉风的娇羞。”

寂寞的健康，难再有了。爱情的毒瘾，啮噬着他的心。

1924 年，泰戈尔访华，他与林徽因陪伴左右担任翻译。长者仙袂飘飘，一对青年男女宛若璧人：“林小姐人艳如花”，他则“长袍白面郊寒岛瘦”。这如诗如画的岁寒三友一幕，一时之间传为美谈，引人遐想。

他请泰戈尔代为求情，林徽因却心如止水，波澜不惊。看着一对苦命鸳鸯，老诗人唯有感叹一句：“天空的蔚蓝，爱上了大地的碧绿，他们之间的微风叹了声：哎！”占有欲的求之不得，单相思的挥之弗去，逐渐矛盾冲突激化而软弱冷却蛰伏成一种柏拉图的永恒。“我想攀附月色，化一阵清风，吹醒群松春醉，去山中浮动；吹下一针新碧，掉在你窗前；轻柔如叹息——不惊你安眠！”所谓的藕断丝连，正是这种求不得又放不下的尴尬衍生出的最差强人意的维系。

相爱容易，相处难

在他最寂寞的日子里，又一个女人为他撑起了灯。

春风十里洋场路，汉宫飞燕旧风流。金粉舞池，莲步生姿，曼妙娉婷，顾盼神飞。

好一朵美丽的交际花，又白又香人人夸。

他的心一下子就被她攫住了。

“多谢天！我的心又一度的跳荡。这天蓝与海青与明洁的阳光，驱净了梅雨时期无欢的踪迹。”

然而这位名媛——陆小曼，却已是有夫之妇。

恨不相逢未嫁时。

可谁会不爱美？崇美以修身，有人爱得冷静，有人爱得疯狂。

他在林徽因身上失去了太多，痛苦了太久，他半是报复半是补偿地移情于另一个女人。

当他碰见这样一个各方面都不输给林徽因的女人时，他的免疫力全没了。

他想方设法地与陆小曼见面，循序渐进地暗送情意。

在一次义务演剧的《春香闹学》一阕中，他饰老学究，陆小曼演丫环，曲终人散后，彼此心意竟相通，暗暗种下了情种。

陆小曼虽是有夫之妇，但丈夫王赓政场指点江山有余，情场娇惜逢迎不足，婚后感情味同嚼蜡。

他利用王赓不懂怜香惜玉的当儿，“举凡王赓之短，他必续以所长”。侯门深似海，两人私会不易，往来信件都需用钱打点，又多为下人克扣。

“我拉着你的手，爱，你跟着我走；听凭荆棘把我们的脚心刺透，听凭冰雹劈破我们的头。”

如此往来，几经波折，爱情却在波折中愈演愈烈，终于烧透了外面包裹的遮羞纸。

一天，王赓回家后，忽然拔出手枪指着陆小曼，要她交代这件事。

陆小曼供认不讳：“我已经把生命的躯壳给了你，你放我活一回吧。”

为着家庭尴尬事而闹心的王赓，在一次经办军火大事时险出岔子，虽然从轻处罚，但这却成了他人生的滑铁卢，开启了此后仕途的大滑坡。

王赓终于承认了“小曼这种人才，与我是齐大非偶的”。在北平，两人离了婚。

王赓对他说：“我们大家都是知识分子，我纵和小曼离了婚，内心并没有什么成见。可是你此后对她务必始终如一，如果你三心二意，给我知道，我定以激烈手段相对的。”

果然有一种爱叫作放手。你想占有她，只是因为还不够爱她；如果足够爱她，你会愿意放手让她追随幸福。

在一片否定声中，他不管不顾地牵起了陆小曼的手，于七月七日牛郎织女鹊桥相会的那天，陶然走进了婚姻的殿堂。

比起陆小曼的第一次豪华排场的婚礼仪式，这次的婚礼场面是极其冷清的，不过这次婚礼的气氛却又是分外火爆的。

婚礼进行时，担任证婚人的梁任公出其不意地发表了一段引经据典的训骂："徐志摩，你这个人性情浮躁，以至于学无所成。做学问不成，做人更是失败，你离婚再娶就是用情不专的明证！……"

一对新人面红耳赤，惭愧得抬不起头，就连在旁的亲友也十分难堪，纷纷在心里打出同情牌，认为梁任公在大庭广众之下发的这一套威风未免过火。婚礼陷入了尴尬。

他只有忍着惭怍，亲自趋前，服罪并请求："请老师不要再讲下去了，顾全弟子一点面子罢。"

梁任公这才收场。

他与王庚本是同学，又都是梁任公的学生。对于这一出"使君有妇""罗敷有夫"的不堪局面，他多少是气愤的；乱事发生在自己的得意门生身上，他多少是同情的。一方面他想严厉训斥这种伤风败俗的恶事，另一方面又忍不住搭一把手普度落难的学生——在那个时人都反对，甚至连父亲也翻脸的时刻。

"这样的恶例不足为训，更不值得鼓励。"梁任公事先便声明了自己的立场，但还是出面替他主持了证婚。

他究竟没想到老师会骂得这样严厉。但这些话，骂得都对。只有梁任公可以这样骂他，也只有他这样的学生梁任公才肯骂。

婚后的几个月，他们"从此走入了天国，踏进了乐园……一同回到家乡，度了几个月神仙般的生活。"

短暂的蜜月过后，现实外披裹的糖衣逐渐褪去，显露出它布满棱角的刺痛。

陆小曼全没了恋爱时的激情与灵气，养尊处优、挥金如土的恶习再次涌现出来，终日沉浸在社交场的纸醉金迷中，游离在鸦片的迷情幻影间。

公公徐申如看不惯儿媳如此堕落的作派，盛怒之下断了对他们的经济支持，接回了在北京叱咤金融界的张幼仪，认她做干女儿，却仍以唯一儿媳的身份相待。

起初，他只图娇妻心喜，不敢稍有拂逆，重担全往肩膀上压。

他每月往来各地，同时在四五所学校兼课，台灯之下，又赶写诗文换取稿费。一月所获，竟仍入不敷出。

舞池霓虹中，陆小曼把时光和金银轻轻抛送。

婚姻是需要双方经营的。对于渴望像热恋那般一起生活的人，婚姻便成了爱情的坟墓。

对这样曾经以为的“灵魂伴侣”，他捶心深痛。

两人之间的温存逐渐消失得无影无踪，生活中无关紧要的鸡毛蒜皮却沉渣泛起，原本作为生活佐料的吵骂竟成了生活的主食。

“但我不能放歌，悄悄是别离的笙箫；夏虫也为我沉默，沉默是今晚的康桥。”

故地重游，几多欢愁。当初为着追寻爱情，他离开了康桥；如今带着婚姻的失落，他再次来到了康桥。

这次的到来，他已不再是那个意气风发的少年，他做了中国第一个离婚的男人，他失去了为之心碎的女神，他的爱情完全葬送给了一场不尽如人意的婚姻，他不顾一切娶到的女人竟堕落成这般模样……

陆小曼用鸦片麻痹着神经，清醒过来便觉明晃晃的揪心，她向朋友倾诉："徐志摩是浪漫主义诗人，他所憧憬的爱，最好处于可望而不可及的境地，是一种虚无缥缈的爱。一旦与心爱的女友结了婚，幻想泯灭了，热情没有了，生活便变成白开水，淡而无味。"

他孩童般透明的心，单纯得有如水晶，任何人一眼便看到了底。

在北京的胡适，眼见他的困顿，便邀他出任北京大学教授，兼北京女子师范大学教授，以增加收入。

他希冀陆小曼陪同一起北上，却不想，刚推开家门便是扑面而来的恶语怒气。

"陆小曼听不进劝，大发脾气，随手把烟枪往徐志摩脸上掷去。徐志摩连忙躲开，幸未击中，金丝眼镜掉在地上，玻璃碎了。"

他一怒之下，负气出走。

转瞬间消失了踪迹

第二天下午，他回到了家，一眼便看见陆小曼留在桌上的一封信。

他打开信封读了起来，晴朗的额头，竟逐渐积满了黑云，眼神流露出道道闪电，轰隆的响雷隐约在耳。

他一言未发地将信揉作了一团，提起了箱子便摔门而去。

他本打算搭乘张学良的福特式飞机回北京，后张学良因事改期。为了赶上林徽因在那晚的一个关于中国古代建筑的讲演，他迫不及待地上了一架邮政机。

迷雾缭绕中，他“挥一挥衣袖，不带走一片云彩”。

这一年，他 36 岁。

36 是诗人的一道坎，多少人或近或远地在这道坎边画上了人生的惊叹号。他一生敬佩的雪莱、拜伦也终究没有跨过这道坎。

林徽因听闻噩耗，伤心欲绝，请丈夫梁思成去了济南，在飞机出事地点捡回来一块残片，把它永远地挂在了卧室墙上。

事发前，陆小曼眼睁睁地看着墙上他的相框突然坠下，玻璃散碎一地。她为着这个不祥的预兆惊惶失措，不久便听闻噩耗传来。

她痛哭着把传送噩耗的人挡在了门外。她希冀着凭借自己的主观否定能拒绝客观事实的发生。

都说林徽因是哭得最伤心的，事实上，哪有陆小曼哭得裂肺。一夜之间，“似乎一下老了好几个年头”。

因为徐申如的阻拦，她连追悼会也没能参加，只能默默留去一副挽联：多少前尘成噩梦，五载哀欢，匆匆永诀，天道复奚论，欲死未能因母老；万千别恨向谁言，一身愁病，渺渺离魂，人间应不久，遗文编就答君心。

回到家，她在书桌前写下那句悔恨交加的诗句“天长地久有时尽，此恨绵绵无绝期”，从此杜绝了社会交际，一心编就遗文。

如果说林徽因和陆小曼的伤心多少是带着点愧疚的，因为他的死多多少少有着自己催化的成分，那么张幼仪就纯粹是伤心了。

她忍痛含泪，对父亲徐申如说，“我和阿欢（徐的长子）去把志摩接回家”。

尽得母亲、儿媳、干女儿的义务，年过半百，她才征得儿子同意后组建了新的家庭。

婚后，回首往事，张幼仪说了这么一句话：“我是秋天的一把扇子，只用来驱赶吸血的蚊子。当蚊子咬伤月亮的时候，主人将扇子撕碎了。”

晚年，当她追忆与他的感情时，她说：“我没办法说什么叫爱，我这辈子从没跟什么人说过‘我爱你’。如果照顾徐志摩和他家人叫作爱的话，那我大概是爱他的吧。在他一生当中遇到的几个女人里面，说不定我最爱他。”

如果说他如一只风筝，摇摆在云端，那张幼仪便是底下一生奔波无所得的追风筝的人；林徽因是风筝一心追随却难以企及的月亮；陆小曼是偶尔与风筝擦肩，片刻依偎的飘忽云彩。云彩终归挡不住月亮的美，云彩只为月亮添彩。

飘摇在天上的人，是不顾现实的唯美主义者，“不但目之所痛，且耳之所过，皆非真物之状，而志摩心中之所幻想之状而已”。他与现实之间的牵绊，只是那根细细的棉线。而他的人生观却又是一种“单纯信仰”，为着三个词而活：爱、自由、美！

这三个词绝非意味着三种理想，而是一个理想身上同时涵盖着这三种性质。倘若放在爱情上，那这个理想便是东方卓文君、西方朱丽叶般的美人妇，大有“私订终身后花园”的先进与冲动。

如果要定位成一个人，那这个人便是林徽因——他心目中的林徽因。相比于与其他女人的关系，他与林徽因若即若离的距离恰到好处地维持了林徽因的神秘感。

观照自己的一生，他直截地说出，“我是一个信仰感情的人，也许我自己天生就是一个感性的人”。

观照他的一生，林徽因直截地说，“徐志摩的心情是洁净的，头老抬得那么高，胸中老是那么完整的诚挚，臂上老有那么许多不折不挠的勇气。徐志摩一生为着一个愚诚的倾向，把所感受到的复杂的情绪尝味到的生活，放到自己的理想和信仰的锅炉里烧炼成几句悠扬铿锵的语言，来满足他自己本能的艺术的冲动，为着这情感而发生的冲动更是非实际的——或不全是实际的——追求”。

他的浪漫自由主义，渗透了太多的不屈不挠的个人主义，乍愁乍喜的感情用事，胡天胡地的崇美精神。幸得他有一颗孩童般晶莹剔透的心，才把这一切错综复杂变成了一种于自己大心痛，于他人无大害的单纯。

诗人的浪漫，是用纷繁的语言织就的绚烂的梦幻。

倘若抽茧剥丝，删却一切坠饰，当只剩下事实，那诗人的生活只能定义为“一场不人道不光明的行为”，又怎会“得到社会一般人的欢迎”？

水中观月，雾里看花，有些美，只能留待云里雾里。

刘半农

教我如何不想她

20世纪为“她世纪”，因为在此之前，“他”孤立了太久。

中国三千年文化，一个“他”字，独霸于第三人称代词领域，通行于男性、女性以及几乎所有其他事物，尽显孤王本色、专制之风。

新文化运动的先驱，本着平等、自由的心愿，试图在“他”之外为女性谋得一席之地。

然而纵然他们从西方请来了“德先生”和“赛先生”，以对抗孔家店，却没有请得一位“女”英雄帮助中国女性冲破“他”们的重围。

转眼古典，从《诗经》中采撷一个“伊”字以指代女性。一时之间，“伊”大行其道，甚至连鲁迅的《阿Q正传》里也见其踪影。

如杭州“湖畔诗人”有诗：“伊有一串串的话儿，想挂在伊底眼角传给我。伊看看青天上的白雁儿，想请他衔了伊底心传给我。”

但这并不能从根本上解决问题，直到有一个人站出来。

他的双手，有如上帝之手，灵巧地从“他”身上取下了一根肋骨，创造出了一个“她”，从而结束了“他”在伊甸园中的孤独与专制。

他为“她”量身打造诗歌一阕——《教我如何不想她》，竟而风靡海内。

除“她”之外，他又创造了一个“它”，以管束包括那条狡诈的蛇在内的所有其他非人。

他的功就最为人熟知的便在“她”，但他的功就却绝不仅仅止于“她”。

初生牛犊敢戏虎

1891 年 5 月 27 日，刘半农出生在了江苏江阴（今无锡）一个清贫的知识分子家庭，小名寿彭（取“寿比彭祖”之意）。

江阴是个典型的水乡小城，刘半农也自小养成了“爱水的观念”：“我是个生长南方的人，所谓‘网鱼漉鳖，在河之洲；咀嚼菱藕，捃拾鸡头；蛙羹蚌瞿，以为膳羞；布袍芒履，倒骑水牛’，正是我小时候最有趣的生活。”

这种江南水乡的阴柔，竟也渗透进了刘半农的性情，取用的笔名先后有过寒星、范奴冬等偏于女性化的名字。而刘半农的家庭，却是一个阳盛阴衰的家庭。或许正因如此，才需要添以阴柔加以调剂。

刘半农父母均出身贫寒。父亲名玉珂，字宝珊（名与字亦皆偏女性化），从一户贫农家庭过继给刘半农的祖母夏氏，靠着祖母纺纱织布赚钱供学，后来考上秀才，安心在家乡做了私塾先生。

母亲蒋氏，身世更为凄惨，出生不久便因父亡，供养不起而被遗弃。祖母怜悯，冒着严寒将她从冰河中救起，带回家当童养媳养育。

直到长大和父亲成婚后，母亲才和外祖母保持了一定的来往。

刘半农的外祖母，终生贫苦，“永远是一付沉默而虔诚的样子，终年茹素礼佛，从来看不见她的笑容，仿佛要尽自己最大的努力去弥补她早年弃女的过错”。

刘半农将这一切看在眼里，很早就思考过母亲的这段幼年遭遇。他能体察外祖母当年不得已而为之的痛苦，而没有简单地把责任归咎于外祖母。

他曾对弟弟说：“母亲小时候的事不能怪外祖母，而要把它看成是一个社会问题。”

观察社会，体味人生。刘半农早年的这种“眼光向下”的思考角度，与他后来的人生、文学立场，不无关联。

家庭虽然清贫，但父母却从没忽视孩子的教育问题，反而提供了良好的家庭教育，否则，又怎么会有这样的成绩——

刘半农有兄弟三人，在各自从事的领域均有建树，时人冠以“刘氏三杰”的称号：刘半农之后，有弟刘寿椿，即后来的中国现代民族音乐一代宗师，号称“二胡鼻祖”的刘天华；又有弟刘寿慈，即后来的民族音乐大师刘北茂。

兄弟三人之中，刘半农天资最为聪慧，“颇有‘小时了了’之誉，而锋芒流露，恒为同学所倾”。

刘半农 4 岁时便启蒙于父亲，识书认字；6 岁进私塾，已能作对咏诗，显示出了他早熟的诗人天分。

1901 年，风雨飘摇中的清政府被迫实施“新政”，因此，学校亦向新式教育过渡。于是，11 岁的刘半农有机会进了一个“似是而非”的小学堂——父亲刘宝珊和杨绳武等人创立的翰墨林小学。

这所小学出现了不同于传统私塾的教育内容：上半天全读

中文；下半天则是英文和算学。

刘半农聪慧好学，成绩每每名列前茅，而所学之中，尤以国文和英语为最优。这两项特长是他一生事业的根基。

更为难能可贵的是，他善于独立思考，作文独出新意，常是“语不惊人死不休”。杨绳武对他甚为器重:“此小子不同凡响，其前途不可限量。”

在年少自信心开始树立之时，多一些肯定定然有益于今后人生自信大厦的稳固。刘半农也从潜意识里敬爱着肯定自己的他们。

这一时期，有两位老师对刘半农影响最大：一位就是杨绳武，其斐然文笔让刘半农获益匪浅；另一位是刘步洲——刘半农的国文教师，他的自定义标点，给了刘半农极大的启发，并促使其成为了新文化运动改革的先锋，创制了新式标点。

针对当时教材没有句读的现象，刘半农还曾在日记本的扉页上写下了“狗屁连天其中固有点，一语千金难道没得么?”的对联，暗合了其日后事业的重要方向，也初步展露了他敢于挑战传统的性格。

1905 年，随着光绪的一纸谕令，在中国延续了 1300 年的科举制度至此画上了句号。

同一年，14 岁的刘半农从翰墨林小学毕业。在入学考试中，他以江阴考生第一名的成绩考取了由八县联办的常州府中学堂——该学堂为 1904 年教育部新的“癸卯学制”颁行后新办的中学堂。同期录取的还有后来蜚声海内外的“国学大师”钱穆。

开学不久，学校考虑到学生程度参差，决定举行分班考试，成绩优秀者可直接入读二年级。在这次入学分班考中，刘半农再获第一，直接被编入二年级一班。而年底期末考中，刘半农第三次得了第一。

如此一来，全校师生为之震惊。刘半农也因此被学校“列入最优等”，一时声名大噪。他的中学同学钱穆晚年回忆：“不三月，寿彭连中三元，同学争以一识刘寿彭为荣。”

当时爱好旧文学的常州知府翰林御史黄步瀛，常到学校为学生的考试出题。对于屡中第一的刘半农，他倍感欣慰，捐赏了他一年的学费。

当时的校长屠元博，也对他赞赏有加，常给予其免费的待遇。一次，刘半农到校长屠元博家拜访，偶然结识其父屠敬山。

屠敬山为晚清有名的通儒，是远近闻名的史学家，而且尤工诗词，“诗词苍莽劲健，为世传颂”。

交谈之间，屠敬山发现这个少年学子才识双全，可堪造就，于是破例将他收为入室弟子。此事在当地一时传为佳话。刘半农的国学造诣深厚，想必也离不开屠敬山的传授。

在学业出众的同时，刘半农也充分施展了他博学多能的一面。他热爱算术、爱好绘画又迷恋摄影。

他用不到半个月时间便学完了《数学精详》，还涉猎了晦涩的《河图洛书》《周髀算经》等古代算术书。这为后来刘半农以算术入音韵，用科学眼光研究音律，制造声调推断尺等仪器打下了一定的基础。

从常州中学成立中学堂游艺部后，刘半农的一生便与照相机形影不离。他以螺丝钉的精神，将本属个人爱好的摄影提升到了艺术研究的境界，最终在中国早期摄影艺术史上占据了重要一席。并于 1927 年出版了中国第一部摄影艺术专著——《半农谈影》，其后又出版了中国最早的摄影年鉴——《北京光社年鉴》。

1910 年夏，刘半农母亲病危。为了冲喜，刘半农和朱惠仓促完婚。虽然是父母之命媒妁之言，但刘半农没有表现出半点对这桩婚事的不满。

在那样一个年代，对于这样一个身上有着革命色彩的年轻人来说似乎不太可能。

其实，刘半农不反对这场婚姻，不是对包办婚姻的妥协，而是他早已反叛过一次。——他违逆了当时当地的婚俗，曾在婚前就偷偷地去看过他的未婚妻，并且对她肤白貌美相当满意，这才不会反对这场婚姻。

刘半农入读常州府中学堂期间，适逢辛亥革命前夕。受环境影响，刘半农心底的革命色彩愈加浓烈张扬，于是就有了那场“退学”风波。

出于对学校保守的教育体制、课程安排的不满，全体学生推举刘半农、钱穆等五人为代表，晋谒校领导，提出“减去修身课，增加希腊文”等一些要求。

该事件最后不了了之。但是，经此事件，刘半农做出了一个一意孤行的决定：毅然退学。

退学之后，相伴而来的便是乡人议论纷纷的轩然大波，但是他充耳不闻，在母校翰墨林小学执起了教鞭；闲暇之时，与吴研因等编辑《江阴》杂志。

1911年，辛亥革命爆发。他决定投身革命，但“家人百般阻挠”。他“气愤万分，不吃饭，不说话，甚至晚上躺在院子里晒酱的台子上”。

这种“顽强斗争的精神”，终于使家人让步了。刘半农得以“北走清江，以书牍翻译之事佐戎幕”。

而就在他做文牍工作期间，袁世凯夺权称帝，刘半农对此失望无比，同时他也意识到了军队的混乱不堪也绝非建功立业的所在。

疑是“鸳鸯蝴蝶派”

辞去文牍工作后，刘半农怏怏地回到了江阴。只半年，眼前的一切，却着实让刘半农陌生了一阵子。战乱席卷，老家物是人非，亲友难以周济。

无奈之下，刘半农带着二弟刘天华离开了家乡，前往上海闯天地。

在上海，他们开始了数年“卖文为活”的生涯。这一段经历，也为日后诸多新文学参与者所诟病，因为他的名声，沾染上了“鸳鸯蝴蝶派”的媚俗。而事实上，也正是因为这段经历，极大地开拓了刘半农诗文创作的视野，为此后诗文理论的创建提供了不可或缺的资源。

初到“十里洋场”，经人介绍，兄弟俩进入了开明剧社。这是一个演出新剧的剧社，刘半农在其中担任编剧，刘天华演奏西乐。

很快，刘半农就写出了一部新喜剧《好事多磨》，并亲自饰演了剧中的一丑角。而帮他化这个丑角妆的，正是鸳鸯蝴蝶派的小说家徐半梅。

那天，徐半梅作为《时事新报》的编辑来剧院采访，社长李君磐便介绍他认识了刘半农，让他在帮助化妆的空当进行采访。

一个月后，刘半农给徐半梅寄去了自己翻译的两篇小说，徐半梅把一篇刊登在了《时事新报》上，另一篇推荐到了中华书局的《小说界》杂志。

第一次拿到稿费和样报，刘半农激动得整晚睡不着。就这样，刘半农与鸳鸯蝴蝶派搭上了边。

鸳鸯蝴蝶派，是发端于20世纪初“十里洋场”的一个文学流派。在当时的上海租界，云集着来自全国各地的婉约文人，他们罔顾国事之变，沉溺温柔之乡，热衷炮制言情小说，大肆渲染才子佳人“相悦相恋，分拆不开，柳荫花下，像一对蝴蝶，一双鸳鸯”。鸳鸯蝴蝶派也因此得名。

初到上海的第一年，兄弟俩过着底层的艰苦生活，因为当时的人对新剧还不怎么感兴趣，一阵热门后马上爆冷，剧社也陷入了困境，发不出工资。两人“辛勤所得仅能免于饥，而不能免于寒。到了冬天，两人仅有一件棉袍，一人穿着出门，另一人只得躲在被窝里取暖”。

这段日子令刘半农刻骨铭心，同时也把他的目光牢牢地定格在了社会底层。

1913年春，开明剧社无力回天地解散了。而经徐半梅引荐，刘半农开始了中华书局的编译员工作，正式走上了文学人生之路，将全部精力放在了翻译和创作通俗文学作品上。

10月8日，刘半农在《时事新报》上发出了“半农征联”通告，以“余渔鱼于圩”五个同音平声字作上联，公开征求下联，一时引起轰动。

10月13日，他又在《时事新报》上发表了一篇数百字的小说《秋声》。此篇小说矛头直指时政，揭露了张勋镇压二次革命，荼毒地方的罪行。这篇小说获得了该专栏第33次悬赏的一等奖。

此后5年间，刘半农一发不可收，“半侬”——这“你侬我侬”“红袖添香”式的笔名，时常出现在刊物之上。以这一笔名发表的翻译作品和创作的小说多达四十多篇，共计百余万字，创作了诸如《失魂药》《最后之跳舞》等一些内容包括言情、警世、侦探、滑稽、社会等有闲阶级阅读的消遣小说。

而这些作品，也大多发表在《时事新报》《小说月报》《小说海》《礼拜六》等一些后来被刘半农本人讥为“鸳鸯蝴蝶派”的刊物上，大受读者追捧。苏雪林晚年回忆道：“半侬的小说我仅拜读过三数篇，只觉得滑稽突梯，令人绝倒。”

刘半农在上海滩声名鹊起，被赋予了“江阴才子”“文坛魁首”的名号。此时，他终于摆脱了“辛勤所得仅能免于饥”的生活，而且约他写稿的杂志越来越多，就连赫赫有名的出版人和小说家严独鹤也来向他组稿。

这一段时间，刘半农结识了众多鸳鸯蝴蝶派的代表人物，如包天笑、张恨水、严独鹤、程小青、周瘦鹃等。

为此，不少人认为刘半农也属于鸳鸯蝴蝶派。然而，倘若对刘半农这一时期的作品加以分析，就可发现他与鸳鸯蝴蝶派还是有着明显区别的。

刘半农不可否认“为文而活”过，但他始终没有完全放弃自己的理想追求与内心操守。他可以和鸳鸯蝴蝶派一起勾肩搭背，嬉笑怒骂，但一旦持笔创作，便掉头直奔社会和现实的道路而去。对于“卅六鸳鸯同命鸟，一双蝴蝶可怜虫”这一鸳鸯蝴蝶派笔下的永恒主题，刘半农是很少涉及的。

刘半农创作的那些小说，如第一篇小说《秋声》，又如《稗史罪言》《催租叟》《奴才》《可怜之少年》等，无不直面劳苦，针砭陋俗，诅咒黑暗。

当时，上海滩充斥着鸳鸯蝴蝶派的报刊数十种，而刘半农选择投稿的多是改良社会、有益公德的报刊，从不与《销魂语》《好白相》《黄花旬刊》等香艳报刊沾边。

再看刘半农的翻译作品。或许可以说，刘半农这5年对新文学做的更大贡献还是在翻译。

刘半农最早翻译的是英国狄更斯的《伦敦之质肆》，俄国列夫·托尔斯泰的《此何故耶》，丹麦安徒生的《皇帝之新衣》(并由此改写为小说《洋迷小影》)。

刘半农是最早翻译外国散文诗作品的现代作家。如他翻译了俄国屠格涅夫的《乞食之兄》等4首散文诗，印度泰戈尔的《恶邮差》等4首散文诗，日本德富芦花的《悯彼孤子》，美国华盛顿·欧文的《暮寺钟声》以及希腊拟曲《欧陆纵横秘史》。

1916年5月，刘半农翻译了高尔基的《二十六人》，这是高尔基的作品首次被介绍到中国。此外，他还与他人合译了《福尔摩斯侦探案全集》。

要成为好的译者，既需要独到的慧眼，又离不开文字的驾驭功力。而刘半农选译的作品，大多是具有进步意义且多成为世界名著的作品，这凸显了其精准的判断力。即使把刘半农放到如今人才辈出的翻译家中，他也称得上具备世界眼光，够格展现出鹤立鸡群的雄姿。

这些作品显然与鸳鸯蝴蝶派“有口不谈国家，寄情只在风花”的风格取向迥异，对于开拓国人视野、吸收外国文化、针砭封建腐朽、启迪民众智慧有着不可低估的作用。

如范烟桥在《民国旧派小说史略》中提道：“刘半农翻译的《乾隆英使觐见记》，写清朝的闭关自守时期，英国人如何委曲求全，想窥探门户，乘隙而入，在礼节上起了不小的争执，结果还是英使勉强服从，保持了中国的尊严。这和鸦片战争以来，满清王室的惧外媚外的狼狈相对照，很有意义。”

1920年刘半农赴英留学前夕，昔日上海滩旧友们相聚北京为他饯行。

宴席行酒令，才子佳人们念诵的尽是卿卿我我的绮辞烂句。刘半农忍无可忍，猛然站起，斥道：“全是鸳鸯蝴蝶那套！”

旧友们颇为扫兴，而对刘半农的“忘本”十分不悦，起而反唇相讥，宴会不欢而散。

饯行宴最终变成了刘半农与鸳鸯蝴蝶派的告别会，从此“鸳鸯蝴蝶派”也成了这一派别的名称。

1915年，陈独秀在上海创办了《青年杂志》，次年改名《新青年》。

这份杂志，为刘半农从上海滩的“才子”蜕变为新文学的“闯将”，提供了重要契机。

从“半侬”走到“半农”

1916年，中华书局发生财务危机，刘半农不得已辞去编译职务，另谋生路。此时招兵买马的陈独秀，邀请活跃于上海文坛的刘半农加盟。

此时的刘半农虽混迹于旧派文人，但他的作品风格却不与旧派文风同路。因此，他会受到这个倡导文学革命的陈独秀的邀请；也正因为此，他才会亲和陈独秀的主张而响应其号召。

刘半农加入了《新青年》的写作者队伍后，《新青年》每期必登刘半农的作品。

刘半农将其发表在《新青年》上的作品整编为《灵霞馆笔记》，内容为赞扬英雄主义和自由主义，“是他进行杂文写作的起点”。

周作人阅后十分“佩服他的聪明才力”，在后来刘半农执教北大后，即慕名到他的宿舍进行拜访，留下了“状貌英特，头大，眼有芒角，生气勃勃”的深刻印象。

1917年1月，陈独秀受蔡元培邀请，离开上海前往北京大学担任文学院院长。

刘半农也于不久后返回了江阴老家，赋闲家中，思考着自己未来的人生道路。在此期间，他仍然关注着《新青年》的动向。

1月，《新青年》发表了胡适的《文学改良刍议》一文，提出了“文学改良”的八点主张。刘半农读后，恍如平地惊雷，内心久久难以平息。

2月，《新青年》刊登了陈独秀紧随胡适之后的《文学革命论》。刘半农终于按捺不住了。

5月，响应着胡适《文学改良刍议》和陈独秀《文学革命论》的号召，刘半农发表了《我之文学改良观》一文，强调“言为心声”，力主“输入新体”。

7月，刘半农又发表了《诗与小说精神上之革新》。

胡适是最早提出新诗改革的人物，但他的改革却止于形式——只是主张用白话文把中国诗歌从古诗的“小脚”中解放出来，诗歌创作内容依然沿袭“刻骨的相思”和“幽艳的秋天”这一古典套路。

刘半农则大胆指陈古典诗歌矫情作态的虚伪性，是倡导中国诗歌从精神上进行变革的第一人。而且，他还将其理论付诸实践，于10月创作出了著名诗篇《相隔一层纸》:

屋子里拢着炉火，
老爷吩咐开窗买水果，
说“天气不冷火太热，
别任它烤坏了我。”
屋子外躺着一个叫花子，
咬紧了牙齿对着北风喊“要死”!

可怜屋外与屋里，

相隔只有一层薄纸！

针对小说创作，《诗与小说精神上之革新》中指出，小说家最大的本领：“第一是根据真理立言，自造一理想世界”，“第二是各就所见的世界，为绘一惟妙惟肖之小影”。

虽然偶有稿费，但毕竟没有固定收入，刘半农家经常穷得揭不开锅。而就在一家人穷困潦倒的当儿，忽然云中遥寄一封北京大学来的书信——蔡元培校长聘请刘半农担任北京大学预科国文教授的聘书。

看完之后，如梦似幻，他简直不敢相信，他的家人也不敢相信。一个连初中都没有毕业的人痴人说梦般接到知名高等学府的聘书，换作任何人，都会感到难以置信。

这一步登天的好事，刘半农怎么想都觉得跟自己联系不上。直到后来他想起了陈独秀，这一切才明了：原来是因《新青年》而结缘的陈独秀向蔡元培推荐了刘半农。

随着这一纸聘书，一个初中尚未毕业的文学青年，鲤鱼跃龙门般地跨进了知名学府北京大学，由此创造了一个引起社会轰动的神话。

这一年，刘半农 27 岁，在一群年轻有为的教授之中，属于青年中之青年。

刘半农最初在预科，担任文法课的教学工作。凭借着毫不逊色的国学功底、名词佳句常是信手拈来的本事以及充分备课、讲课活泼的特点，刘半农很快便在这人才济济的大学堂站稳了脚跟。很快人人都知道北大来了个中学肄业的国文教授刘半农。

个人的历程，往往暗含着一个时代的轨迹。刘半农之所以能在北大立足，自然脱离不了时势造英雄的恒论。

“五四”是一个创造奇迹的时代，也是一个不可复制的时代。这里，首先要感谢的一个人便是蔡元培——掀起了北大整顿的浪潮。

“教学上的整顿，自文科始。”文科成为北大改革的前沿阵地，如此才有《新青年》的陈独秀执教北大，然后才有刘半农执教北大，最后才可能“文学革命、思想自由的风气，遂大流行”。

蔡元培与陈独秀联袂出演，将“《新青年》提倡新文学的力量导入北大”，“使北大成为了新文化运动的大本营”。

北大任教期间，刘半农正式转型为新文化运动的闯将。——这个转型的一个重要且有意味的标志，便是笔名的改写。

自从1912年步入文坛后，刘半农一直以“半侬”作为笔名，即使后来向《新青年》投稿后，他的笔名仍是“半侬”。

直到1918年1月，《新青年》刊登刘半农的《应用文之教授》一文时，“公子寻芳”的“半侬”才正式转变为了“下里巴人”的“半农”。

鲁迅以为，“一个作者自取的别名，自然可以窥见他的思想”。所以，他有著名的“四不看”。而“半侬”这个名字，显然归于他这“四不看”之列。

如此说来，从“半侬”到“半农”，不仅形式的改变，更包含思想意识的大变化。

事实也是如此。起初，刘半农初来北京时，这位“上海来的才子”对于新环境是颇为不适应的。恰如鲁迅在悼文《忆刘半农君》中所讲的：“所谓亲近，不过是多谈闲天，一多谈，就露出了缺点。几乎有一年多，他没有消失掉从上海带来的才子必有‘红袖添香夜读书’的艳福的思想，好容易才给我们骂掉了。”

对此，周作人也深表感慨：刘半农“虽然有志于革新，但有些古代传来的‘才子佳人’的思想还是存在，时常在谈话中间要透露出来，仿佛有羡慕‘红袖添香’的口气，我便同了玄同加以讽刺，将他的号改为龚孝拱的‘半伦’”。

“新青年”同人之间的感染，逐渐也影响了刘半农的心性，后来他自己也承认“时余穿鱼皮鞋，犹存上海少年滑头气”，也终于为此感到羞赧决心摈弃。

此后，刘半农逐渐抛弃了“红袖添香”的才子气态，“半农”也一直伴随着他此后的文学创作。

文坛一出双簧戏

1918年3月15日，《新青年》杂志第4卷3号上发表了一篇写给《新青年》杂志编辑部的公开信——《给编者的一封信》，署名“王敬轩”。

信以文言写成，全信四千多字，不用任何新式标点，以一个封建文化卫道者的形象，如同策论一般，列数《新青年》和新文化运动的诸多罪状，以尖刻叫嚣的笔调，大放厥词地把新文人教训了一通。

而就在同一期上，还发表了另一篇回应文章——《复王敬轩书》，署名为本社记者“半农”。全信洋洋万余言，学植深厚，气贯如虹，将王敬轩的观点逐一批驳得体无完肤。

这出“双簧戏”旗帜鲜明，使“没人来赞同，而且也还没人来反对”的新文学文坛一下子热闹了起来，其影响迅速由文坛内部扩散到了普通群众之间，在社会上引起强烈反响：一方面果然引来了“王敬轩”式的卫道士对新文化的发难，其中的代表人物为林琴南一派；另一方面，起到了引起争鸣的作用，使许多青年学生和进步人士在争论中逐渐接受了新文化主张，壮大新文化的队伍。鲁迅对此亦持以肯定的态度。

经此“双簧戏”一唱，“旧式文人的丑算是出尽，新派则获得压倒性的辉煌胜利”。一些原来还在犹豫着的人纷纷倾向于新文化，连朱湘和苏雪林也承认他们是看了这“双簧戏”才变成新派的。

而导演这出“双簧戏”的两个人，正是曾在开明剧社做过编剧的刘半农和与他过从甚密的好友、旧学根底深厚的钱玄同。

刘半农导演这一出，算是发挥了自己编剧、演话剧的特长；而钱玄同被邀请出演，则是因为他们性情相近、无话不谈，而且钱玄同虽然旧学根底深厚，却十分厌恶旧文学的风格作派，曾斥其为“桐城谬种”“选学妖孽”。

由此，刘半农提议两人合演一曲双簧戏：钱玄同演“黄盖”，一个封建文化的守旧者；刘半农演“周瑜”，一个新文化的革命者。两人唱和，上演一出“苦肉计”，把正反两个阵营的观点都亮出来，让守旧人士坐立不安，使社会各界加以关注。

起初，钱玄同虽认同，但因其手段不入流，而不愿参与。后来，经刘半农以“非常时期，非常手段”等观点反复动员，这才同意出演。

刘半农导演的这出双簧戏已经成为现代文学史上一个富有戏剧性的插曲，也凸显了刘半农对新文化运动的贡献。

苏雪林曾评价道：“（刘半农）虽不足与陈、胡方驾，却可与二周并驱。事实上，他对新文学所尽的气力，比之鲁迅兄弟只多，不少。”此话难免有扬此抑彼、过誉之嫌，但可以看出刘半农对新文学的贡献之大。

而鲁迅也承认刘半农对新文化的贡献：“（刘半农）是《新青

年》里的一个战士，他活泼、勇敢，很打了几次大仗。”

就在这同一时期，刘半农还积极倡导并投身于民间歌谣的整理研究。在他的推动之下，歌谣这一“下里巴人”的文学样式登堂入室，进入北大课堂，并在社会上掀起了一股搜集歌谣的热潮。

刘半农从1917年发起首场歌谣征集活动，于1918年2月在《北大月刊》开设“歌谣选”专栏及后来创刊《歌谣》周刊。“中国征集歌谣的事业，从此开场了。”

刘半农不止于搜集，而是以搜集为经，以吸收为纬，经纬交错，进行着关于新诗创作的种种实验。

在1925年出版的《瓦釜集》中，收入了其搜集的民歌19首、创作的民本诗作22首。“瓦釜集”这个名字，也含有一种“下里巴人”的味道。对此，刘半农解释道：“是因为我觉得中国的‘黄钟’，实在太多了。……因此我现在做这傻事：要试验一下，能不能尽我的力，把数千年来受尽侮辱和蔑视，打在地狱底里而没有呻吟机会的瓦釜的声音，表现出一部分来。”

因为该集，刘半农被赵景深誉为“中国的罗伯特·彭斯”。

后来，刘半农又出版了《扬鞭集》，实践了自己“增多诗体”的主张：以方言俚语写“拟儿歌”“拟民歌”“拟拟曲”，不仅在语言上更加通俗口语化，在形式和风格上，也更多地吸收了民间口头文学和群众创作的营养。

魏建功评价道：“民歌格调而为诗人采取者，（刘半农）清季黄遵宪以后第一人也。”

渠门也表示折服：“你是在中国文学上用方言俚调作诗歌的第一人，同时也是第一个成功者。……你的颇大的文艺天才，使我不得不承认是一个诗人。”

刘半农对于新文化运动，还有一个重大贡献，那就是“请名角帮忙”压阵。

刘半农曾在给钱玄同的信中，谈到《新青年》的相关事宜：“比如做戏，你、我、独秀、适之，四人，当自认为‘台柱’，另外再多请名角帮忙，方能‘压得住座’。”

他们谈到了这“请名角帮忙”一事，而日后，他竟为《新青年》请来了一位最大的名角——鲁迅。

1918年之前，鲁迅还没有在《新青年》上发表过作品，正是这次刘半农与钱玄同的盛情相邀，《新青年》的广大读者才开始认识鲁迅。鲁迅亦在此时名声大噪，迅速成为新文化运动的旗手之一。

鲁迅欣赏作为“战士”与自己并肩作战的刘半农，也乐意与性情坦率的他为伍：“我佩服陈胡，却亲近半农。”

然而，五四运动后不久，在资产阶级右翼分子的影响下，刘半农逐渐丧失了斗争的勇气，退进了学者的书斋，完成了从“战士”到“学者”的转变。

对此，鲁迅是极为不满的，他们之间的友谊也因此出现了危机，“我爱十年前的半农，而憎恶他的近几年。这憎恶是朋友的憎恶，因为我希望他常是十年前的半农”。

虽说悼文乃一人盖棺之定论，无论如何该是扬多抑少，力尽追思之意，但是鲁迅却不愿如此。他的悼文，毁誉参半，甚至誉也誉得不够明显。

这或许是因为他那“朋友的憎恶”还没有完全消散；另一方面则是对近来各种无耻之辈争着与刘半农攀关系的不满——诚如文末所言：“我愿以愤火照出他的战绩，免使一群陷沙鬼将他先前的光荣和死尸一同拖入烂泥的深渊。”

在鲁迅看来，刘半农作为学者的贡献是一文不值的，而他所有的价值，都在“先前的光荣”:

“古之青年，心目中有了刘半农三个字，原因并不在他擅长音韵学，或是常做打油诗，是在他跳出鸳鸯派，骂倒王敬轩，为一个‘文学革命’的战斗者。”

赴欧留学遇见“她”

1920年2月，受教育部派遣，刘半农以北大教授的身份赴欧留学。

针对刘半农赴欧留学一事，鲁迅认为：“那些人们批评他的为人，是：浅。……这些背后的批评，大约是很伤了半农的心的，他到法国留学，我疑心大半就为此。”

周作人也赞同这种想法，认为刘半农的留学是“被动的”：“英美派的绅士很看他不起，明嘲暗讽，使他不安于位，遂想往外国留学。”

在北大同事之间，刘半农是屈指可数的未曾留过学的人。虽然他的学识够格在北大做一知名教授，但是，如果没有专深的学术成就，那一切也是枉然。

所以，刘半农以初中学历执教北大，虽然学生诚服，但是众多拥有洋学位的教授不以为意。刘半农的学问一向被当时的文化学者们视之为“浅”，更有甚者，胡适“博士”在一次《新青年》的人选讨论会上，竟直接提到了人选的学历问题。

如此评价和刁难显然刺痛着刘半农敏感的神经，敢问内心得有多强大，才能屹立北大文化之林而不倒？

蔡元培也意识到了这个问题，他找来刘半农商谈后，上报教育部，为其争取到了保送赴英留学的名额。

到达伦敦后，刘半农对自己的学术定位是“野心不能太大，太大仍不免逐渐缩水，不如当初就把自己看得小些，即在小事上做水磨功夫”，又结合擅长音韵学，而最终选择了技术含量较高的语音实验学作为学术研究的方向。

同时，他也时刻不忘国内的新文化运动，仍然在学习之余坚持创作新诗，并且受周作人之邀，开始向《语丝》投稿。

这段时期，刘半农又做出了一个影响至今的贡献——创造出了“她”和“它”。

新文化运动之时，一切旧有的观念和语言，都受到了全面地重新估价。而在第三人称方面，一个“他”字，就涵盖了所有，尽显笼统。

虽然一些新文化学者从古典中撷一个“伊”字以指代女性，并风行一时。但是：“伊”原本便是一个文言字，采用此字，在那个特殊的时期很有逆时而动，不符新文化运动意旨的味道；另外，“伊”用在书面语中尚可，若在口语中伊来伊往，十分别扭。

这些问题被刘半农注意到了，他开始思索，寻找一个能承担表示女性第三人称的字，以对应西方语言中的“she”。

7月的一晚，站在寓所阳台小憩的刘半农，抬头端详起了“外国的月亮”，蓦然，那个女性第三人称的字眼浮现在了眼前，那窈窕的弦月不正是“女”的偏旁吗？

他立刻进到书房，提笔写下了一封书信，收信人：周作人。

后来，周作人在《新青年》上撰文，提到了刘半农这封信的内容：“中国第三人称代名词没有性的分别，很觉不便。半农想造一个‘她’字和‘他’字并用。”

对于这个建议，周作人本人并不怎么乐观。出于“印刷所里没有，新铸许多也为难”等理由，他认为此事还需从长计议，而继续使用着早已用惯了的“伊”字。

但是，这篇文章还是激起了涟漪，引来了寒冰等人的攻击，以及孙祖基等人的支持。

刘半农读过他们登在《时事新报》上的撰文后，不由得对此事深思熟虑了一番，便正式写出了一篇研究文章——《“她”字问题》。

对于这个“她”字的问题，刘半农从两个方面进行了讨论：一、中国文字中，要不要有一个第三位阴性代词；二、假如需要，能不能用这个“她”字。

对“她”进行全面探讨后，刘半农又顺势提出了一点新的想法：“我现在还觉得第三位代词，除‘她’之外，应当再取一个‘它’字，以代无生物。”

8 月 9 日，这篇文章刊登在了《时事新报》上。

恰如鲁迅所言，“现在二十岁左右的青年人，大约很少有人知道三十年前，单是剪下辫子，就会坐牢或杀头的”。

在那个急剧转型的年代，新与旧不断地拉锯，连提倡个标点也会惹出事端——惊叹号被遗老们叫作“外国舌头”，一旦出现在文章中，便是“亡国之音”！

而刘半农的可贵之处，就在于他不仅会提出理论，更是敢于将理论付诸实践：“她”字要有说服力，就必须用起来，而且要用得美，让大家都觉得美，那样自然就会传颂开。于是，便有了刘半农享誉天下的代表作——《教我如何不想她》。

天上飘着些微云，地上吹着些微风。啊！微风吹动了我头发，教我如何不想她？

月光恋爱着海洋，海洋恋爱着月光。啊！这般蜜也似的银夜。教我如何不想她？

水面落花慢慢流，水底鱼儿慢慢游。啊！燕子你说些什么话？教我如何不想她？

枯树在冷风里摇，野火在暮色中烧。啊！西天还有些儿残霞。教我如何不想她？

1926 年，赵元任给这首《教我如何不想她》谱了曲，又于 1936 年在百代公司灌制了唱片。从此，《教我如何不想她》成为了一首脍炙人口、传唱不衰的名曲。

而这首歌曲的词作者以及曲中的“她”也成了众人探求的对象。

有这样一个趣闻。一位年轻朋友听过此曲后，很想一睹词作者的倜傥风仪。一天，刘半农上赵元任家做客，恰巧这位年轻朋友也在。

当赵元任向其介绍时，年轻朋友大出意外，脱口而出：“原来他是个老头啊！”引得众人大笑不止。

刘半农回家后，提笔成趣，作得打油诗一首：

“教我如何不想他，请进门来喝杯茶，原来如此一老叟，教我如何再想他！”

1981 年，赵元任访问北京期间，多次被邀请演唱这首歌。一次在音乐学院唱完这首歌后，有人提问：“这是不是一首爱情歌曲？其中的‘她’究竟是谁？”

赵元任回答：“‘她’可以是男的，也可以是女的，也可以是指男女之外的其他事物。”实际上，赵元任更多的是把“她”理解为“男女之外的其他事物”，声称此诗“蕴含着他思念祖国和怀旧之情”。

据刘半农的儿子回忆，这首诗倾诉的正是家国之思。如此便有与郭沫若收录在《女神》中的《炉中煤》一诗有着异曲同工之妙：郭诗激越奔放，直白大胆；刘诗婉转低徊，淡云微月。两首诗写于同一年，一首诞生于英国，一首完成于日本。

到伦敦半年后，刘半农的夫人朱惠在已育有一女的情况下，又生下了一对龙凤胎。刘半农因地取名，把“伦敦”一拆为二，男孩名育伦，女孩名育敦。家里又多了两张吃饭的嘴，一个人的奖学金养活五口之家，经济压力更显其大了。

穷则思变。听朋友介绍法国国家图书馆藏书丰富，生活费用也比英国低，于是 1921 年 6 月全家迁居法国，刘半农转入巴黎大学学习。

9 月，刘半农写成《创设中国语音学实验室的计划书》，寄给了蔡元培校长。

1924 年，刘半农写成《四声实验录》，首次对汉语四声加以科学说明。

1925 年，他又完成了《汉语字声实验录》和《国语运动史》两篇论文，拿到了法国巴黎大学“国家博士”学位。他的博士论文《汉语字声实验录》荣获了“康士坦丁 · 伏尔内语言学专奖”。

最为出格的举动

1925年，刘半农学成归国，重返北大担任国文系教授、国学门导师，致力于语言学研究。

“五四”时期高扬的时代主题“民主”与“科学”，随着时间的推移，“民主”确实已经融入了文字，也深入了人心；但是，对于深受传统文化熏染的文人而言，是否能将“科学”也应用于人文领域呢？

刘半农又一次抡起了破天荒的大斧，“求真务实”地将计算、测量等科学方法应用到了音韵学。实验语音学是一门自然科学与社会科学相结合的学科，需要大量的科学仪器做辅助手段。凭当时的条件，虽然国外优于国内，但已有的仪器仍不敷使用。为此，刘半农便自己动手创制仪器。

如为了测试语音和乐律，刘半农于1925年创制了“刘氏声调推断尺”，并于1930年改进为“最简音调推断尺”，使声调推断尺由繁而简、从重到轻，性能也更加完善。这种在语音实验中用来测量声音绝对音高的仪器，直到现在仍然是研究语音不可缺少的仪器之一。

另外，刘半农还发明了“刘氏音鼓甲种”，后又改进为“刘氏音鼓乙种”。这种音鼓也是做语音试验必不可少的仪器，具有重量轻、使用方便、试验效果好的特点。

此外，刘半农还创造了“四声模拟器”“轻便浪纹计”“审音鉴古准”“仿汉新制日晷仪”等语音、乐律以及其他仪器。

1930年和1933年的两个暑假，刘半农用他制作的这些仪器先后测试了北京、上海、江苏、河南等各地收藏的古代编钟、编磬的音律。并在此基础上，先后撰写出了《琵琶及他种弦乐器之“等律”定品法》《音律尺算法》等一系列论文，成为中国考古界公认的“中国音乐考古第一人”。

在刘半农生命的最后一段时间里，他做了颇“不正统”的事——采访赛金花，并为其立传。

赛金花是清末民初最具传奇色彩的女子。妓女出身的她，15岁时嫁给了前科状元洪钧为妾，跟随丈夫远访欧洲。

据传，洪钧死后，八国联军侵华时，赛金花博得联军统帅瓦德西的欢心。利用这一关系，她向瓦德西大吹枕边风，因此挽救了很多同胞的生命，并促成辛丑议和。

一时之间，文人墨客争相附会，穿凿出各类“半神话”式的传说，如曾朴的《孽海花》、樊增祥的《彩云曲》、夏衍的话剧《赛金花》等都对她有着出神入化的描写。

赛金花经过三次婚姻，晚年定居北平前门外居仁里，早已花容尽损、无人问津，生活贫苦不堪，随从只有一名叫顾妈的仆人。

1932年，赛金花的行踪被《实报》的狗仔队队长——早年留学日本对办报纸很有一套的管翼贤发现，立即约了北京各大报社的记者，一同来到居仁里访问。

京城一时纸贵，赛金花再次炙手，各界、各业、各阶层的人士都争欲一睹而后快，甚至大文人如胡适、傅斯年等亦不能免俗。而管翼贤俨然成为了赛金花的经纪人。

1934 年，在管翼贤邀约下，刘半农也列席见到了赛金花，而且听说了有人想要给她立法文的传记。

于是，他便和弟子商鸿逵商议，先给她写一篇国文的传记。两人一拍即合。

他们把赛金花请到好友家，对她进行访谈，由商鸿逵笔录，“隔天一会，一连有十几会”。但是，“未及成书，刘半农就匆匆辞世了”。最后，由商鸿逵整理成《赛金花本事》。

对于赛金花这样名噪一时的奇女子，难免有猎奇之心。但真正想到且敢于为其立传的，却微乎其微。

正如胡适听闻刘半农要给赛金花立传一事后，感叹：“北大教授，为妓女写传还史无前例。”这是感到不可思议呢，还是语涉奚落呢?

刘半农和商鸿逵的《赛金花本事》，毁掉了太多人对这奇女子的美丽遐想，却在有意无意间留下了实事求是的对待历史的态度。这也是刘半农的初衷，他是想把一个传奇女子还原成普通女人：“十七年的色笑生涯，只是一片过眼烟花而已，昔日豪华今已风流云散，世情如纸，淡薄空清，人生原不可以留恋在繁华里。我受着这等感触，觉得风月场中，已是可厌的了。”

访谈之余，刘半农曾感叹：中国有两个“宝贝”：一个在朝，一个在野；一个卖国，一个卖身；一个可恨，一个可怜。前者是慈禧，后者是赛金花。

1934 年 6 月 19 日，刘半农率助手一行四人赴西北调查方言，准备用最新的科学方法记录当地歌谣土风。

7月7日，当刘半农一行从大同到达张家口时，由于一路劳累，且遭到当地毒虱的叮咬，刘半农出现了发烧的现象，但仍抱病给第一师范师生做了一小时的演讲。

当夜回京，体温已升至39.5度，却被误诊为感冒。

7月14日，刘半农才确诊为得了回归热，却为时已晚，于当日下午2时病逝，终年仅43岁。

10月14日，在校长蒋梦麟的支持下，北京大学在景山东街二院大礼堂隆重举行了刘半农追悼会。

胡适挽联：

守常惨死，独秀幽囚，新青年旧伙如今又弱一个。

拼命精神，打油风趣，老朋友之中无人不念半农。

林语堂和陶亢德挽联：

半世功名，活着真太那个，此后谁赞阿弥陀佛。

等身著作，死了倒也无啥，而今你逃狄克维多。

吴稚晖挽联：

还赖人偏要早死。

倒霉国实在伤心。

这些挽联乍一看，似觉有“浅”的轻视，转念一想，又何尝不是大师们以刘半农最喜爱的打油方式予以悼念，终也成全了伯牙子期之义！

当日，赛金花亦一袭黑纱前往吊唁，并送上挽联：

君是帝旁星宿，下扫浊世秕糠，又腾身骑龙云汉。

侬惭江上琵琶，还惹后人涕泪，谨拜手司马文章。

作为赵元任的密友兼其歌曲大部分歌词的作者，刘半农的逝去，自是加倍的损失、翻倍的痛心，赵元任深情写下挽联：

十载奏双簧，无词今后难成曲。

数人弱一个，教我如何不想他。

钱钟书

旷世文才并情缘

“围在城里的想逃出来，城外的人想冲进去。对婚姻也罢，职业也罢。人生的愿望大都如此。”一讲到钱钟书，这句话简直就成了他大众化的标签。“钱钟书”与“围城”也在绝大部分人眼里画上了恒等式。

其实，《围城》刚问世时，并没有表现得多火，倒确实像是把自己锁在武陵的围城中，无人问津。直到20世纪80年代，随着那些被忽略或被屏蔽的民国文人——钱钟书、张爱玲、沈从文、张天翼等被重新发掘，得见天日，《围城》才又出现在了人们面前。

这次发掘工作的组织者和操作者正是夏志清教授，他的《中国现代小说史》堪称中国现代小说批评的拓荒巨著，几乎又掀起了一次文学革命。

对于钱钟书，夏志清评价其为“自清代吴敬梓之后最有力的讽刺小说家”；对于《围城》，夏志清评价为“近现代的《儒林外史》”，并认为是“中国近代文学中最有趣和最用心经营的小说，可能亦是最伟大的一部”。

至此，被冷落了半个世纪的长篇小说《围城》被发掘并被重版，一时洛阳纸贵。它那与主流文学截然不同的语言方式和结构形式，令读者惊叹不已。

后来，随着陈道明主演的电视连续剧《围城》的上映，钱钟书的读者群一夜之间从精英圈子普及到了普通大众，从小范围的阳春白雪扩散到了举国的下里巴人——“凡有井水饮处，即能歌柳词”，天下无人不说钱钟书。

已逾70岁的钱钟书暴得大名，按张爱玲“出名要趁早”的观点来看，钱钟书是“大器晚成”无疑了。如此，他是否又该露出他那睿智的“钱式”微笑了？

痴气旺盛

杨绛在《记钱钟书与<围城>》中写有一句：“《围城》里写方鸿渐本乡出名的行业是打铁、磨豆腐，名产是泥娃娃。有人读到这里，不禁得意地大哼一声说：这不是无锡吗？……”这一叙述极容易给没到过无锡的读者留下这么一个先入为主的印象：无锡是个穷乡僻壤。

这实在是语言轻佻带来的错误印象了。众所周知，建国以前的那段日子，上海工商界几乎就是无锡人的天下；在文教方面，上海鸳鸯蝴蝶派的才子佳人也全来自江南一带，其早期代表人物徐枕亚、吴双热、李定夷等都是来自无锡及无锡周边。

无锡，自古便是江南富庶地，大运河岸上一颗“太湖明珠”，物华天宝，人杰地灵。此后，无锡出了一个钱钟书——“300年来难得一见的天才”与王国维、陈寅恪并称为20世纪中国学界的三座巍巍“文化昆仑”——“物华天宝，人杰地灵”的这番话就更不为虚了。

钱钟书出生于107年前的一个冬天（1910年11月21日），

第二年即爆发了辛亥革命，此时的他还未满1岁。日后，有人便戏称他为“逊清遗老”，也有笑称他为“三朝元老”(逊清、民国以及共和国)。

钱钟书出生在一个教育世家，他的父亲钱基博是民国著名的古文学家、文史专家和教育家，先后在上海圣约翰大学、清华大学、南京中央大学等校担任国文教授。钱钟书出生时，正巧有朋友送来一部《常州先哲丛书》，于是父亲便给起名为“仰先”，字“哲良”，小名“先儿”。

钱钟书有一个伯父名叫钱基成，膝下无子，只有一个女儿，按照本地习俗，钱钟书被过继给大伯钱基成抚养。

大伯待钱钟书如己出，甚至比己出还疼爱。他连夜冒雨赶到乡下，为钱钟书找了一个奶妈——钱钟书称之为“姆妈”。姆妈是个寡妇，丈夫早亡，儿子夭折，也许是因为这些原因，姆妈精神时常恍惚，常爱发呆，因此钱家称其为“痴姆妈”。

众兄弟间，钱钟书比较稚钝，读书的时候，倒全不计较，可一放下书本，就老没正经了，“好像有大量多余的兴致没处寄放，专爱胡说乱道”。因此，钱家认为钱钟书是吃“痴姆妈”的奶长大的，所以袭有了痴气。

当然，这痴气用在文学上可能就是才气了，正如郑朝宗所言：“钱钟书的痴气就是天才的表现。”在杨绛的理解中，“痴”包括很多意义：疯、傻、憨、稚气、淘气……而钱钟书的“痴”属于哪种呢？——既“不像他母亲那样沉默寡言、严肃谨慎，也不像他父亲那样一本正经”。

按照旧俗，小孩满周岁要“抓周”，为的是预卜孩子的前途。抓周时，将各种物品摆放在婴孩面前，任其抓取，正如济公抓周时抓了一串佛珠，贾宝玉抓周时抓了些脂粉钗环，为此，这两家大人都十分不悦；而钱钟书抓周时，却抓了一本书，一家人都乐坏了。因为他属于“钟”字辈，所以取名为“钟书”，这样又有“钟情于书”的解释。

钱钟书因“痴气”感染而“胡言乱道”，在一本正经的父亲钱基博看来终不是一件好事，因此在钱钟书10岁时给他取了一个字——“默存”，是根据《易·系辞》中：“默而成之，不言而信，存乎德行。”意思就是叫他少说话，多闻阙疑，慎言其余。

对于“默存”这个字，钱钟书表示：“其实我喜欢‘哲良’，又哲又良——我闭上眼睛，还能看到伯伯给我写在练习簿上的‘哲良’。”

这或许是因为思念大伯的缘故。如果说父亲是威严的大山，那大伯就是和煦的阳光了。在儿时的钱钟书眼里，没有父亲这座大山倒显得宽敞无拘，倘若大伯这样温暖的阳光不照在身上，那就索然无味了。

大伯是秀才出身，却一直不被祖父所喜欢——因为他们各自媳妇的娘家人都是富户，却彼此瞧不起，婆媳不和，因此也影响了父子的感情。

因为大伯的不受宠，而钱钟书又过继给了大伯，因而导致“钱钟书也是不得宠的孙子”。如此同是天涯沦落人，难免产生同病相怜之慨。作为长辈的大伯对钱钟书便是出奇的疼爱，似乎想要尽力弥补自己失去的那份父爱以及钱钟书失去的那份祖父的爱。因此大伯俨然成了“慈母一般”，钱钟书天天与他待一处。

钱钟书4岁时，大伯便教他识字断句，大伯信奉的是“教之有方，顺天致性”的自然主义教育方法，每天下午授课，上午则带着钱钟书上茶馆、听说书、吃小吃、看图书。大伯每天给钱钟书三枚铜板，一枚用于买酥饼吃，另外两枚用于借阅图书看。这些图书都是些不入流的通俗小说，像《说唐》《济公传》等。虽然不入流，但钱钟书看得却是兴趣盎然，看完后还手舞足蹈地表演给弟弟们看。

此时连阿拉伯数字 1、2、3 都不怎么认识的钱钟书，却能将小说里的各件兵器的斤两记得烂熟。他也常纳闷：为什么一条好汉只能在一本书里称雄？关公若进了《说唐》，他的青龙偃月刀只有八十斤重，怎敌得李元霸的那一对八百斤重的锤头子；李元霸若进了《西游记》，怎敌得过孙行者那一万三千斤的金箍棒？

父亲钱基博看着儿子这样“胡闹”，很不放心，但因为是哥哥带着，他不便干涉，但是不管，又怕惯坏了孩子，只好向哥哥建议及早把孩子送进小学。

于是钱钟书 6 岁时，进入了当地的秦氏小学。但上学不到半年，就生了一场大病，大伯心疼，舍不得他再上学，就借故让他停学在家。

7 岁时，钱钟书和弟弟钱钟韩被送进亲戚家的私塾附学，只待了一年，大伯就又不让他们去上私塾了，由自己亲自来教。因为钱家兄弟都是由哥哥钱基成启蒙的，所以钱基博他们也不敢反对哥哥钱基成的意思。

大伯照样是下午授课，上午经营家务或者上茶楼听说书，让钱钟书自己吃酥饼、看小说。

为了让钱钟书有出息，大伯不惜改动祖坟上的风水。钱家祖坟下首的一排树茁壮挺拔，上首的一排树却萎靡不振，上首即长房的意思，这也就意味着长房的不兴。为此，大伯特意向理发店买了好几斤头发——取“发达”之意，希望日后子孙发达，带着钱钟书偷偷地把头发埋在了上首那排树的树下，并对钱钟书说："将来你做大总统。"可见其厚望之重。

面对哥哥这么轻松悠闲的教育，钱基博不敢得罪哥哥，只好偷偷地把钱钟书抓去教数学。但钱钟书对于数学实在没有天赋，怎么也教不会，父亲生气要打，又怕哥哥听见，只好拧肉，不许钱钟书哭出声。钱钟书身上青一块、紫一块，晚上脱掉衣服，大伯看见了不免又是一场心疼气恼。

对于父亲的着急和大伯的气恼，钱钟书都是同情的，当然对于自己的忍痛不敢哭，也很是同情。这些过往在经历时，也许是五味陈杂，但放在回忆中，剩下的就只有滑稽和可怜了。

一身傲狷气

11岁那年，钱钟书和弟弟钱钟韩考取东林小学——一所四年制的高等小学。那年秋天，大伯去世，家人去学校告知了这个消息，并接他回家。钱钟书一路哭着回家，不停地喊着“伯伯、伯伯……”到家时声音已经嘶哑，面对静静躺着的大伯却再也叫不出声。这是钱钟书生平第一次遭受的重创。

四年高小，钱钟韩成绩斐然，名列前茅；而钱钟书却是一味的“痴气”，老没正经。

雨天，同学们和弟弟都穿着皮鞋，钱钟书只能穿着钉鞋去上学，而且是大伯的钉鞋，所以他只能在鞋头塞些纸团将就着穿。一次雨天上学路上，满地的青蛙乱跳，钱钟书觉得好玩，竟然脱了鞋用来装捉到的青蛙，光脚上学。

到了教室，他把装着青蛙的鞋放在课桌下，结果上课的时候，青蛙满教室地蹦跳，引得课堂上闹哄哄的。老师问明了缘由，就把钱钟书拉出教室罚站。

又有一次，钱钟书上课玩弹弓，用小泥丸弹人，中弹的同学嚷出声来，向老师打了报告，这回可就不止是罚站了。类似“痴气”的事情数不胜数，批也批了，罚也罚了，可钱钟书依然混混沌沌，丝毫不觉羞惭。

那时，钱钟书最爱玩的一个游戏是“石屋里的和尚”。多年以后，他仍时常讲起这个游戏，他的夫人杨绛听他讲得那么津津有味，以为是什么有趣的游戏。后来一了解，原来只是独自一人盘腿坐床上，披条被单，放下帐子，然后口里自言自语，就是“石屋里的和尚”了。

杨绛听后兴趣索然，不过钱钟书依然执著道：“好玩得很！”以至于晚上家人叫他早睡，他也不肯，就一个人玩“石屋里的和尚”，玩得不亦乐乎——“所谓‘玩’，不过是一个人盘腿坐着自言自语”，这又怎么不是一种“痴气”呢？

乃至后来长大了，“痴气”不改几近成了老顽童：新中国成立以后，钱钟书夫妇和梁思成夫妇为邻，两家各自养了一只猫。两家的猫难免打架，这时爱猫如命的钱钟书便会亲自上阵帮忙。后来，他索性“特备长竹竿一枝，倚在门口，不管多冷的天，听见猫儿叫闹，就急忙从热被窝里出来，拿了竹竿，赶出去帮自己的猫儿打架”。一代鸿儒，竟如同个孩子一般，难怪《圣经》有言：“你们若不回转，变成小孩子的样式，断不得进天国。”西方也有谚语：“地狱里尽是不知感激的人。”

14 岁那年，钱钟书兄弟俩同时考上了苏州桃坞中学，同年，父亲钱基博到清华大学任教，寒假没回家。

没有严父管束的钱钟书犹如出了笼子的小鸟，好不自在！那年冬天，他借了许多诸如《小说世界》《红玫瑰》《紫罗兰》等刊物恣意畅读，全然不理会功课。

第二年暑假，父亲因事耽搁，又很迟才回到家，钱钟书依旧放任肆意。父亲回到家后，第一件事就是命钱钟书兄弟俩每人作一篇文章。

结果，钱钟韩的文章“颇受夸赞”，钱钟书的文章“不文不白，用字庸俗”，父亲气得狠狠地打了他一顿。晚饭后，家人全去院子里乘凉了，他却还在大厅，“又痛又羞，呜呜地哭”。这一次，他终于知道难为情了，也彻底激起了他发奋读书的志气。

钱钟书从此用功读书，作文大有进步。即使有时不按父亲的章法，私自嵌些骈骊，也能得到父亲的承认。后来，钱钟书常为父亲代笔写信，从口授发展到代写，从代写书信发展到代作文章。

一次，钱钟书代父亲为乡下某大户作了一篇墓志铭。那天午饭时，钱钟书的姆妈听见他父亲对他母亲称赞那篇文章，快活得按捺不住，立即去告诉钱钟书这个喜讯：“阿大啊，爹爹称赞你呢！说你文章做得好！”这是钱钟书第一次听到父亲的称赞，高兴得不得了，所以印象特别深刻，竟也越发意气风发了。

后来，钱穆完成《国学概论》，请钱基博作序。这个任务当然也交给了钱钟书，写成后，父亲只字未改，钱钟书实在得意极了。

不过，目前通行的钱穆《国学概论》已无此序，是钱穆再版时主动抽去的。为什么？因为钱钟书那时还不过是个不足20岁的孩子，虽然用的是文言，但厚重显然不足，然而字里行间却是锐气逼人，锋芒毕露，甚至还可以读出对钱穆的挖苦。

一般人读到这样的序，自然认为是褒扬了，但钱穆怎会读不出文中的意味呢？但既然请人家作序了，那也只能哑巴吃黄连地给带上了。

钱钟书的“痴气”经其父亲的教导此时或已化为人文上的

清高，仅就这篇序，试举一例。序言指出，钱穆每写完一章，就以油印本寄给钱基博请教，可见其恭敬之极。而钱基博（或者说钱钟书）的态度呢？——没看，甚至还丢弃了，只有了九、十两章幸存，勉强读了一点。

对此，他给出的原因是——“懒”。果真如此？当然未必！甚至可以说油印本都在，只是故意说成已丢弃，以表明对此书的轻视；又因为九、十两章在后面有话题可引申，所以说“得存”。接下来，清学之始，清学之终，不是“未周匝”，就是“未具尽”，也就是说，钱穆谈清学根本就是漏洞百出，不得要领。

可以说，此时的“痴气”俨然已在文学上化为钱钟书自视甚高的狷介气。由此可见司马长风在《中国新文学史》中评价他是中国现代文学史上两个“狂人”之一并非空穴来风。正如钱钟书自己坦言：“人谓我狂，不识我之实狷。”狷，有两个意思：一是胸襟狭窄，性情急躁；二是洁身自好，性情耿直。此处的“狷”当然指的是“洁身自好，性情耿直”了。

最美是心心相印

钱钟书20岁那年，以英语第一（满分）的成绩被清华大学外文系破格录取。当时，清华大学外语系招生时爆出了一条新闻：一位数学只考了15分，本应被退回的考生却被破格录取了！这位考生就是钱钟书。

钱钟书毫无数学天赋，除了小说里那些兵器的斤两能丝毫不费力地牢牢记住外，其他跟数字有关的事务于他而言一概成难题，甚至连自己的生日都记不清楚。

当招生办的主管老师看到这样一位数学极差，可英文、国文却是特优，甚至英文还是满分的考生后，欲退不忍，欲取不敢，不得不请校长罗家伦定夺。罗家伦亲阅试卷，激动万分：此为奇才，破格录取！

进入清华后，钱钟书便开始刷新一项项“纪录”：读书数量第一，发表文章第一……立马名震校园，成为清华出名的才子。

有一次，吴组缃与曹禺等人在咖啡室偶遇钱钟书，曹禺说：“钱钟书在那里喝茶，还不叫他给你开英文禁书看？（图书馆里书太多，摸不到门路)”于是吴组缃就让钱钟书给列三本。钱钟书随手拿起一张纸，竟在正反面写下了三四十个英文书名，并用英文补充了书的主要内容和各自特点。由此，钱钟书读书数量之多，可见一斑。

吴宓对钱钟书的才华大为赞赏，说道：“自古人才难得，出类拔萃、卓尔不群的人才尤为不易得。当今，文史方面的杰出人才在老一辈中，当推陈寅恪先生，在年轻一辈中应推钱钟书，他们都是人中之龙。”后来又写诗称赞：

才情学识谁兼具？新旧中西子竟通。

大器能成由早慧，人谋有补赖天工。

源深顾赵传家业，气胜苏黄振国风。

悲剧终场吾事了，交期两世许心同。

后来，钱钟书去英、法留学，学成归国后，由吴宓推荐，被母校清华破格聘请为教授。之所以说破格，是因为一般任教都须从讲师开始，然后升至副教授，再到教授。当时的清华已并入西南联大，当钱钟书到达西南联大后，学校却食言，只肯聘其为副教授。

年轻气盛的钱钟书自然不快，教了一年后便悻悻离去，面对校方的挽留，他一口拒绝：“整个清华没有一个教授有资格充当钱某人的导师！”由此也导致了吴宓与系主任陈福田之间的矛盾，没多久，吴宓也离开清华去了燕京大学。

要说钱钟书在清华最大的收获，恐怕就是结识了一位灵魂伴侣，并携手谱写了一段旷世情缘，成就了文坛上的一对金童玉女，童话里的一对才子佳人。

1932年春，清华园中，花气袭人知骤暖，古月堂前，清华才子钱钟书偶遇了南国佳人杨绛，在杨绛眼里，钱钟书眉宇“蔚然而深秀”；在钱钟书眼里，杨绛“蔷薇新瓣浸醍醐”。两人不觉间情愫萌生，两厢情愿，一见钟情。

恰恰印证了《圣经》上的一句话：“有的时候，人和人的缘分，一面就足够了。因为，他就是你前世的人。”

杨绛，原名杨季康，出身于书香世家，身上却丝毫没有千金小姐的傲气，而是散发着一股恬静淡雅的气质，加之才情出众、貌冠群芳，身边不乏追求者，然而她都不为所动，直到这年春天，遇见了钱钟书。

他和她，一个出身教育世家，名满清华；一个出身书香门第，冠艳群芳，不得不承认门当户对，佳偶天成。难怪连杨绛的母亲都感叹：“阿季的脚下拴着月下老人的红丝呢，所以心心念念只想考清华。”

从此，古月堂前，每天又多了一个等待的身影。(古月堂，即当时清华的女生宿舍)

虽说“当时年少青衫薄”，但他俩在一起却少有花前月下的风花雪月，多的是青灯案头、红袖添香的互促进取。文学是他们恋爱的红绳，也是他们恋爱的甘霖，他们之间多的是情诗的唱和。如刊登在《国风》上一首钱钟书的情诗：

缠绵悱恻好文章，粉恋香凄足断肠。

答报情痴无别物，辛酸一把泪千行。

1935 年夏，钱钟书与杨绛在无锡老家举行了婚礼。

虽然在《围城》里，钱钟书对婚姻做了精辟的比喻：“围在城里的想逃出来，城外的人想冲进去。对婚姻也罢，职业也罢。人生的愿望大都如此。”但在现实中，他俩的婚姻却是美满安乐，安心躲在象牙塔中的。

钱钟书在 1946 年初版的短篇小说集《人兽鬼》上写道：“赠

予杨季康，绝无仅有的结合了各不相容的三者：妻子、情人、朋友。”

这场婚姻，两人精心经营了63年，钱钟书最后总结道：“我见到她之前，从未想到要结婚；我娶了她几十年，从未后悔娶她；也未想过要娶别的女人。”

婚后不久，钱钟书夫妇俩便相伴前往牛津大学深造，后又转往巴黎大学进修。1937年，他们的女儿钱瑗在牛津诞生，这成为了牛津出生的第二个中国婴儿。当护士把婴儿抱给钱钟书看时，钱钟书激动地致辞：“这是我的女儿，我喜欢的。”杨绛含泪道：“女儿是自己‘平生唯一的杰作’。”

在牛津和巴黎的几年，是钱钟书夫妇俩最快乐无忧的时光，用杨绛的话说就是“好像自己打出了一片新天地”。他们年终总结和比赛的，不是别的，正是读书数量。

1938年秋，钱钟书夫妇俩带着一岁的女儿，回到了战火硝烟的中国。

回到中国后的钱钟书在文坛始终默默无闻，而此时的杨绛却已经是上海滩知名的戏剧家，其剧本《称心如意》《弄假成真》《游戏人间》等相继在上海公演。甚至当有人介绍钱钟书时，只说是“杨绛的丈夫”。

面对声名鹊起的荣誉，杨绛却浑然如故。在生活上，杨绛依然无微不至地照顾钱钟书，为他洗衣做饭，原谅他的笨手笨脚；在精神上，杨绛依然是钱钟书的知心朋友、忠实读者，两人一起作诗写作，探讨文学。

为了能让丈夫安心写作《围城》，杨绛既扛起了经济上压力，又负担起了生活上的杂事，更成为了他精神上的导师。

《围城》是钱钟书“锱铢积累”写成的，平均每天写五百字，每天晚上把写成的稿子给杨绛看，听她的意见。有好几次，钱钟书都打算放弃写作，所幸杨绛耐心地时时劝导，才终于“锱铢积累”地完成了这一部《围城》。

1951 年，刚刚发表了《小阳春》的杨绛正值创作的顶峰期，但是，此时的杨绛却和钱钟书两人双双选择了封笔。新中国成立后的 17 年中，他俩再没有进行文学创作。

1966 年“文革”爆发，已经退隐多年的杨绛再次被揪了出来，原因是杨绛不服革命群众贴出的一张关于钱钟书的大字报，认为是污蔑，就在大字报下边贴了一个小字报辩诬。因为这一举动，不明真相的革命群众立刻将她揪到了千人大会上。

后来，夫妇俩随同社科院的知识分子被分批下放干校，常常是趁着领取报纸信件的空当，夫妇俩绕道来菜园停留片刻，隔溪交谈。

1972 年，钱钟书夫妇俩作为第二批“老弱病残”被遣送回京，寄居在学部的一间办公室。无论是初期的批斗、中期的下放以及末期的流亡，他们始终互相照顾，一同上下班，走时肩并肩、手挽手，被学部的人誉为“模范夫妻”。

何必认识下蛋的鸡

对钱钟书而言，“万般皆下品，唯有读书高”。杨绛评价钱钟书，也说他是“嗜书如命”。钱钟书曾对杨绛说：“只要有书可读，别无营求。”

钱钟书一生淡泊，似乎只想做一个纯粹的读书人，在纯净的书香世界，铸造属于自己的围城；沉醉在自己的围城中，乐此不疲地构建自己的精神乐园。

他浸身于书海，以毕生之所学，写出了宏大精深的古籍考证与评论著作《管锥编》——一部被称作“完美主义的学术经典”，所引中外著作上万种、作家四千余人，堪称20世纪中国学术的巅峰之作。

钱钟书一生淡泊名利，在《魔鬼夜访钱钟书先生》一文中，他写道：“人怕出名啊！出了名后，你就无秘密可言。什么私事都给采访们去传说，通讯员等去发表。这么一来，把你的自传或忏悔录里的资料硬夺去了。将来我若作自述，非另外捏造点新奇事实不可。”

对于名利，世人趋之若鹜，而钱钟书，则唯恐避之不及。钱钟书获得了很高的学术声誉，但终其一生，却从未接受过任何荣誉。他不爱抛头露面，也不接受记者采访。

1990年，《围城》拍成电视剧播出后，钱钟书的名气一下子如日中天。渴望拜访他的人络绎不绝，有名流、有媒体、有商界、有大众、有外国友人……而他却始终闭门谢客。对此，钱钟书自己解释道："如果你吃了个鸡蛋，觉得不错，何必要认识那下蛋的母鸡呢？"

1991年，18家省级电视台联合拍摄《中国当代名人录》，钱钟书被列入第一辑。当电视台请求登门拍摄时，钱钟书却婉言拒绝了。后来，朋友提醒他对方会有巨款酬谢的，钱钟书听了，以他那特有的"钱式"微笑笑解道："我都姓了一辈子'钱'了，难道还会迷信这东西吗？"

《东方之子》是中央电视台的名牌栏目，以国内优秀人物为拍摄对象，很多人将能成为"东方之子"引为毕生的荣耀。然而钱钟书却无论如何都不愿意接受采访，他给出的理由是："我不需要出名。"

为了能专心读书、潜心治学，钱钟书拒绝接受各种社会头衔，拒绝出席各种学术会议，拒绝国外多所大学的盛情邀请，拒绝美国的高价讲课费，拒绝法国政府授其勋章，拒绝出席国宴……如此"拒绝"，这份风骨，正是显示了一个知识分子的文化操守。

必须得面对

1994年7月，钱钟书病重住院。

1996年冬，女儿钱瑗被确诊为脊椎癌晚期。得知这个消息，恍如晴天霹雳！但是，杨绛只敢偷偷抹眼泪，在病重的丈夫面前，强忍住悲痛，强颜欢笑，关于女儿的病情只字不提。

1997年3月4日，钱瑗在安睡中去世。

杨绛悲痛之余，面对的最大难题就是怎么对钱钟书说出这个残忍的事实。

她千思万虑、反复琢磨，最后终于决定对丈夫说出实话。在至爱面前，关于至爱的事实，坦诚或者是一个善意的谎言，这都只能是爱的表现。

她双手牢牢攥着钱钟书的手，终于能在丈夫面前放声痛哭，呜咽着说出了一直积压在心底的实话，她不敢看丈夫的表情，只把脸埋在自己的和丈夫的手里。忽然，她感到丈夫的手越来越发烫，连忙抬头，丈夫的脸色暗淡得可怕。她慌忙叫来了医生……

本已病重的钱钟书，经此打击，病情急剧恶化，接下来的日子挨一日是一日。

1998年12月19日，88岁的钱钟书彻底放弃了。瞑目之前，钱钟书的眼神中仍带着对妻子的万般歉疚。望着未合好眼皮、体温尚存的丈夫，杨绛忍住悲痛伏下身，安定地在他耳边轻轻说："你放心，有我呐。"

"一个寻寻觅觅的万里长梦，一个单纯温馨的学者家庭，相守、相助、相聚、相失。"

"钟书逃走了，我也想逃走，但是我压根不能逃，得留在人世打扫现场，尽我应尽的责任。"接连丧失女儿和丈夫、接连遭受无尽打击的杨绛，面对悲痛，只得承受；承受之后，还得忘却——因为她还有重要的事要做。直到几年之后，人世"打扫"干净后，她才安心了："做完他们的事情，心里才踏实，剩下我自己的事，已经不要紧了，即使此时走了，也可放心了！"

钱钟书去世之前，曾留下遗言："遗体只要两三个亲友送送，不举行任何仪式，恳辞花篮、花圈，不留骨灰。"

但是，悄然逝世的钱钟书还是震动了世界，时任法国总统希拉克发来唁电："我向这位伟人鞠躬致意，他将以他的自由创作、审慎思想和全球意识，铭记在文化历史中，并成为未来世代的灵感源泉。"

余英时评价钱钟书："他是中国古典文化在20世纪最高的结晶之一，他的逝世象征了中国的传统文化和20世纪同时终结。"

钱钟书的一生是孤独的，他才高八斗，同辈之间罕见匹者；清高孤傲，狷介难与俗世同流，所以"时人或誉而从之，或敬而远之，或妒而疏之，或忌而谤之"。即使有誉从的人，却也缺乏与之对话的才能。幸有杨绛，既是红颜，又是知音，使其一生狷介孤高也不觉得孤单。

鲁　迅

人间荷戟独彷徨

在浙江绍兴，周家可算是名门望族，且不说仕官从商，单是人丁的繁衍，就相当可观。

这一周姓人家，原籍湖南道州，先祖本是种地的农民，到了后来，不断发家，成了拥有大片土地的地主，属于台门阶层的士大夫了。（在绍兴，凡房屋比较像样的都称作台门，且往往聚族而居）

他们在一个共同的宗祠下分成好些“房”，如“覆盆房”“清道房”“竹圆房”等。鲁迅一家便是“覆盆房”的一个分支。

“覆盆房”全盛时期占地三千亩，当铺七八座。直至太平天国之乱，革命席卷绍兴，才将这个家族的显赫局面给打破了。

然而，黄金时代的结束，并不意味着鲁迅一家康乐世界的立即摧毁。事实上，鲁迅依然沐浴着家族的余晖而拥有着一个幸福的童年。

正是一个少爷

1881年9月25日，鲁迅诞生于浙江绍兴城内东昌坊的一座新台门里。住在这台门里的，除鲁迅一家外，还有其他五房近族。

鲁迅出生的这一年，上距1851年的太平天国运动为30年，下距1911年的辛亥革命也为30年。这正是一个暗流涌动、无声酝酿着新旧大交替的时刻。

鲁迅出生时，他家尚有四五十亩水田和一些店面，而他的祖父此时在京城为官，如此，既有地租和店面的收入，又有朝廷的俸禄，俨然一个丰衣足食的“仕宦之家”。即使祖父的俸禄一文钱也不往家里汇，凭着地租和店面的收入，家庭开支仍是绰绰有余。

鲁迅生长在这样一个家庭，如他所说，“正是一个少爷”。

周家到鲁迅这一辈，已是第14代了。鲁迅没能见着这个家族的壮大，却是亲眼见证了这个家族的败落。这是任谁也不希望发生的，但是事与愿违，只能相信命运另有安排——而事实确是如此。

鲁迅的祖父周福清，字介孚，出身翰林，做过江西金溪县知事，才高气盛、脾气刚直而暴烈，屡抵触知府，终被参劾。后来，他进京捐了个内阁中书，成了京官。

绍兴城内，像周介孚这样既是翰林，又是京官的人，自然赢得更多尊敬。周家大门上方那块“钦点翰林”的横匾，也明白无误地宣告了周家的特殊地位。

鲁迅的父亲叫周伯宜，比夫人鲁瑞小 3 岁，是一个会稽生员，几次乡试皆名落孙山，自然进不得仕途。科举道路上的大不如意，或是狠狠地挫伤了他的自尊心，终日不苟言笑，脾气暴躁。

父亲不仅继承了祖父粗暴的脾气，还在粗暴中掺揉了忧郁和消沉，整日沉浸在洋烟与酒的世界里，靠发脾气作为消遣。虽然祖父远在北京，父亲又不敢去亲近，孩子们与他们之间并没有多少交集。但是，祖父和父亲的这种品性，还是或多或少地遗传或感染给孩子们。

鲁迅出生时，周介孚正在京城做官，抱孙的喜讯传到的那刻，恰有一位张姓高官登门拜访。于是周介孚便乐呵呵地给婴儿取了乳名叫阿张，学名樟寿，字豫山。

后因“豫山”与“雨伞”字音相近，不甚好听，就改成了豫才。后来鲁迅南京求学时，又被一亲戚改名成了“周树人”。

鲁迅天性活泼，没规没矩，很是闹得欢。

那时，鲁迅有一位曾祖母，本家称她为“九太太”，据说这位九太太孤僻任性，当儿子周介孚高中进士，报子敲锣报喜时，家人都乐开了花，她却在房里大哭，嚷着：“拆家者，拆家者！”家人全不理会，可后来周介孚果然是拆家败业，难逃九太太所料。

在曾孙们眼中，她更像是一尊威严的菩萨，从早到晚笔挺地坐在一把紫檀椅上，一动不动，终日无语。

于是，鲁迅和弟弟周作人，偏爱拿她老人家寻开心。哥儿俩走到她身边，扑通一声装跌倒，趴在地上。老菩萨终于心疼而说话了，忙叫唤着："啊呀，阿宝，衣裳弄脏了呀……"

老菩萨一开口，这双恶作剧的小顽童，快活得蹦跳起来，欢快地跑开去了。

老与少，这轮回之中最为接近的一双人，一个历经岁月的清洗，一个未入尘世的纷繁，开着如此天真无邪的玩笑，经历过后，每每回忆起来，便是"梅花落满了南山"的景象。

鲁迅虽是世家少爷，但疯狂起来，全没了少爷的模样。那时，南方小城镇的剧场里，尚有带原始祭祀性质的舞乐，每当上演大戏、目莲戏时，不但供神，还要请鬼。其中请鬼的仪式，便是开场戏"起殇"。

鲁迅曾扮演过戏场里的一个小小鬼卒。他和其他孩子一起跳上台去，让人在脸上涂上几笔，拿起钢叉，上马直奔野外的孤坟，环绕三匝，跳将下马，大吼一声，将钢叉刺进坟墓，然后回到前台，再大吼一声，将钢叉掷钉在台板上。

孩子们请完了鬼便洗脸下台，回家之后，倘若被父母知道，免不了挨一顿竹板，一是打掉他们身上带着的鬼气；二是庆幸他们没从马背上跌死。

鲁迅虽然闹腾，但这样的闹腾却是束缚在祖父和父亲冰冷的规矩里的偷偷摸摸的闹腾。

一次，小姑母来接他们去东关看全县最有名的盛会——五猖会，鲁迅兴奋极了，特意跟着家人起了个大早，早早地等候着出发。可就在这时，父亲冷冰冰地站在了他的身后，在他按捺不住的劲头上泼下了一盆冷水："去拿你的书来！"

鲁迅忐忑地拿来了《鉴略》，父亲翻开书，冷冷地念了起来："粤自盘古，生于太荒，首出御世，肇开混茫。……"命他一句句跟着念，约摸念了三十行，父亲说："给我读熟。背不出，就不准去看会。"

及至终于得到了父亲"不错，去吧"的许可后，鲁迅原本满腔的狂热已经冷却得提不起兴头。

父亲每每这样给他泼一盆冷水，祖父也是如此，每次回来，在短暂的喜悦之后，总是长久的寒心。

既然事与愿违，想必命运定是另有安排了。正是父亲和祖父这种冷酷的关爱，才使得鲁迅在偷偷摸摸、来之不易的胡闹之外，收获了少年时代博览群书的文化素养，为日后的登峰造极、青史留名打下了稳固基础。

鲁迅年满 7 岁时，父亲就把他送进了私塾。在家里，祖父和父亲也给鲁迅安排了课程，先读《鉴略》，再是《诗经》《楚辞》，然后《西游记》《水浒传》，接着唐诗。从此，鲁迅开始了学堂和家庭两处的学习，玩耍的时间更是少了。

除了每年一两次跟着回娘家的母亲去趟外婆家可以和闰土等朋友好好玩乐一番外，最受鲁迅欢喜的大概就是每个夏天的夜晚，祖母摇着芭蕉扇，让鲁迅躺在大桂树下的小板桌上给他讲故事了。什么"猫是老虎的师父"了，什么"许仙救白蛇"了，常常在鲁迅陶醉的心里引出缤纷的梦。

听完故事回到屋里，有朝夕相处的保姆长妈妈陪伴——这个生得胖矮、老实巴交的乡下妇女，却是袭用了在她之前的那位身材高大的阿长的名字。

长妈妈虽然老实，却有着许多迷信和规矩，比如“说人死了，不该说死掉，必须说老掉了”“晒裤子用的竹竿底下，是万不可钻过去的”……鲁迅听着又惊又乍，却觉得长妈妈是好笑的，可戏谑的。

但当长妈妈谈到长毛的时候，鲁迅也曾对她发生过空前的敬意；当长妈妈探亲回来给他买了“有画儿的‘三字经’”的时候，鲁迅对她确是感恩得颤抖了。

鲁迅的童年，多在书本和故事中度过。所幸父亲虽然严厉，但并不局限孩子们所读之书。有一回，兄弟俩偷偷买回一本《花经》——照那时的标准，这当然属于闲书一类，结果被父亲发现了。他们怕得要命，但父亲只是翻了几页，便一言不发地还给了他们。他们喜出望外，从此只管大胆地看闲书了。

所以，虽然鲁迅被强制阅读的那些枯燥的典籍，但是除此之外，他也能充分阅读一些有图的、有趣的小说故事书。

任何一个新文化运动的战士，都曾深深地植根于中国传统文化的土壤。若非成了新文化运动的战士，便极能成为一个国学的大师。

鲁迅也深深地植根在了中国传统文化的土壤里，而致使他日后挣脱这片土壤，投身新文化运动的刺激，却是来自一部《二十四孝图》。

这部朱熹编辑的《二十四孝》中一个“郭巨埋儿”的故事，很是将少年鲁迅吓出了一身冷汗。

关于“郭巨埋儿”的故事，《二十四孝》中写道：汉郭巨，家贫。有子三岁，母尝减食与之。巨谓妻曰：“贫乏不能供母，子又分母之食，盍埋此子？儿可再有，母不可复得。”妻不敢违。巨遂掘坑三尺余，忽见黄金一釜，上云：“天赐孝子郭巨，官不得取，民不得夺。”

鲁迅看后惊魂：“我最初实在替孩子捏一把汗，待到掘出黄金一釜，这才觉得轻松。然而我已经不但自己不敢再想做孝子，并且怕我父亲去做孝子了。”这大概也就是他日后抨击“礼教”的滥觞。

12岁时，鲁迅被送进了绍兴城内最严厉的私塾——三味书屋，就学于博学有名的老秀才寿镜吾。鲁迅在这里先后学习了《四书》《五经》《唐诗三百首》等书，也额外收获了他少年时代最后的一份纯真乐趣，那样无忧无虑，那样渐渐远去……

看清世人的真面目

1893 年 3 月，79 岁的“老菩萨”曾祖母过世，周介孚“丁忧”，从北京回到了绍兴。

和他一同回来的，是一个同他小女儿一般大的姨太太，还有一场即将出现的大灾祸。

久别叙旧的几日之后，周介孚那一家之主的粗暴作风又肆无忌惮地发挥出来了。这年，鲁迅 13 岁，周作人 8 岁，周建人 4 岁。

这年是浙江举行乡试的一年，而主考官殷如璋恰是周介孚的同年旧识。亲族中便有人认为这是一个让子弟出人头地的好机会，于是，招集几个有钱的秀才，凑齐了一万两银子，写成钱庄的期票，请周介孚出面送给主考官，买通关节。

当时的科举考试，行贿打点关节，已是不成秘密的风气，但即使秘密已经公开，具体操作起来仍是需要掩人耳目。

周介孚承允此事后，便专程赶往苏州，派跟班往主考官殷如璋家送去了一封装有期票的信。

那天恰巧副考官也在场，殷如璋接到信后，知道其中奥妙，便将信搁在了茶几上，并不急着拆看。副考官却侃侃而谈，迟迟没有离开的意思。

送信的跟班等在门外实在等急了，叫嚷起来：“收了钱为什么不给回条啊?”

这一声叫嚷，算是把一层玻璃纸给捅破了。在副考官的面前，殷如璋严肃地展开了信，从头到尾看了一遍，严厉地宣告了其中的关节。

很快，周介孚便作为案犯，被送往了苏州府衙，而后被押往浙江。科场舞弊案在清朝历来是重罪，所幸清朝末年，对这种案件的处理强度也如强弩之末，有所缓和了。

周介孚一案由浙江审理后，呈报刑部，请旨处分，被光绪皇帝钦定为“斩监候”。

所谓“斩监候”，又称“斩候决”，将判处斩刑的犯人暂时监禁，候秋审后再决定是否执行，这一制度即是现在的死缓。

监禁在牢，每个秋天都是家人提心吊胆的季节，因为周介孚随时有被秋后问斩的威胁，家人为此不得不每年花一大笔钱去通融。不过，光绪最终没有问斩周介孚，周介孚因此坐了八个年头的牢，终得赦免，而家人也足足担心了八年，足足通融了八年，几乎将最后一点元气也给通融掉了。

这场大变故，对于鲁迅一家而言可谓是天翻地覆的灾祸。从此，周家如一艘破败的大船，飘摇在困苦无边的苦海。

鲁迅重重地从斑斓的天上掉到了泥泞的地下，他实在是看清了“世人的面目”。

祖父处于危险的境地，一家人为了回避株连的威胁，不得不离开县城，到亲戚家避难。

亲戚家去的次数绝非一两次，而这次以一个逃难者的形象再次前往，却是有了很多从未有过的印象。以前的笑脸、友好、田园式温情，全跑没影了，只剩一副冰冷无情的皮囊；以前巴结、恭维、围在他耳边说着甜言蜜语的那些人，竟都挺直了腰板取笑他为“乞食者”。

曾经的少爷，如今的乞食者，唯有这天渊之别的落魄动荡，才足以落落大方地走出一个万丈光芒的艺术大家。——这样的想法还太遥远，现在的鲁迅满眼失望，敏感的心被刺激得阵痛，他唯一渴求的，便是离开这里，决心回家。

屋漏偏逢连夜雨，船行又遇打头风。周介孚入狱不久，父亲周伯宜在灭顶的绝望和巨大的精神压力下，突然吐血，严重得一病不起。此后，家境真是不堪设想了，“父母愁柴米，祖母又老了”。

此后两年多，鲁迅“几乎是每天，出入于质铺和药店里”，从质铺里比他高一倍的柜台外送上衣服或首饰，“在侮蔑里接了钱”，再到药店，从和他一样高的柜台上取下给父亲的药。

这种躲不开的侮辱，深深的刺进了鲁迅幼小而敏感的心里，留下了永难痊愈的伤痕，“有谁从小康人家而堕入困顿的么？我以为在这路途中，大概可以看见世人的真面目”。

尽管买了两年的药，但问到父亲究竟得了什么病，竟没有一个医生讲得上来。而庸医的庸治，不但没能妙手回春，反而更加速了父亲的病故。

父亲起初吐血严重，家人根据医生“医者意也”的说法，赶紧研墨给他喝，据说黑色可以冲掉红色。

后来，父亲的水肿也厉害起来了。家人万分着急之下，改请了当时的名医。诊费堪比天价，药引更是奇葩。其中，开过的最平常的一味药引是“蟋蟀一对”，但是这对蟋蟀却是“要原配，即本在一窠中者”。

鲁迅兄弟俩为了找到这种药引，几乎是把“百草园”的菜地里的土块翻了个遍。

经过名医两年来各种稀奇古怪的摆弄，父亲周伯宜终于是安枕无忧地安息在了病床上。鲁迅站立床边，目睹着父亲生命之灯逐渐熄灭，一阵揪心的伤痛漫延，忽而又一股忿恨涌起，交缠进了这永恒的精神折磨。

——这便促使了他后来在日本选择学医，“预备卒业回来，救治像我父亲似的被误的病人的疾苦”。这年，鲁迅 16 岁。

家里的四五十亩水田和仕宦的积蓄，大部分跟着祖父关进了湿暗的牢狱，被通融进了官场的口袋；余下的跟着父亲的病体葬进了凄惨的坟地。留给 16 岁的鲁迅和他的兄弟母亲的，只剩了厚重的贫苦和浓重的悲凉。

到外国去

18岁的鲁迅，一个新的问题迎面而来：今后的出路在何方?

现实的路有两条：一条是按照中国的传统，走八股应试科举之路，而这正是祖父走过的路，是父亲追求的路，是祖父和父亲期盼他走的路；另一条是不光彩的异端之路，即学洋务，这在当时被世俗看作是走投无路而“将灵魂出卖给洋鬼子”的邪门歪道。

鲁迅之前也准备走第一条路，三味书屋学完经书，在家练习八股，做过试帖诗，一篇篇都送去请寿镜吾先生批改。但是，鲁迅的家境决定了他无法继续读书完成科举。

而按当时绍兴的风气，读书人如果考不上秀才，要么给人当幕僚，要么经商做生意。可是，当幕僚需要有关系，做买卖需要有本钱，这两样，鲁迅一样都没有。

剩下来，便只能走洋务，进新式学堂了。——“我要到N进K学堂去了，仿佛是想走异路，逃异地，去寻求别样的人们。

我的母亲没有办法，办了八元的川资，说是由我自便；然而伊哭了。”

1898 年 5 月，带着母亲辛苦张罗到的 8 元川资和母亲为他远行洒下的热泪，鲁迅挥手告别了爱憎交融的故乡，告别了苦乐参半的少年，向着崎岖未知的远方走去……

经过一个多星期的行程，鲁迅赶到了南京，走进了江南水师学堂。

鲁迅走进江南水师学堂的时刻，正是戊戌变法的前夜。再过一个月（6 月 11 日），光绪帝就要颁布《明定国是诏》，开始维新运动了。

江南水师学堂是一所类似军校的机构，入学近于当兵，书生去当兵，这在当时极不光彩，因此没几个读书人愿进，收费自然也就极低，几近免费。

而即使愿意入学的，也多放不下面子，学生多不愿以本名注册，鲁迅那个名字“周树人”，便是在这种情况下起的。

据说，这并非鲁迅自己的主意，而是他的一个叔祖周椒生的主意。这位叔祖是一个视改革为荒唐事的顽固党，虽在学堂里任管轮班监督，却对这种洋务学堂十分蔑视。

对于本家侄孙因穷酸付不起学费而不能走科举的正路，竟跑来当一名小小的水兵，周椒生深以为耻，为了不给周家祖宗丢脸，他便把鲁迅家谱中的名字改为了“树人”。

对于鲁迅的这种选择，在绍兴的那些俗人看来，这是堕入了穷途，走上了一条极没出息的路；对于绍兴那些俗人的轻蔑，鲁迅满是厌恶，却持久地放在心上，摆脱不去，凄苦之情也因之分外明朗。

18 岁出门远行，人生的第一次漂泊，在一个目之所及、耳之所闻皆陌生的异乡，不由得思念起那个生活了多年的家乡、自己的亲人、熟悉的乡人，“斜阳将坠之时，暝色逼人，四顾满目非故乡之人，细聆满耳皆异乡之语，一念及家乡万里……真觉柔肠欲断，涕不可遏”。

然而转念想起乡人的无情与轻蔑，又不得不一头扎进了陌生的异乡，断了回乡的念头，“S 城人的脸早经看熟，如此而已，连心肝也似乎有些了然。总得寻另一类人们去，去寻为 S 城人所诟病的人们，无论其为畜生或魔鬼”。时时刻刻是这样的矛盾重重。

独在异乡为异客，这种离乡背井的心境已经够他受的了，偏偏新式学堂也叫他失望透顶。

便宜无好货，这话用在江南水师学堂身上真是颠扑不破的真理。学堂不问你收钱，但你也别想从里面学到点什么。当然并非一无可取，因为里面多的是窝囊气。

实习三个月，鲁迅被编入了最末一级的三班，而且是管轮班。每次驾驶班在舱面看着风景、呼吸海风，鲁迅他们管轮班就得待在闷热的舱底。

小小的学堂，更是一个等级社会的缩影，低班生的衣食住行都得低人一等，在他们面前，高班生俨然是官架子十足的准公卿了。而鲁迅呢，连二班的缺额也补不上，只能当个三班生，处在低班生的最低班。这对鲁迅敏感的自尊心着实是个不小的打击。

而课堂也如死水般乏味到了极点，既学洋文，又学八股；既要革新，又要崇古。一周有四天读几句简单的英文，两天读点陈腐的八股汉文。教员们个个架子十足，却胸无点墨，对新知识一窍不通——“社会”是什么，他们不知道；“地球”是什么，他们说不清，却偏喜欢望文生义，敷衍学生。有一位教员在课堂上公然断言：“地球有两个，一个自动，一个被动，一个叫东半球，一个叫西半球。”

更可恨的是，学堂并非衙门学堂，却偏要摆着衙门的架势：大堂摆“令箭”，谁若冒犯军令，情节严重者，有被杀头的危险。

鲁迅就因为曾和同学嘲笑一位把“钊”念成“钧”的教员，两天之内，竟被连记了两大过和两小过，距离被开除，只差一小过。

面对这一切，鲁迅常是不由自主地陷入反省的呆愣之中，“总觉得不大合适，可是无法形容出这不合适来，现在是发现了大致相近的字眼了，‘乌烟瘴气’，庶几乎其可也”。

如此乌烟瘴气的地方，竟就是曾经所追寻的那个别样的人间吗？如此被乌烟瘴气所缭绕的人们，竟是曾经所寻求的“别样的人们”吗？洋务运动果是如此的不景气？

失望笼罩之下，鲁迅再次选择了那条近在眼前的科举之路。

12月间，鲁迅请假回了乡和弟弟周作人一起参加了18日的县试，初试中，考得了第137名。

一旦走上了科举之路，鲁迅的心境又有了变化，一种模糊的反感显现了出来。他没有继续参加复试，启程回了南京。他的科举之路从此断绝，成了人生中可有可无的一段插曲。

返回南京后，鲁迅没再回到江南水师学堂，而是转到了江南陆师学堂附设的矿路学堂。

鲁迅踏进矿路学堂的时候，慈禧再次训政，光绪已被软禁，康梁已经潜逃，六君子惨遭杀害，维新运动已告失败。

矿路学堂的确有些不同，除英文、汉文外，还多了格致（物理和化学）、地学（地质学）、金石学（矿物学）等新鲜的课程。

在这里，鲁迅大量接触到了变革思想和各国译著，有梁启超主办的《时务报》，中国留日学生创办的《译书汇编》，严复翻译的《天演论》，林纾翻译的《巴黎茶花女遗事》……

这些文字，有如一只有力的手，倏然打开了鲁迅暗室里的天窗，他的眼前忽然明亮了起来，借着这道光，他刻下了三颗印章："文章误我""戎马书生""戛剑生"。

"将来必胜过去，青年必胜老年"，进化论的声音时刻催促在耳边：是时候告别过去的自己了。

1902 年 1 月，鲁迅拿着"第一等"毕业文凭毕了业。文凭虽是"第一等"，却也不过是一张白纸，"爬了几次桅，不消说不配做半个水兵；听了几年讲，下了几回矿洞，就能掘出金、银、钢、铁、锡来么？实在连自己也茫无把握……爬上天空二十丈或钻下地面二十丈，结果还是一无所能，学问是'上穷碧落下黄泉，两处茫茫皆不见'了"。

既然如此，那么"所余的只还有一条路：到外国去"。

恰逢此时，依照清廷指令，两江总督刘坤一正选一批学生往外国留学，鲁迅抓住机会，争取了官费留学日本的名额。

我以我血荐轩辕

1902 年 3 月，鲁迅和其他同学一起，登上了日本“大贞丸”号客轮，在汽笛长啸、乘风破浪中，开始了东渡的行程。到达日本后，鲁迅首先进了东京的弘文学院学习日语。

日本是一个特别的民族，性格中混合着极端的自卑与自负。甲午海战，日本“蕞尔微三岛”，竟然“横行大九州”，大清皇室遭遇了一种前所未有的羞耻，但这种羞耻也逼迫得他们清醒，终于派遣大量留学生来到这个先进之邦学习。此时的日本，正是世界上最大的中国留学生之乡。

日本虽然接受了中国留学生，但举国上下弥漫着一股鄙视中国人的风气，甚至有报纸公然宣称：“西洋人视中国人为动物，实际确乎不得不产生动物、下等动物的感觉，因此，他们在生理上已失去人类的资格。”

鲁迅的到来，便不可避免地将受到歧视和轻蔑，他那强烈而敏感的自尊心将再一次遭到重创。

后来，鲁迅说了一句非常透彻的话：“一个人乏到了自己打自己的嘴巴，也就难保别人不来打你的嘴巴。”倘若这句话沉淀了他一生的见闻，那他最初在东京碰到那些中国留学生，或许是这句话的第一份沉淀。

留学生会馆，一到傍晚，便会有一间房的地板咚咚咚地震天响，兼以满房烟尘斗乱，据精通时事的人说，“那是在学跳舞”。又有不遵守客店里新老客户循序洗澡惯例的，抢先钻进洗澡间，把水泼得四溅……

见微知著，他们是非旦不从日本人的轻蔑中汲取自我警策的动力，反而以自己的种种乖行，不断地证明那轻蔑的正当。

辫子是清朝统治的象征，在异国人眼里，这也是耻辱与失败的象征。鲁迅在日本，多流连于革命者的行列，因此，在弘文学院的江南班中，他是第一个剪掉辫子的学生。他还特意拍了一张“断发照”，并在背面抄下了不久前写的一首明志诗：

灵台无计逃神矢，风雨如磐暗故园。

寄意寒星荃不察，我以我血荐轩辕。

留学生中，剪辫的毕竟是少数，而大多数学生都是不思进取，抱着“镀金”的想法来日本悠闲赏玩的。对于他们，鲁迅实在有“怒其不争”的反感：

“上野的樱花烂漫的时节，望去确也像绯红的轻云，但花下也缺不了成群结队的‘清国留学生’的速成班，头顶上盘着大辫子，顶得学生制帽的顶上高高耸起，形成一座富士山。也有解散辫子，盘得平的，除下帽来，油光可鉴，宛如小姑娘的发髻一般，还要将脖子扭几扭。实在标致极了。”

面对同胞不成器的丑态和日本人无以复加的轻蔑，鲁迅不由得感叹：“东京也无非是这样。”一拿到弘文学院的毕业证，他便跑到了偏僻的仙台。

仙台又如何？在那里，只有鲁迅一个中国人，那些“油光可鉴”的同胞的嘴脸，自然是可以免见了；但是，日本人那股蔑视中国人的风气，却依旧强盛，虽然也遇到了像藤野严九郎这样不错的教授。

在藤野先生的关照辅导下，鲁迅第一学期的考试成绩中等，平均成绩在及格以上。这并非太好的成绩，却也引来了不小的质疑。

学生会干事来到鲁迅宿舍，翻查他的讲义，几天之后，鲁迅便收到了“一封很厚的信”，第一句话便是：“你改悔罢！”

这是《新约》上的句子，也是托尔斯泰新近引用，在写给日本天皇的信上的开头一句话。

看完了信，鲁迅这才回忆起且明白了前几天的一件事：干事在黑板上写召开同级会的通告，最后一句是“请全数到会勿漏为要”，而在“漏”字旁边特意加了一个圈；鲁迅当时觉得圈得可笑，这会儿才悟出原来那字也在讥讽他，犹言他得了藤野先生漏泄出来的题目。

鲁迅所受到的侮辱，俨然已经从少年时代对他个人的侮辱，发展到了对他整个民族的侮辱，除了痛苦，他能感到的就只有悲哀了。

但是这种轻视中国人的事，并不会使他产生退学的念头，后来的他还是十分大度地看待这件事：“中国是弱国，所以中国人当然是低能儿，分数在六十分以上，便不是自己的能力了，也无怪他们疑惑。”而给他强烈刺激的一件事，却是在教室里看时事影片的那次。

仙台学校增添了细菌学的课程，这门课程采用德国式的教育法，细菌的形状全用原版幻灯片来显示。而那位医学教授，总爱在下课之前的一点时间里给学生放映些时事的画片。

那时，日俄战争刚以日本战胜俄国宣告结束，因此教授放映的多是与之相关的画片。每当画片上出现日本胜利的镜头，“万岁”的欢呼拍掌声立刻在教室里沸腾。

虽然是日俄战争，“但偏有中国人夹在里边，给俄国人做侦探，被日本军捕获，要枪毙了，围着看的也是一群中国人；在讲堂里的还有一个我”。

“万岁！”教室里又拍掌欢呼了起来。还有大声的议论声：“只要看中国人的样子，就可以断定中国是必然灭亡。”

这声“万岁”的欢呼，虽是在每一次看画片时都会有的，但在这时，于他，“这一声却特别听得刺耳”。及至后来，回到中国，“看见闲看枪毙犯人的人们”，“何尝不酒醉似的喝彩”。

那时那地，他的主意变化了：“凡是愚弱的国民，即使体格如何健全，如何茁壮，也只能做毫无意义的示众材料和看客，病死多少也不必以为不幸的。所以我们的第一要著，是在改变他们的精神，而善于改变精神的是，我那时以为当然要推文艺，于是想提倡文艺运动了。”

学年底，鲁迅便退学告别了藤野先生，离开了仙台，走上了弃医从文之路。

从仙台回东京后，鲁迅没再进学校，除了 7 月回家结了一桩不完满的婚姻，他一心用在了学外文、读理论、写文章、谈救国。

这一时期，鲁迅发表了多篇长篇论文，如宣传进化论的《人之历史》，崇仰文学中的“斯巴达之魂”的《摩罗诗力说》，鼓吹改造人心，再造精神的《文化偏至论》等。

1908 年夏，鲁迅师从章太炎，学习了《说文解字》《尔雅义疏》和一些文学知识。

鲁迅原本就有深厚的旧学根底，经过章太炎的指点，更向渊博挺进了。鲁迅后来做学问的求实作风以及考据、校勘、整理文物的非凡功力，都与章太炎的影响密不可分。

但是，在《章太炎先生二三事》里，鲁迅却称：“先生的音容笑貌，还在目前，而所讲的《说文解字》，却一句也不记得了。”鲁迅如此说，也是符合他的性格的，毕竟他是一个新文化的战士，章太炎也曾是一个大胆的战士，只是革命之后“藏其锋镳”而成一个学者了。鲁迅更希望的是他以一个战斗者的形象活在人们心中，故需要来一招扬彼抑此。

这年，鲁迅还编译了《域外小说集》，但效果不甚理想，直到“五四运动”时，它的催人觉醒的价值，才终于被人们重新认识。

1909 年 8 月，鲁迅告别东京回国，结束了八年的求学生涯。

鲁迅的回国，实在是迫于无奈：在日本留学的弟弟周作人结婚，家庭开支巨大，家庭的经济负担不得不由他挑起了。

八年前，他怀着寻找国家和个人出路的热情乘风破浪；现在，为着承担一个并不十分情愿承担的责任，他不得不收起刚刚展开的文学救国的翅膀，返回故乡。

在寂寞中挣扎

鲁迅回国后，先后在浙江两级师范学堂和绍兴府中学堂教学。鲁迅执教绍兴府中学堂的第二年，辛亥革命爆发。两个月内，起义的浪潮席卷了清朝政府的半壁江山。

革命党人王金发接手绍兴之后，任命鲁迅为绍兴师范学校校长，鲁迅留日同学范爱农则被委任为督学。

胜利冲昏头脑，革命党人在权力和地位的腐蚀下，很快就披上了被他们打倒的官僚的外衣，动手刮起了地皮。

在几个青年学生的建议下，鲁迅帮助他们办起了一份用来监督这个新政府的报纸——《越铎日报》，并亲拟创刊词。

报纸开辟杂文栏，针砭绍兴的各种时弊，甚至抨击军政府，丝毫不留情面。

王金发为了巴结报社，以入股的名义投去了两千元经费，虽然范爱农已表态拒绝，但无知的少年以“收下钱后他成股东，股东不好，自然还要骂”为理由收下了资助。

鲁迅听闻消息，赶去查问，一名学生会计不乐意了，公然质问顶撞。鲁迅只有以沉默回应了。

旧势力依旧强势，又是那么巧言令色，一步步吞食着革命的力量；而革命的力量，却是那般幼稚，不分好歹，以为凭着一点挥斥方遒的激情就能对付庞大的势力。

这些激烈的少年啊，鲁迅有的只能是同情和失望；这些激烈的少年啊，实在叫他心寒而沉郁。

惆怅之时，鲁迅接到了南京临时政府的教育总长蔡元培聘请他到教育部工作的聘书。鲁迅再次怀着对故乡失望的心情踏上了前往南京的路。

这年冬天，去往南京之前，鲁迅写了他的第一篇文言小说《怀旧》(题目为周作人所加)，于两年后发表在了《小说月报》上。这篇文章言之有物，与空头辞章全然不同，以致编者恽铁樵赞叹:“曾见青年才解握管，便讲辞章，卒致满纸饾饤，无有是处，极宜以此等文字药之。”

鲁迅到南京教育部后，眼见的几乎是一个空架子，也没多少事可做，日子格外冷清。三个月后，教育部北迁，鲁迅被任命为北京政府教育部的佥事，兼社会司第一科科长，住进了宣武门外的绍兴会馆。

日子依旧冷清，但是官场的气氛却越来越紧张。随着袁世凯称帝的欲望日益强烈，他手下的鹰犬也日益猖獗，尤其警惕政府内部的文官，不断捕人，以威吓其他可能反袁的官员。

不久，蔡元培就因不满袁世凯政权而辞职，紧接着教育部内开始清理“蔡党”。

同僚纷纷效古，古玩字画，或嫖或赌，公开表现自己玩物丧志的一面，以逃避“袁党”猜疑的目光。蔡锷也靠着躲在名妓小凤仙的房中，才保下了一条命。

鲁迅由蔡元培引荐入部，随蔡元培北上，属于南方的革命党，自然处在被猜疑的行列。苦闷之余，鲁迅深居简出，孤灯枯坐，潜心于绍兴会馆，辑录古书、研究拓本、抄写古碑、阅读佛经。

鲁迅想借此为自己筑一道高墙，以将自己同这个令人失望的社会隔离。对于个人的幸福，他也不再抱有什么希望了，甚至给自己取了“俟堂”“待死堂”的名号。

这是鲁迅一生中“一株是枣树，还有一株也是枣树”的最寂寞无望的时期，却也是他思想臻于成熟的时期。

从汉唐的碑帖、魏晋的文章以及佛教的典籍中，鲁迅汲取了大量精神养分，使他的“个体精神”扩张到了最高的境界，创造出了一种具有存在主义倾向和虚无主义色彩的“取今复古，别立新宗”的精神框架。

1916 年 6 月，袁世凯一命呜呼。蔡元培就任北大校长，延揽陈独秀做文科学长，《新青年》从上海转移到了北京。

1918 年，受刘半农和钱玄同的邀请，鲁迅向《新青年》投了第一份稿——《狂人日记》。这是他第一次用“鲁迅”这个笔名发表文章。

此后，鲁迅陆续向《新青年》投了《梦》《我之节烈观》《孔乙己》《药》《风波》《故乡》等闻名文艺界的作品；又在其他杂志发表《阿 Q 正传》《社戏》《祝福》《伤逝》《故事新编》等作品，一举成为了新文化运动的“台柱”。

“五四运动”期间，鲁迅发表的最重要的文字，还是小说。从最初的《狂人日记》到后来的《白光》，他四年间写下了数十篇。

按鲁迅自己的意思，他写这些小说意在“呐喊”，顺着这条线索读去，果然从中听出了启蒙的呼唤：《狂人日记》揭发了礼教的“吃人”的本质；《孔乙己》刻画了人间“吃人”的冷酷事实；《药》表现了百姓食古不化的愚昧；《风波》突显了“中华民国”名不符实的脆弱；《白光》描绘了旧式文人不可救药的悲剧；《阿Q正传》揭发了国民灵魂的扭曲病态……

向《新青年》投稿不久，鲁迅便立即赢得了编辑部同人的尊敬，应邀参加每月一次的编辑委员会议，从此成为了《新青年》的中坚人物。而他的作品，更是引起了北京、上海等地读者的广泛关注。

从1920年起，北大、女师大等六七所学校相继聘他为讲师或教授，他对中国小说史的研究，在学术界颇受称赞。

在文学界，茅盾、郑振铎等人组织文学研究会，尊他为指导者；后来的“浅草社”、“春光社”和“沉钟社”，将他视为前辈和导师；另外，他与朋友创办了《语丝》周刊，发起了“未名社”和“莽原社”，一度被视为文坛上的一派领袖。

鲁迅终于从绍兴会馆里那个默默无闻的“待死”者，一跃成为了大学讲台的名教授，作者尊敬的指导者，读者敬慕的名作家。

还是一个破落户

鲁迅有强烈而敏感的自尊心，这或来自他与生俱来的优越感：身世的优越，智力的早熟。

人情冷暖，虽给这道优越感蒙上了一层厚厚的尘埃，却是一点也没有将其消弭。这是骨子里的一种自视甚高的情怀，即使俯首低姿态，也压不低他心头高昂的脑袋。

在南京求学期间，鲁迅曾模仿《离骚》作过一首长诗，其诗末两句写道："他年芹茂而样香兮，必异藉以相酬。"及至日本留学，他又迸发出那"我以我血荐轩辕"的激情。甚至寂寞待死堂的漫漫数年，他的自居牺牲的心态，也非一般沮丧者似的颓废，倒常是激烈的意味，更够显现他骨子里的优越感。

如今，他终于引来了青年的瞩目，获得了社会的承认，压在尘埃之下的自尊心优越感终于拍拍灰尘站起了身，先前受尽轻蔑、走投无路的记忆也会慢慢退去，不留痕迹。

但是，鲁迅走入公众视野的"大麦地"后，收获进筐篓的却不止是"麦穗"，还夹杂着"稂莠"：他那样猛烈地攻击旧文化，自然引起保守主义者的气愤；他那样热情地替青年人说话，难免招致“正人君子”的嫉恨。而在1925年的“女师大风潮”中，鲁迅更是感到了前所未有的压力，更使得他与一大批官僚学者结下了仇怨。

女师大的青年学生因不满校长杨荫榆“寡妇主义”的治校手段，于1924年发起了“驱杨”运动，告状于教育部，欲撤校长之职。

但是，司法总长兼教育总长章士钊却与杨荫榆是一丘之貉，不仅没有撤其职，反而公开对其行为表示支持。

杨荫榆借势反击，一举开除了6个学生自治会委员，段祺瑞出面发布恫吓性的命令，章士钊下令解散女子师范大学。

之前，鲁迅一直默不做声，只管教自己的课。这会儿，他终于坐不住了，发表文章，表态支持学生，随后联络7名教员，联名反对杨荫榆。

章士钊立刻予以反击，并以“结合党徒，附和女生”的罪名，撤了鲁迅在教育部的佥事一职；一些向来就看不惯他的教授如陈西滢等“现代评论派”，也纷纷提笔，指责他“暗中鼓动，挑剔风潮”。由此展开了一场旷日持久、八面埋伏的论战。

因被章士钊撤职，鲁迅一纸状书，向法院控告了章士钊的违法，官司拖了大半年。

另一方面，鲁迅发表的一份关于“青年必读书”的主张——“我以为要少——或者竟不——看中国书，多看外国书”，更使鲁迅的对手从官僚学者老年人，发展到了广大青年人队伍。

鲁迅终于是陷入于三头六臂、手忙脚乱地孤军奋战、四面招架之中了。

但此时北京的形势却是更加恶化了：“女师大风潮”尚未结

束，段祺瑞枪击请愿学生的“三·一八”惨案又告发生。

鲁迅愤怒异常，借着《语丝》，直言此为“民国以来最黑暗的一天”，又写下《记念刘和珍君》的悼文。

如此言行定然触怒了段祺瑞政府，鲁迅深陷四处浮动草木皆兵的官方通缉的威胁之中。

避难生活虽是狼狈，但最高当局的压迫不正表明了被压迫者的力量吗？所以，鲁迅依然有其自傲的优越。而真正让他郁结的，却也是相伴着挫败那批“正人君子”而来的自我矛盾的攻击。

其中，便有不得不做官的痛苦。或许实在是少年穷怕了，或许是文人深入骨髓的“学而优则仕”思想的引导，更有那向来被自己鄙夷的俗人想法、旧传统的沾染。他以为，到共和政府的教育部做一个官，况且以一个自由知识分子的身份，是没有什么不合适的。

但是，“五四”之后，今非昔比了。袁世凯称帝，张勋复辟，曹锟贿选……北洋政府早已丧失其合法性，甚至蔡元培曾在北大公然要求“不做官吏，不当议员”。

鲁迅眼见其黑暗，又恼于其无聊，但为了担负家庭的经济重担，他实在扔不下这个饭碗。

折磨归折磨，矛盾自矛盾，他依然直面着现代中国知识分子特有的一种尴尬，依然坐在教育部的办公室里，除了在张勋复辟时，辞过几天官；除了在袁世凯准备登基时，象征性地辞掉了“教育部通俗教育研究会小说部主任”的虚衔。

这也无怪乎他在章士钊撤了他的职后，会一纸状书，打起了官司。其中自有捍卫他强烈而敏感的自尊心，也有不想失去官位的心态。

鲁迅素来抨击有力，入木三分，但是，当“正人君子”指摘他流连官场的这块心病时，他的笔力却着实有些软了。

无论官司，抑或论战，鲁迅都可以说是胜了，但是，他的心，却重又蒙上了那层积垢多年的尘埃。近来所有的事情，都在耳畔重复着一句话：你是一个无用的人，再有理也没有用。

名利场上，伤痕累累；而家庭港湾，也无太平可言。

对于妻子朱安，他仍无感情，分屋而卧，形同邻人；而与弟弟周作人，却很快因为一件至今仍是谜团的事而闹翻了，只知是鲁迅与周作人妻子羽太信子之间的一次严重冲突。

冲突5天之后，周作人亲自送上了一封绝交信。至此，八道湾十一号的大家庭也就垮了，骨肉亲情彻底涣灭。

北京的十年，人间、天堂、地狱，他似乎都走了一遭。在更深的意义上，他实是徘徊在人间向地狱的过渡。

十年前，他再怎样孤独，内心终究不是一片空白，慈母、兄弟、志同道合的朋友；如今，种种的羁绊，亲族的羁绊尚未解除，又增添了社会身份的羁绊——单是那张启蒙者的面具就够他担负的了；亲情、友谊皆已飘散，陪伴在身边的，只是一个毫无感情的朱安，他似乎成了一个彻底的零余者。

在“寂静浓到如酒，令人微醺”的夜里，他不免怀疑：我是否真的脱离了“待死堂”，抑或，却道生涯原是梦，醒来之后将是更痛苦的绝望?

最后的呐喊

1926年，疲于斗争的鲁迅，应林语堂之邀，携女师大学生、后来的妻子许广平，走出了血腥的北京，投往了荒凉的厦门。在厦门大学，他担任国文系的教授，开设了“中国文学史”课程，讲义后来被整理为《汉文学史纲要》出版。

1927年1月，许广平以一封热烈的表白信向鲁迅倾诉衷肠，从此两人正式确立了关系。

15日，鲁迅带着她离开了厦门，前往广州，任中山大学国文系主任，兼教务长。

鲁迅初到广州时，深得青年们的欢迎，蜂拥着赶去听他的演讲。

鲁迅的话语极其振奋，但他毕竟是一个伤透了心的过来人，言辞之间总有遮掩不住的阴郁流露——对于青年人，他到底也是失望的，恼恨着“广州的青年把革命游戏化”。

明明因为了解了青年的徒有狂热激进而失望，鲁迅却偏要以针锋相对的激励言辞幻想着点醒狂热激进的青年，结果不但没有点醒，反而不受待见了。

鲁迅到广州不到一个月，报上就出现了《鲁迅先生往哪里躲》的批判文章，更有人以近于无理的态度对其责问，广州的文学界甚至开始抨击他“落伍”，声称像《阿Q正传》那样的作品已无资格再自称是革命的文学了。

风风雨雨，鲁迅早已不再相信当初坚信的“进化论”思想，什么“将来必胜于过去，青年必胜于老年”！面对幼稚无知的青年，他已经倦于辩解了。

而在中山大学内部，鲁迅也得不到多大的宽慰。教员多为国民党要人，鲁迅与其甚少交情，唯一的旧识傅斯年，却又那样热衷权力，叫他失望。当傅斯年将顾颉刚聘为中大教授时，鲁迅以“他来，我就走”的决绝，毅然一走了之。

随后而来的“四·一五”大搜捕，更叫鲁迅目瞪口呆，他对国民党仅存的一点好感，倏忽灰飞烟灭。

北有段祺瑞残忍屠杀请愿学生，南遇国民党大规模地杀戮往日盟友，偌大的一个中国，竟就逃不脱这样一个惨剧？而尤使他震惊的，是杀戮者中竟夹杂着青年人，甚至包括戴着眼镜的大学生：投书告密，助官抓人，干得真是起劲！——北京青年的冷漠和健忘已叫他目不忍视了，广州青年的狂热和凶恶……

——历经沧桑多少事，都付一声苦笑中。暗自一声苦笑，实在包含了“无话可说”的糊涂。

风浪刚过，鲁迅便同许广平，登船离开了广州这块是非之地。

是非之地，又岂止广州如此？神州大地，遍地是非，逃也逃不出。

到了上海，鲁迅就大病了一场。这场病，实在有些长……纵使病愈后，肺结核与肋膜炎依然苦苦纠缠于他。

而尽管受病魔纠缠，鲁迅却是更加不爱身体地进入了彻夜创作的战斗阶段：熬夜录碑、纵酒、拼命写作，通常只是和衣睡上两三小时。

已过知天命之年，鲁迅似乎自觉临近了人生之路的尽头，车到崖前，能珍惜的只有再回首，看看来时走过的路。

1936 年初，鲁迅肺病复发；5 月中旬，一度濒危。2 月到 4 月，鲁迅仍在继续地写：《我的第一个师父》、《这也是生活》、《死》和《女吊》，一连写了四篇，另两篇准备下笔。

在《死》中，鲁迅似乎看破了生死，通篇以一种调侃的笔调表现了一种对死的无所谓。在《死》中，鲁迅还留下了一份不正式的却是唯一的遗嘱：

一、不得因为丧事，收受任何人的一文钱。——但老朋友的，不在此例。

二、赶快收殓、埋掉、拉倒。

三、不要做任何关于纪念的事情。

四、忘记我，管自己生活。——倘不，那就真是糊涂虫。

五、孩子长大，倘无才能，可寻点小事情过活，万不可去做空头文学家或美术家。

六、别人应许给你的事物，不可当真。

七、损着别人的牙眼，却反对报复，主张宽容的人，万勿和他接近。

这七条遗嘱，实在让人觉得“太悲哀”。几乎每一条，“都散发出一种彻骨的冷意，一种对社会和人群的不信任，一种深刻的孤独和幻灭，一种忍不住要将一切动人的言辞都看成虚情和骗局的执拗，一种唯恐自己死后再被人利用的警觉”。

所有这一切，那些官僚政客的“正人君子”怎么会理解？

那些幼稚天真的青年怎么会懂？

10月19日凌晨4点，在最后一声极其微弱的对许广平说出的“要茶”声后，鲁迅毫无知觉地弥留了两个小时，于6时，走到了“死”的尽头。——为着这一天，他辛苦跋涉了56年。

鲁迅的葬礼可谓极尽哀荣。

20日，公众吊唁。因来人太多，吊唁仪式被临时延长为两天。当天瞻仰遗容的个人4462人，团体46个；第二天个人五六千，团体超过80个。

22日下午，出殡仪式。灵柩由巴金、胡风、萧军、黄源、靳以、张天翼、陈白尘、萧乾、聂绀弩、欧阳山等十数人抬放至灵车。出殡队伍起初为五千人，随着路上的不断有人加入，最后达万人。

队伍到达万国公墓时，天已昏沉，公墓大门，悬一横幅，上写“丧我导师”。

哀乐奏后，蔡元培、沈钧儒、宋庆龄、内山完造、章乃器、邹韬奋等分别做了墓前致词。之后，王造时、沈钧儒、章乃器、李公朴代表上海民众，为鲁迅献旗——白底黑字，沈钧儒手书，“民族魂”——覆盖于灵柩之上。

对于葬礼的极尽哀荣，对于死后“民族魂”“民族英雄”的称号，对于百年不倒的大先生的殊荣……鲁迅都不会知道。有那么多爱过他的人又恨了他，恨过他的人又爱了他，对于这些，鲁迅一意孤行，在生命的最后一段行程，抛下了这样的话：

又曾想到欧洲人临死时，往往有一种仪式，是请别人宽恕，自己也宽恕了别人。我的怨敌可谓多矣，倘有新式的人问起我来，怎么回答呢？我想了一想，决定的是：让他们怨恨去，我也一个都不宽恕。